英国復讐悲劇

——キッド、ウェブスター、ミドルトン他

日浅和枝 著

朝日出版社

両親に捧ぐ

目　　次

はじめに………………………………………………………………………ⅰ

第 一 章　『スペインの悲劇』　トマス・キッド……………………………1
第 二 章　『エドワード二世』　クリストファ・マーロウ…………………19
第 三 章　『ヴォルポーネ、または狐』　ベン・ジョンソン………………35
第 四 章　『ブッシー・ダンボア』　ジョージ・チャプマン………………51
第 五 章　『白い悪魔』　ジョン・ウェブスター……………………………69
第 六 章　『マルフィ公夫人』　ジョン・ウェブスター……………………87
第 七 章　『復讐者の悲劇』　シリル・ターナー……………………………105
第 八 章　『女よ女に用心せよ』　トマス・ミドルトン……………………121
第 九 章　『チェインジリング』　トマス・ミドルトン、ウィリアム・ロウリー……141
第 十 章　『チェスの勝負』　トマス・ミドルトン…………………………161
第十一章　『裂けた心』　ジョン・フォード…………………………………175

おわりに………………………………………………………………………197

初出論文掲載誌………………………………………………………………198

参考文献………………………………………………………………………199

はじめに

　平成21年(2009)3月に実践女子大学を70歳で定年退職した折、その記念として在職中に執筆し発表した論文のうち、シェイクスピアの作品に関する16篇を『シェイクスピア考察——人と言葉の饗宴』と題して自費出版した。
　今回はシェイクスピア以外の論文11篇を纏めた出版で、内容はシェイクスピアの先駆とされるトマス・キッド、クリストファー・マーロウ、そしてベン・ジョンソン、ジョン・ウェブスター、トマス・ミドルトン、ジョン・フォード等の作品である。これ等の作品を一語一語の意味を充分に噛みしめて何回も精読し熟読した時、シェイクスピアの作品同様、単語や表現の持つ深い含蓄と同時に、これら戯曲家達の人生に関する洞察、人間への理解、社会の有り様の認識、そして各々の作者がそれらを描き出す姿勢に共鳴し、反撥し、疑問視しそして教えられた。その上でそれぞれの作品を考察、分析し論文として纏め発表してきた。
　筆者は外国語である英語の「言葉遊び」に大いなる興味を持ち、特に「地口」(pun)がエリザベス朝とジャコビアンの戯曲の中で作品や人物とどの様な関係を持ち、どの様な効果を上げ得るのかに注目してきた。地口はシェイクスピアのほぼ総ての作品で重要な働きをしている。ここで扱った作品の中で地口は、『スペインの悲劇』と『エドワード二世』で主人公達の心理状態を表す手段となっており、ミドルトンの『女よ女に用心せよ』では若いヒロインが社会の悪に染まっていく過程で皮肉な効果を上げている。
　また、ウェブスター、ミドルトン、フォード等の作品では主人公は女性達であり、ウェブスターの『白い悪魔』と『マルフィ公夫人』では圧倒的な権力者達の下で自己を失わずに生きるヒロイン達が格調高く描かれ、そしてミドルトンの『女よ女に用心せよ』とロウリーとの共作『チェインジリング』では穢れた社会で生きようとする女性達の微妙な心理が深い洞察によって見事に描写さ

れて他に類を見ないものがあり、フォードの『裂けた心』でも言葉を弄せず沈黙の悲しみで心が裂けるのは女性である。

　ここで扱っている作品総てを「復讐悲劇」の範疇に入れることへの躊躇はあるが、広い意味での「復讐」としてこれ等の作品を包括した次第である。

作品の引用に関して

　テキストはC・リーチを創設編集者とする The Revels Plays を中心に使用したが、キッドの『スペインの悲劇』はF・ボアス編のテキスト (Clarendon、1962) を利用した。これはオリジナル・スペリングのテキストである為、スペルが現代のものと異なっている。

　また引用した英文中の「地口遊び」(pun) を成す語句には下線を引き、日本訳を付け、「地口」は［a：b：c］の形で示した：例　bear［運ぶ：耐える：熊］。

2010年7月

第 一 章

『スペインの悲劇』　T・キッド
── 生命：死の生絵

　Thomas Kyd (1558-94) の The Spanish Tragedie は 1585-87 年の間に書かれたものと推定されている（注1）。英国における悲劇として Thomas Sackville と Thomas Norton 共著 Gorboduc が 1562 年に上演された。これはブリテン王ゴーボダックの死後息子達の争いで国内が荒廃するという、英国を題材にし悲劇の規格を守って書かれた作品である。また作者不詳の Arden of Feversham は 1586 年の作とされ、裕福な商人の妻が恋人と計って夫を殺すという庶民層から取材した社会悲劇である。しかし当時の劇場における人気と後世への影響という点でキッドの『スペインの悲劇』には遠く及ばない。この作品はセネカの復讐劇を踏襲した作品として、シェイクスピアを始めとするエリザベス朝及びジャコビアンの悲劇作家達に多大な影響を与えている。キッドの作品は他に The Tragedie of Soliman and Perseda やシェイクスピアの『ハムレット』の素材となった Ur-Hamlet 等があり、後者は 1589 年迄には上演されているが現存しない。『原ハムレット』は息子が父の復讐をする物語であるのに対し、『スペインの悲劇』は父が息子の復讐をするものだが、この底本は見付かっておらずある残存しないロマンスからその物語を取ったと考えられている（注2）。この作品がエリザベス朝演劇界で最も人気があったのはキッドが印象的な状況と大仰な語句を考案し、当時の舞台の技術的資産を完全に駆使する能力を持ち、セネカの古典劇と英国独自の劇様式を適合させる試みに成功した為である。
　物語の大筋はスペインとポルトガルの戦争でポルトガル太守の息子バルサザーが捕虜となってスペインに連行されるが、宮廷で王子として待遇されスペイン王の姪ベリンペリアに恋をする。彼女は恋人アンドレアを戦争でバルサザーに殺されており、今は司法官ヒエロニモの息子ホレイショを恋人にしている。そ

こで彼女の兄ロレンゾはバルサザーと計ってホレイショを殺した為、ヒエロニモは劇中劇の中で息子の復讐を果し自殺する。こうした人間界の出来事を「復讐」と「アンドレアの亡霊」が高みから見物し、「復讐」は冒頭で事件の結末を明言する。

　このプロットの中で作者は多層的に相矛盾する人生の二面性、二重性を描き出している。それは戦争と平和、正義と不正、愛と憎悪、持続と変転、友情と裏切り等々人間社会に渦巻くあらゆる調和と不調和を含んでいる。これは物語の状況のみならず登場人物や言語にも及んでおり、多層的にこの二重性を示すことで浮彫にされるのは人生の変転である。しかしそれは人生の「はかなさ」とは異なっている。ここでは作品構成と言葉に焦点を当ててこの二面性を考察する。

　スペイン王は対ポルトガル戦でスペイン勝利の下両国の和解が成立したことを認め、捕虜バルサザーとポルトガル大使を盛大に持て成す。ここには戦争から平和へ、死から生への再生、調和、協調、一致が描かれている (I v)。スペイン王と弟カスティーユ公は公正寛大な人物で、バルサザーを捕えたのはどちらかで争うロレンゾとホレイショを公平に扱い、バルサザーのベリンペリアへの恋を認め結婚を許す。そして王の忠実な司法官ヒエロニモが居る。他方ポルトガル王も息子が死んだと思って嘆き、戦争を後悔する (I iii)。こうした親の世代の「和」を求める世界は国家という社会構造を代表しており、この公的社会が協調、調和、正義、愛、平和を取り戻したのである。

　しかし公的な「国家」の中で個々人の思想や感情は様々であり、すでにロレンゾとホレイショはどちらの武勇がバルサザーを捕えたのかで争った。ベリンペリアは恋人アンドレアが戦場で落馬しその苦境を利用したバルサザーに殺されたと知り、アンドレアの友人ホレイショを第二の恋人にし、バルサザーが自分を愛しているまさにその点で彼に復讐する決意をする

>　　And where *Don Balthazar* that slew my loue,
>　　Himselfe now pleades for fauour at my hands,
>　　He shall, in rigour of my iust disdaine,
>　　Reape long repentance for his murderous deed:　　(I iv 69-72)

他方ポルトガルでは、息子の死を嘆く太守にビルッポは虚偽の証言をし「アレクサンドロが戦乱にまぎれて王子を殺した」と言って仲間を陥れる (I iii)。しかしこの裏切りはスペインから帰国した使者が王子の存命を告げたことで即座に明るみに出、昇進と報酬を目的とした悪事は厳罰を受ける (III i)。ポルトガル側のこの挿話は、邪悪は必ず暴露され罰せられて正義が勝つことを示している。また太守は息子がスペインで厚遇されている時に殺されたと思って嘆く (I iii) 一方、最後の劇中劇の中で息子が本当に殺された時にそれを芝居だと思っており (IV iv)、最初と最後のこの太守の様子は人生のアイロニーを生む基本の型となっている。こうしたポルトガルでの事件は本筋のスペインの悲劇の結末を暗示するサブ・プロットを成している。

かくして国家レベルでの和、協調、一致の表層の下で、「個」を代表する若い世代が不和、破壊、憎悪の深層部を秘かに形成していく。

第二幕ではこの隠れた流れが表面に大きく浮上してくる。恋に悩むバルサザーにロレンゾは、妹の恋人を見付け出して排除する提案をし、彼女の召使ペドリンガノを甘言と剣そして金貨で脅し誘惑する

> Where words preuaile not, violence preuailes;
> But golde doth more then either of them both.　　　(II i 108-9)

こうした誘惑の手段を熟知しているロレンゾは王の甥で立派な騎士という表面上のタイトルの裏にマキャベリアンとしての素質を隠している。召使からホレイショの名を聞き出した彼は「なに、司法官の息子、ドン・ホレイショだって」と驚く。王族と臣下の差別は歴然たるもので、王の姪ベリンペリアがポルトガル王子と結婚することは認められるが、司法官の息子では身分違いである。彼女の前の恋人アンドレアも単に貴族にすぎず、二人の「密やかな」愛に父カスティーユ公は激怒し、彼女は父の不興を買い、二人の間を取り持った召使ペドリンガノは罰せられる所をロレンゾが助けてやった。ロレンゾはホレイショを許せない (II i)。二人の夜の逢引をロレンゾ、バルサザー、セルベリン等が襲ってホレイショを木に吊るして殺し (II iv)、父ヒエロニモと母イザベラの嘆きで終る (II v) この幕は、不協和音が耳障りに大音響で鳴り響く暗闇と死の世界であり、和解と協調の第一幕と大きな対比を成す。スペイン王がポルトガルの使者を見送る 50 行程の短い場 (II iii) で、王は二国間同盟を更に固く結ぶ絆として姪

と王子の結婚をポルトガル側にも求め、カスティーユ公にも娘の同意を得るよう求める。しかしベリンペリアはバルサザーに対し恋というまさにその点を利用して復讐しようと誓っている。この為スペイン王は知らずして国家の平和と個人の憎悪が衝突し不調和を生み出す結果をもたらしてしまう。

　第三幕では息子を失ったヒエロニモと次々に悪計を企てるロレンゾに焦点が当てられる。まずヒエロニモの壮大な嘆きと正義を求める激情がある

> Oh eies, no eies, but fountains fraught with teares;
>
> Oh life, no life, but liuely fourme of death;
>
> Oh world, no world, but masse of publique wrongs,
>
> Confusde and filde with murder and misdeeds. 　　　(III ii 1-4)

これは余りにも修辞的な台詞として有名だが、単に形式的なレトリックの羅列ではなく彼の心の底からの懊悩を示している。息子の死は彼の統一ある自己存在を完全に覆し彼の能力を歪曲させる程のものであり、その結果彼は狂気の世界へ足を踏み入れるが次には再び正気に戻り、この両方の世界を激しく揺れ動く。狂気と正気の世界にあって彼は正義を求めるが得られず幻滅し絶望する。しかしやがて彼は復讐の時を待つという忍耐を身に着ける。彼はベリンペリアの血で書いた手紙を拾い犯人を知るが、妹が兄を裏切る点に疑問を抱きその証拠を手に入れる決意をする

> I therefore will by circumstances trie,
>
> What I can gather, to confirme this writ;
>
> And harkening neere the Duke of Castiles house,
>
> Close, if I can, with *Bel-imperia*,
>
> To listen more, but nothing to bewray. 　　　(III ii 48-52)

他方で彼は司法官として裁判を行わねばならず、事の矛盾に悩み怒る

> That onely I to all men iust must be,
>
> And neither Gods nor men be iust to me. 　　　(III vi 9-10)

そして裏切り者の召使ペドリンガノの事実を述べた手紙を入手して犯人の確証を得(III vii)、王に正義を求めに行くがロレンゾに阻止されてしまう(III xii)。この幕でのヒエロニモは司法官という公人としての立場と息子の死を嘆く私人としての立場、王や神に求める公的正義と個人的復讐への思いの間を揺れ動く

>   I will go plaine me to my Lord the King,
>   And cry aloud for iustice through the Court,
>   Wearing the flints with these my withered feet;
>   And either purchace iustice by intreats,
>   Or tyre them all with my reuenging threats.　　　(III vii 69-73)

神聖な司法官として彼は正義を重んじなければならない、しかし神の裁きが下される以前に個人的な復讐へと燃える悪魔的な激情に我を忘れるという両極端に身を置いている。

　だが彼はしだいに正義の存在を疑い始める。息子を殺された画家が彼に正義を求めてやって来ると、彼は叫ぶ

>   O ambitious begger, wouldest thou haue that
>   That liues not in the world?
>   Why, all the undelued mynes cannot buy
>   An ounce of iustice;　　　　　　　　(III xii A 82-5)

更に狂気の余り一老人を息子と思って言う

>   Goe backe, my sonne, conplaine to *Eacus*,
>   For heeres no iustice; gentle boy, be gone,
>   For iustice is exiled from the earth:　　(III xiii 137-9)

従って彼は自分で地獄へ下りて行き、プルートの宮殿の門を叩いて復讐の女神達を連れて来て犯人達を苦しめる以外に無い。その為の手段は既に考えてある

>   Not seeming that I know their villanies,
>   That my simplicitie may make them think
>   That ignorantly I will let all slip:　　(III xiii 31-3)

>   　　　　thou must enioyne
>   Thine eies to obseruation, and thy tung
>   To milder speeches then thy spirit affords;
>   Thy hart to patience, and thy hands to rest,
>   Thy Cappe to curtesie, and thy knee to bow,　　(39-43)

こうして彼は敵を惑わせ本心を隠す為に言葉の技巧を操る専門家になり、芝居

が始まる。第三幕で彼は司法官としての務めを果しつつも、悲しみに打ちのめされ王に正義を求める哀れな父親から、この世に正義など無い以上自力で復讐を行う他は無いと悟り、何も知らない馬鹿の振りをしてそのチャンスを狙う復讐の鬼へと変身していく。

　他方ロレンゾはマキャベリアン的悪計を企て、ホレイショ殺害を手伝った召使セルベリンをペドリンガノに闇討ちさせ、その場に見張りを配置しておいてペドリンガノも逮捕させ (III ii)、助ける約束で事実を語ることを封じ、ペドリンガノは結局処刑されてしまう (III v)。

　　　Thus must we worke that will auoide distrust;
　　　Thus must we practice to preuent mishap,　　　(III ii 105-6)

　国家レベルでの行事としてベリンペリアとバルサザーの結婚式の為ポルトガル太守がスペインに来る。しかしベリンペリアにとってこの結婚はまさに不調和の調和、憎しみを秘めた愛である。またロレンゾは父の忠告でヒエロニモと和解する (III xiv)。ベリンペリアとバルサザーの結婚、ヒエロニモとロレンゾの和解において、ベリンペリアとヒエロニモは共に秘かに復讐の決意をしており、両者共に表面的な見かけ上の和、裏切りを秘めた愛情と友情であって、より大きな不和、不協和音を響かせる源と成る。かつ二人の決意を知らずに喜ぶバルサザーとロレンゾはアイロニーの犠牲者と成っている。

　二本の平行線として進展してきた国家の平和、協調と個人の悪意、裏切りが結末でまともに面と向かい合い激突し総てが無に帰する。ベリンペリアは伯父王や父に結婚を強いられたが、最初の決意は忘れていない。彼女はヒエロニモに復讐の遅延を責め、自分が復讐を実行すると主張し、ヒエロニモは彼女を信用する (IV i)。ロレンゾは計画が総て上手く運んだと思い、ヒエロニモを狂った老耄と見なして彼との和解を本気で受け止める。疑うことを忘れた人間はもはやマキャベリアンではない。ここでヒエロニモの復讐という私情が総てを支配することになる。息子の殺害者達という個人レベルのみならず二国間の結婚という公的レベルにおいてもヒエロニモが支配する。

　結婚を祝いかつ王達を持て成す為に芝居上演の計画を持ってきたのはロレンゾとバルサザーであり、ヒエロニモは即座に自作の芝居『ソリマンとパーセダの悲劇』を提案する。この劇中劇は「騎士エラストの妻パーセダに王ソリマン

が横恋慕し、彼女の拒絶に遭う。王は親しい臣下に相談し、臣下は夫エラストを殺す。パーセダは王を殺して自殺、臣下も首を吊って死ぬ」。ヒエロニモは、騎士エラスト、その妻パーセダ、王ソリマンの役をロレンゾ、ベリンペリア、バルサザーに当て、自分は臣下になる。王達の前で演じられるこの芝居の中で、ベリンペリア（パーセダ）は本当にバルサザー（ソリマン）を殺して自殺し、ヒエロニモ（臣下）はロレンゾ（エラスト）を殺し更にカスティーユ公も殺して自害する (IV iv)。結婚の祝いで復讐の殺害を行うという極端な調和と不調和が衝突するこの結末は、芝居と人生、虚と実が合体し、全体に流れていた相反する両極、戦争と平和、生と死、愛と憎悪、友情と裏切り、国家と個人等総てが流転し無に帰することを示している。

そしてまた人物達の二面性も両極端を成しており、ヒエロニモは公的には司法官、私的には息子の死を嘆き復讐へと狂う父親であり、ベリンペリアは表面上は美しく優しい高貴な娘であるが心の奥には恋人アンドレアの復讐としてバルサザー殺害を意図している。ロレンゾは外観は立派な騎士であるがその仮面の下に自己の利益の為には手段を選ばず人をチェスの駒のように動かす悪人である。

こうした人生の両極端を成す二面性がどのような劇構成の中で示されているのかを観ると、それは鏡の中の鏡の中の鏡の…というメタセアターの構成をとる。劇場という場でまず料金を払った観客が芝居を見ている。幕が上がると「アンドレアの亡霊」と「復讐」が登場し、「復讐」が「バルサザーがベリンペリアに殺される様を見せてやろう。…我々はこの悲劇のコーラスの役をしよう」と言い、二人はギャラリー（二階桟敷（注3））に座を占めて地上の人々が演じる悲劇を見物する第二の観客に成り、幕の終りごとに評を述べる。このように一幕一場の導入部でこれから上演される悲劇の結末が知らされ、どう足掻いてもバルサザーはベリンペリアに殺される運命にある。しかし第三幕の終りで亡霊アンドレアは、バルサザーがベリンペリアと結婚することになったのを見て「復讐」の予言が信じられない。「復讐」は彼に無言劇を見せて結末を待つよう諭す。これは希望の達成を焦る人間に忍耐の重要性を教えるものであり、息子の復讐を計るヒエロニモが忍耐しつつ犯人の確証を得ていくことに結びつく。

しかしこの二種類の観客が見物する悲劇の人物達は、「復讐」とか天国や地獄の神々によって操られる単なる操り人形とは映らない。亡霊や「復讐」と悲劇の人物達との間にはかなり大きな溝、疎遠感、距離があり、「復讐」は彼等を意のままに動かす力を持つ生命力のある人物には成っておらず、「復讐」と亡霊はあくまでも観客という静的な存在として認識される。作者キッドはセネカの世界を踏襲したのだが、彼の関心はこうした形式よりも内容の方に在ったのであり、悲劇の人物達は全力で生き抜き死んでいく。彼等は自己を最大限に生かしてその激情を表現するのであり、それゆえにこの悲劇が示すのはより大きな力に操作される人間の「はかなさ」ではなく、混沌とした複雑に絡み合う多重性を持つ人生の変転なのである。

　第一の真の観客と、第二の観客「復讐」と亡霊の前で演じられる悲劇の中で、更に劇中劇が演じられて人物達が第三の観客と成ってそれを見る場が第一幕と第四幕にある。第一幕のそれはポルトガルの使者を持て成す為にヒエロニモが企画し説明する黙劇で、スペインとポルトガルが共にかつて英国に敗れた歴史を示すもので、これは第一の観客である英国人目当ての英国讃美だが、第三の観客であるスペイン王やポルトガル大使も楽しんでおり全くの余興である。

　第四幕の劇中劇は結婚を祝う為に演じられるのだが、これを利用してヒエロニモは復讐を果す。ここでは国家と個人二つのレベルがヒエロニモによって支配され衝突するが、同時にまた芝居の中の殺人者がその「演技」を行いつつ現実に殺人を犯すという、芝居と実人生二つのレベルが余りにも見事に合体する為、舞台上の観客達は殺害が事実とは思わない。ヒエロニモが「総ての悲劇役者のように、今エイジャクスやローマの貴族として死ぬがすぐに飛び起きて生き返り、また明日観客を楽しませると思っているのだろうが、そうではない」と息子の死体を見せつつこの余興の死は本物であることを説明して初めて、王達は若者達の死を知る。

　第一幕の余興である黙劇と第四幕の芝居イコール人生の劇中劇の他に、更に二つの劇中劇と見なせる場が在る。第一は、二幕二場でベリンペリアとホレイショの密会をロレンゾとバルサザーが盗み見る場で、相手に見られずして見ているロレンゾ達は劇中劇の観客の立場に成る。そしてこの場は第一の単なる余興としての劇中劇に比べると人物達にとって一層大きな関係と重要な意味を持

つのであり、バルサザーにとっては二人の恋の語らいは悪夢を見ているに等しく、また恋人達の台詞の間に挿入されるロレンゾ達の台詞

  Bel. But whereon doost thou chiefly meditate?
  Hor. On dangers past, and pleasures to ensue.
  Bal. On pleasures past, and dangers to ensue.
  Bel. What dangers, and what pleasures doost thou mean?
  Hor. Dangers of warre, and pleasures of our loue.
  Lor. Dangers of death, but pleasures none at all. (Ⅱ ii 26-31)

これはひどく修辞的な三重唱であるのだが、一方は愛へ、他方は死へという両極端を指向する大きなエネルギーを含んでおり、盗み見ている者達が恋人達の台詞を軸に秘かに口にする言葉には彼等の憎悪が端的に示され、恋人達に忍び寄る不幸が明示されている。そして二人の夜の逢引でベリンペリアの台詞

  If I be *Venus*, thou must needs be *Mars*;
  And where *Mars* raigneth there must needs be warres. (Ⅱ iv 34-5)

そのままに二人は暗殺者達に襲われる。

　劇中劇と見なせる第二は三幕十二Ａ場と十三場で、司法官ヒエロニモの元に画家が息子を殺されたと訴えてくる。彼は自分と同じ状況の画家に一枚の絵を描くよう求める。それは妻と息子とヒエロニモ自身の三人の絵、息子が殺害された場所、悲鳴に飛び起きて息子の死体を発見し、暗殺者を八つ裂きにしている自分の姿等と同時に、画面には描けない呻き、嘆息、悲しみの叫び、十二時を打つ鐘の音、弔鐘の音等も描くよう求める。これは殺害された息子を発見した時の様子を再現し、かつ復讐の願望を絵画の中で果すという一種の自己劇化、絵という静的な劇化であり、彼はその絵の中に自己の姿を見る。

　次の十三場では老人がやはり息子を殺されたと嘆願に来る。老人は悲しみで言葉も出ず嘆願書を差し出す。ヒエロニモはこの老人の中にも自分の姿を見る

  Whiles wretched I in thy mishaps may see
  The liuely portraict of my dying selfe. (Ⅲ xiii 84-5)

  Thou art the liuely image of my griefe;
  Whithin thy face my sorrowes I may see. (161-2)

老人の顔、額、唇、悲嘆等総てはヒエロニモ自身のものである。彼は前の場で絵の中に自分を描き自分自身の姿を見たが、この場でその絵は生命を得て自分の生きた姿を見るのであり、絵画での表現から生きた行動する人間へ、静から動への移行がある。この二つの場には静と動、生と死、人生と芝居の二重性がある。

　第三幕にあるこの二つの場は共に息子を殺された画家と老人が正義を求めてヒエロニモの元へやって来るもので一見冗長な繰り返しと映るのだが、この二場は自己のアイデンティティの基盤であった息子を殺されて狂気の世界へ足を踏み入れたヒエロニモが、その悲嘆を自己の胸の中に見かつ自分の言葉で表現するだけでは全く不充分であり、その絵を描いて視覚化し、更に生きた人間の中に自分の姿を見るという「悲しみ」の劇化と言える場である。そしてこの場は前二つの劇中劇より遥かにヒエロニモという人物に密着した場となっている。

　一幕五場の完全な余興としての黙劇、二幕二場で秘かに盗み見され不吉な影に覆われる恋人達、三幕十二Ａ場と十三場のヒエロニモの「悲しみ」の視覚化と劇化、そして四幕四場の芝居イコール人生となる劇中劇と、幕ごとに劇中劇の要素が配置されており、その内容は単なる余興から、忍び寄る影の不吉さへ、更にヒエロニモの胸中を示す絵画と老人へと芝居イコール人生への密着度は増幅していき、最後には芝居の中での殺人が現実の殺人に成るという芝居と人生の二面性とその一体化が浮彫にされる。

　三重、四重の劇場構成を成しているこの作品の言葉に注目すると、地口遊びの異常な様相が浮び上がってくる。芝居に関する地口が頻繁に繰り返されると同時に正と不正、生と死等の二重性が示される。

　一幕一場でアンドレアの亡霊は「ポルトガル戦争で死に、地獄の渡し守カロンの船で地獄へ渡り、その裁判官である三兄弟の一人ミノスによってプルートの宮殿へ送られた。宮殿で王妃プロセルピナは『復讐』を私に付け、二人をこの舞台のバルコニーへ送った」経過を説明する。この中で作品全体を象徴する二単語が perform と device である。カロンは

> Said that my rites of buriall not performde,
> I might not sit amongst his passengers.　　　（Ⅰⅰ21-2）

　　　　私の埋葬の儀式が［行われて：演じられて］いないので、
　　　　私は乗客の中に入ることは出来ないと言った。
「儀式」というものは常に観客を持つ点で芝居に通じる。このperformdeという単語は作品の中核となる地口を成す。地獄の三兄弟の間でアンドレアの扱いに関して意見が異なった時

　　　Then *Minos*, mildest censor of the three,
　　　Made this <u>deuice</u> to end the <u>difference</u>:　　　（Ⅰ i 50-1）
　　　三人のうち最も穏やかな判官ミノスが、
　　　［意見の相違：争い］を終らせる為次の様な［考え：謀計］を示した。

Deuiceは地口を成していない場合も含め頻繁に使われることになる。そして一幕一場最後の台詞で「復讐」は言う

　　　Then know, *Andrea*, that thou art ariu'd
　　　Where thou shalt see the <u>author</u> of thy death,
　　　Don Balthazar, the Prince of *Portingale*,
　　　Depriu'd of life by *Bel-imperia*.
　　　Heere sit we downe to see the misterie,
　　　And serue for *Chorus* in this <u>Tragedie</u>.　　　（Ⅰ i 86-91）
　　　では、アンドレア、到着したこの場所で
　　　お前の死の［張本人：作者］、ポルトガル王子の
　　　バルサザーが、ベリンペリアによって、
　　　命を奪われる所を見せてやろう。
　　　ここに座って闇に包まれた事件を見、
　　　この［惨事：悲劇］の［解説者：合唱団］の役をしよう。

「復讐」から見て人間界で起る事は前もって定められた運命が順次成就されていく過程にすぎず、それは舞台上の芝居の進行と同じ事であり、この概念がauthor、tragedie、chorus等の芝居用語と成っている。

　王族の一人でありかつ悪党であるロレンゾは悪計を内に秘め表面は善人を装って芝居をする。バルサザーが妹に冷たく扱われるのを見て「女は気まぐれです、このclouds［雲：憂鬱］も少しの風で吹き飛ぶでしょう、….暫くは楽しい気晴らしや宴会で時を過ごすdeuice［工夫：画策］をしましょう（Ⅰ iv）」と慰め

11

る。ペドリンガノから妹の恋人の名を聞きだした時、もしそれが偽証だったら「お前が誓ったこの剣がお前の tragedie［殺害：悲劇］の源になるぞ (II i)」と脅しておき、また彼に裏切り者セルベリンを殺すよう命じる「よく聞け、このように deuisde［考えて：画策して］あるのだ (III ii)」。こうして次々に邪魔者を始末した後不安は去ったとして幽閉しておいた妹を解放し安心するが、その時点で彼は策略家であることをやめ逆に他の人物の策略に嵌められることになる。安心し疑心を抱くことをやめた時彼は人を動かす力を失い、動かされる立場に転じる。彼は父の忠告でヒエロニモと和解するが、ヒエロニモの方は疑いを抱いてやって来る。公の「お前を呼んだのは this［次の事］なのだ」を、ヒエロニモは［this という単語］と歪曲して「そんなに短いのですか、では帰ります」と狂気を装う。ロレンゾに呼び戻されて「もう had done［終った］かと思いました」を、ロレンゾは傍白で「彼が［破滅して］いればいいのに」と地口にする (III xiv) が、彼の罪を暴こうと狂気を装って芝居をしているヒエロニモのレベルから見ると、これは既に犬の遠吠えにすぎない。

　ロレンゾの計略に踊らされる召使達にも芝居に関する地口が多い。待ち伏せしていたペドリンガノはセルベリンがやって来るのを見て「さあ、play the man［男らしく振舞う：役を演じる］のは今だ」と銃で彼を殺し、「奴は倒れた、約束は performede［果された：演じられた］」(III iii) と喜ぶが、すぐ見張りに捕えられ

  Ped. Who first laies hand on me, ile be his <u>Priest</u>.
  Watch3. Sirra, <u>confesse</u>, and therein <u>play the Priest</u>. (III iii 37-8)
  ペド. 私に最初に手を掛けた奴、そいつの［死の付添い人］になってやる。
  見張3. フン、［自白：告解］して、［牧師ごっこをする：死の付添い人を演じる］がいい。

ペドリンガノが裁判で事実を暴露しないよう、ロレンゾは彼の助命の証が入っている箱をボーイに持たせて裁判所へ行かせる。ボーイは中を見るなと禁じられた反動で蓋を開けると、空である

        Wilt not be an odde <u>iest</u> for me
  to stand and grace euery <u>iest</u> he makes,….
  Ist not a scuruie <u>iest</u> that a man should <u>iest</u> himselfe to death? (III v 13-6)

> 私が奴の言う［冗談］を総て保証してやるとは、
> 全く妙な［芝居］じゃないか,...
> 人が［死ぬ程冗談を言う：冗談で自分を死に追いやる］とは浅ましい［冗談：芝居］じゃないか？

主人公ヒエロニモは公正な司法官でかつ王に忠実な臣下である。彼は作品の三分の一迄は全く目立たない人物であるが、息子の死体を発見する二幕五場からその姿が大きく浮び上がってくる。夜の闇の中で死体を見つけ「昼ならこのdarkenes［暗闇：邪悪］な行為は無かったろうに」と嘆き、この不正行為を闇から白日の下に晒すことが彼の目的となる。が、また悲しみの余り狂気に至る。正義を求めて天と地と地獄に呼び掛ける悲しみの狂気がある一方、正気に戻って疑念を抱き復讐の為の事実を発見する忍耐の必要性も認め、独白する

> Aduise thee therefore, be not credulous:
> This is deuised to endanger thee,　　　(III ii 39-40)
> だから軽々しく信じないようにするのだ、
> これはお前を危険に陥れる為に［工夫：画策］されたのだ、

この正気の中で彼は狂気を装って情報を集め、呪われたtragedie［惨事：悲劇］のactors［実行者：役者］はロレンゾ達だった事実を知り彼等を呪う(III vii)。しかし未だ彼は正義の存在を信じており、Justiceを七回繰り返して王に呼びかけるがロレンゾに阻止されると短剣で地面を掘って言う

> And heere surrender vp my Marshalship;
> For Ile goe marshall vp the feendes in hell,
> To be auenged on you all for this.　　　(III xii 76-8)
> ここで私の［司法権］を放棄しよう、
> そして地獄で悪魔達を［集結し］、
> お前達全員に復讐しよう。

また息子を吊した木を呪う。種を蒔き水を注いでやった木が

> At last it grewe, and grewe, and bore, and bore,
> Till at the length
> It grew a gallowes, and did beare our sonne,
> It bore thy fruit and mine:　　　(III xii A 68-71)

ついにどんどん［成長し］、［実を結んだ］、
　　　が、やがて
　　　この木は縛り首の木に［成り］、息子を［吊し］た、
　　　この木はお前と私の［果実：子供］を［結んだ：吊した］。
そして画家が正義を求めて来た時正義はもはやこの世に存在しないと断言し、老人が訴えて来た彼は妻と三人で唄を歌う提案をする

　　　Three <u>parts</u> in one, but all of <u>discords</u> fram'd:──
　　　Talke not of <u>cords</u>, but let us now be gone,
　　　For with a <u>cord</u> *Horatio* was slaine.　　　(III xiii 172-4)
　　　一緒に［三部合唱：三人分］を、だが総て［不協和音：不和］だ、──
　　　［和音：心の琴線］のことは言うまい、さあ行こう、
　　　［細縄］でホレイショは殺されたのだから。

この場にも concordant discord, 調和した不調和という両極端を結びつける作品の二重性がある。こうした経過を経て彼は遂に復讐を自分の手で実行する決意に至る。

　以後彼が敵と会う時彼は完全に本心を隠して芝居をする。王に正義を求めた時のように単純な心ではなく「彼等はどんな新しい deuice［工夫：計略］を deuised［凝らして：企んで］いるのか」と疑心を持って登場し(III xiv)、ロレンゾと表面上の和解をしつつ相手の様子を窺がう。他方ベリンペリアは彼に復讐の遅れを責め「どんな言訳で shew thy selfe［自分を説明する：芝居をする］つもりなのか」問い、「貴方が deuise［工夫し：企て］ないなら私が彼等の魂を地獄へ送ってやる」と迫り、この様子に彼は決意して言う

　　　　　　whatsoeuer I <u>deuise</u>,
　　　Let me entreat you, grace my <u>practises</u>:
　　　For why the <u>plots</u> already in mine head.　　　(IV i 49-51)
　　　　　　　　私が何を［考案する：企む］とも、
　　　どうぞ私の［行う事：陰謀］に好意を示して下さい。
　　　もう［筋：計略］は頭の中にあるのですから。

ロレンゾ達の芝居の計画を利用するヒエロニモの殆どの台詞は二重の意味を持つことになり、ロレンゾ達の台詞も本人達は気付かないがヒエロニモと観客の

視点からは二重の意味を持つことになる

> Bal.　How now, *Hieronimo*? what, <u>courting</u> *Bel-imperia*?
> Hier.　I, my Lord; such <u>courting</u> as, I promise you,
> 　　　She hath my <u>hart</u>, but you, my Lord, haue hers.　　（IV i 53-5）

> バル．　おや、ヒエロニモじゃないか：ベリンペリアに［求愛して］るのかい？
> ヒエロ．ええ殿下、彼女が私の［愛：胸の内］を手にするような、
> 　　　　そんな［求愛：誘い］です、彼女の心は貴方のものですが。

そしてヒエロニモは自作の芝居を上演する提案をする

> Hier.　Now would your Lordships fauour me so much
> 　　　As but to grace me with your <u>acting</u> it ―
> 　　　I meane, each one of you to <u>play a part</u> ―
> 　　　……
> Bal.　What? would you haue us <u>plaie a Tragedie</u>?　　（IV i 80-5）

> ヒエロ．どうぞ好意を示して、皆様がそれを
> 　　　　［演じて：行って］下さるようお願いします。
> 　　　　つまり、一人一人が［役：義務］を［演じる：果す］ことを、
> 　　　　………
> バル．　何？　我々に［悲劇：惨事］を［演じて：行って］もらいたいのか？

彼が芝居の内容を話し役の分担を決める間に act、play、tragedy、part、perform、action、show 等の単語の地口遊びが繰り返される。

そして彼の「この芝居は what to speak［何を言っている］のか判る紳士や学者によって acted［演じられ：行われ］る様にしておいた」を、バルサザーは「だが今 how to speake［話し方］を知っている王子や宮廷人によって plaide［演じられ：行われ］る訳だ」と言うが、この what to speak から how to speak への移行は、バルサザー達が劇中劇の中で話す「話し方」は判っているがその「内容」はヒエロニモの意図するレベルにおいては理解していないことを意味している。かつヒエロニモは一層効果を上げる為に「各々が判らない言葉で自分の parte［役：義務］を act［演じ：果さ］ねばならない」とギリシャ語やラテン語を使うことにし、「その必要があるのです、結末で intention［芝居：計画］が good［良かった：成功した］ことになる必要があるのだから」(IV i)。この四幕

一場は人生と劇中劇が実体とその影のように一体となり二重に揺らいで人生が芝居に、芝居が人生にと巧妙に微妙に揺れ動く。

　劇中劇を観ている王達 (IV iv) の台詞も皮肉なアイロニーを生むことになり、王は「トルコ皇帝ソリマンの Tragedie [悲劇：惨事] が王子達により Performde [上演：実行] されるのを観よう」と言い、パーセダ役ベリンペリアがソリマン役バルサザーを殺して自害するのを見て、「これは brauely [立派に：勇敢に] was done [演じた：実行した] ものだ」と褒める。ポルトガル太守も「これが in earnest [熱心に：本気で] 行われるなら息子にはとても良いだろうに」と言うが、実際これは芝居ではなく真剣な行為でそれゆえバルサザーにとってはとても良いどころか死となっており、太守は自分の言葉がいかにアイロニカルな意味を持つのか未だに気付かない。そこで臣下役ヒエロニモは解説する「私はヒエロニモ、hapless [不幸な] 息子の hopeles [希望を失った] 父親、その舌が今最後の話をするがそれは

  Not to excuse grosse <u>errors</u> in the <u>play</u>.
  I see your lookes <u>vrge</u> instance of these wordes;
  Beholde the reason <u>vrging</u> me to this:

         Shewes his dead Sonne.

  See heere my <u>shew</u>, looke on this <u>spectacle</u>:　（IV iv 86-9）
　　この［芝居：行為］のひどい［欠点：罪過］の言訳の為ではない。
　　その証拠を［強く求めて］おられるようだが、
　　私をここへ［駆り立てた］理由を見るがいい、

         死んだ息子の遺体を示す。

　　さあ私の［芝居：見せる物］、この［見世物：見るも哀れな物］を。
以下彼が一部始終を説明する中に再度 plot、spectacle、part、catastrophe、perform、tragic part、play の地口が頻出し

  <u>Author</u> and <u>actor</u> in this <u>Tragedie</u>,
  Bearing his latest fortune in his fist;
  And will as resolute conclude his <u>parte</u>
  As any of the <u>Actors</u> gone <u>before</u>.
  And, Gentles, thus I end my <u>play</u>;

Vrge no more wordes: I haue no more to say.　　（IV iv 147-52）
　　この［悲劇：惨事］の［作者：張本人］であり［役者：実行者］は
　　自分の掌中に最後の運命を握っている。
　　そして決然として自分の［役：義務］を果そう、
　　［昔の：先に］死んだ［役者達：実行者達］同様に。
　　皆さん、こうして私は自分の［役：義務］を終ります、
　　これ以上言葉を求めないで下さい、もう云うことは何も無いのだから。
やっと事実に目覚めた王達はヒエロニモを捕えて拷問にかける。しかし息子の復讐を果し妻も自殺した今彼はもう何も望まない。「今や私がacted［演じた：行った］ことに喝采を送ります、さあ私のpart［側：役：身体の一部］の歓喜を表す為にまず私の舌を次に心臓を取るがいい」と舌を噛み切る。言葉から行動へと進み復讐を果した彼はもう舌も言葉も必要ない。王達は舌が無くても手で書けると紙とペンを渡して更に説明を求めると、彼はペン先を削る為のナイフを求め、それでカスティーユ公を刺殺した後自害することによって、劇中劇の暗殺者の役とヒエロニモ本人としての両方の人生を共に終らせる。
　　最後に「復讐」は全体を纏め、善人の魂は天国へ、悪人達は地獄へ送り
　　　Ile there begin their endles Tragedie.　　（IV v 48）
　　　私が、そこで彼等の果しない［惨事：悲劇］を始めよう。
この「復讐」の最後の台詞は冒頭一幕一場の「このTragedie［悲劇：惨事］のChorus［合唱団：解説者］の役をしよう」という彼の台詞と合体するのであり、作品の幕開きと結末両方で作者イコール役者、芝居イコール人生の二面性と演劇性が総括的に示されている。

　　この作品は人生の極端な二面性、愛と憎しみ、生と死、戦争と平和、友情と裏切り、国家と個人を描き出すが、その手法は構成と言葉両面で「芝居」の特質を用いている。その表現には一貫して「芝居」に関する地口遊びが利用されており、構成面では劇場の中の芝居の中の芝居……という構造が三重、四重に組み立てられ、明確な形の劇中劇の他に、盗み見の様態、絵画や他者の中に自己を見出す一種の自己劇化の形等によって示される。そして結末ではこれ等総てが合体し、作者イコール役者の手で結婚祝いの芝居の中で復讐が果され、芝

居イコール人生となって終結する。

　この作品で作者キッドは古典劇と当時の英国劇の様式を完全に駆使して英国復讐劇の典型を生み出した。

注

1　F. S. Boas ed. : *The Works of Thomas Kyd*. Clarendon, 1962.　引用はこの版による。
2　ibid.
3　R. C. Kohler : "Kyd's Ordered Spectacle". *Medieval and Renaissance Drama in England* III. AMS Press, 1986.

第 二 章

『エドワード二世』　C・マーロウ
── もし私が王なら

　Christopher Marlowe はシェイクスピアと同年の1564年に生れ、1583年ケンブリッジ大学で修士号を取得、1593年に旅籠での喧嘩で刺殺された。その短い29年間の生涯に七編の戯曲を書いた。*Tamburlaine* (1587-8) は黒海地方の羊飼タンバレインがペルシャ、トルコ等を次々に征服し国王や皇帝を捕虜にして屈辱を与え、広大な領土を手に入れていく勝利のペイジェントであり、一人の偉大で強力な支配者の栄光に輝く姿が描かれているが、作品の第二部でタンバレインは自己を「神の遣わした者」と見なすが結局は彼の力をもってしても倒せない敵、死に直面するという悲劇的要素も含まれる。*Doctor Faustus* は1588か89年に書かれ、*The Jew of Malta* は1591年に初演された。この二作品も他を圧する非凡な一人の中心人物がその飛翔する果しない欲望に駆り立てられる様を描いている。そして次に書かれたのが *Edward II* で1592年の初演と推定されている。

　『エドワード二世』は前三作とは完全に異なる作品である。エドワード王は神経症的な意志の弱い同性愛者で、憐憫を催させるが壮大さとは全く無関係な主人公である。作者マーロウのこの180度の主題の転換は常に問題にされる驚きで様々な解釈がなされており、作者がエドワード二世に興味を抱いたのはエドワードのホモセクシャルな性癖の為である（注1）とか、作者の創造力がエドワードの終局における悲嘆と戦慄によってこの主題に惹きつけられたのである（注2）等。他方また前三作と『エドワード二世』の間に断絶ではなく連続を見、その共通要素は「人間の苦悩」であり、苦悩の全局面にわたる意味と苦悩への没頭という点でこれ等の作品に同質性を見る論もある（注3）。

　『エドワード二世』の演劇史上の位置について F. Boas（注4）は、マーロウがこの作品においてその技巧と手腕により初めて「年代歴史劇」を真の悲劇のレ

ベルに迄高めたと評しており、C. Leech（注5）も評して言っている「悲劇作家としてのシェイクスピアは『ハムレット』により同時代人に大きな影響を及ぼしたが、それ以前は歴史劇が道化ていない真剣な芝居であり、マーロウは『エドワード二世』ゆえに悲劇の分野でのもう一人の重要な貢献者である」。

　『エドワード二世』で作者は高貴な身分の者の没落を運命の女神の車輪の回転とか因果応報の神の鞭として解釈する従来の歴史劇の視点を捨て、主人公の人間的弱さと結び付けている。中心は国家ではなく一個人であり、国家形態という最も公的なものから人間感情という最も私的なものへと扱う範疇を移し、在るがままの人間性に焦点を当てて悲劇の原因をそこに求めている。主人公は苦悩する英国の象徴ではなく権力を持ちそして失った一個の人間であり、潜在的には善良な人間が自己の作り出した危機と対峙出来ないという生れながらの弱さゆえに破滅に陥るという性格悲劇である。この作品程一貫して病的に弱々しい人間を主人公にした作品は以前には無い。この作品程主人公の心理を終始深く洞察した作品も以前には無い。ここでは悲劇の場は以前の外的かつ物理的な殺戮から人間の魂の内的かつ心理的な苦悩へと転換し、内省的な分析が行われている。そうした意味でこの作品は歴史劇と悲劇が完全に融合した作品として位置付けられている。

　『タンバレイン』、『フォースタス博士』、『マルタのユダヤ人』では他に例を見ない強烈な個性の主人公が世界、宇宙、地獄でさえも徹底的に追求し己の掌中に握り締め所有しようという欲望に駆られる様が観客を圧倒し印象付ける。『エドワード二世』はこうした強烈な印象の中に霞んでしまいがちであるが英国悲劇史上重要な位置を占めている。

　王に相応しくない者が王位に着いた時臣下や国民はいかにすべきかはエリザベス朝における重要問題の一つであり、芝居の主題ともなっている。シェイクスピアの描くリチャード三世は王冠を手に入れる為邪魔者を次々に殺害してその野望を達成する残酷な冷血漢である。これに対しマーロウのエドワード二世は意志薄弱で統治力の無い王としてシェイクスピアの描くリチャード二世と比較される。それは王と貴族間の争いというプロットの選択と扱い方の類似であり、一方に意志薄弱で軽佻浮薄な王と価値の無い追従者達、他方に愛国心に満

ちた貴族達という左右対称のグループ構成の点で顕著である。マーロウの作品から三年後にシェイクスピアは『リチャード二世』を書いておりこの点で彼はマーロウの門人と言える。

　『エドワード二世』という作品とエドワードという人物の悲劇性は、人物達がこの世界を多層的な不確実性の下に生きている点にある。タンバレインもフォースタスも確固たる自己の野望を基に物理的又は精神的世界への探求に臨んだ。しかしこの作品の人物達は自己のアイデンティティを常に見失っており、それは「もし私が王なら」という台詞の繰り返しに顕著に現れる。エドワードには自分の生きている世界への足掛り、基盤が無く、王としての地位、国家統治の責任、臣下の支配、国民への配慮等への認識が全く無い。彼は「自己」を自分の内に確保しておらず自らのアイデンティティを掌握していない。　それは一幕一場冒頭のガヴェストン宛の手紙にまず示される

   My father is deceast, come Gaveston,
   And share the kingdom with thy deerest friend.　　（Ⅰi 1-2）（注6）

ガヴェストンはフランス人男性でエドワードの愛人であり、先王は王子への悪影響ゆえに彼をフランスへ追放した。しかしエドワードは父王の死後すぐに彼を呼び戻す。その扱いは王と臣下の上下関係ではなく、「最愛の友」として王国を共有するという対等関係である。ガヴェストンも王を愛しており「ロンドンは天国と同じだ、その町や人々を愛しているからではなく私がとても愛している王を宿しているからで、その人の胸の中で死にたいものだ」と述べるが、王好みの気紛れ詩人や音楽家を集めて王を喜ばせるその目的は

    that with touching of a string
   May draw the pliant king which way I please:　　（Ⅰi 52-3）

彼の王への愛情がどの様なものかが冒頭に示される。彼は王の同性愛の性向を更に深めさせそれによって王を支配しようというエゴイストの奸計を抱いている。

　エドワードはガヴェストンの帰国を拒否する貴族達を前に、王であるにも拘らず傍白で「彼等の反対に抗して私は思いを叶えてやる」とまず自分の意思を固める。この冒頭での傍白はエドワードの立場と性格を如実に示している。激しく非難する貴族達に対し王は弟ケント公の援助を得て、王に抗うことの危険

性を強調し、首を刎ねると威し、次には「認めてもらいたい」と丁重に頼み込む。しかし貴族達は王と戦う決意で去り、王はケントに言う

   Am I a king and must be over rulde? （Ⅰⅰ135）

反抗する貴族達を前にしたエドワードが傍白で意思を固めるが威嚇と懇願の交互の使用も結局効果無く空疎で無駄となり確固たる支配力と統治力を完全に欠いた姿と、王自身による Am I a king? という疑問は、彼のアイデンティティと理性の欠如を示している。彼は王として真の決断力の完全な欠如という欠点を持ち、危機が迫るたびにどの危機に対しても同じ反応を示す。即ち脅しと不屈の反抗を一瞬示すが即座に気落ちして危機を受動的に受け入れ、同時に不平を言い訴える。彼の言葉と行動は常に一致せず、大言と自慢を具体化出来ないことは彼の慢性的欠陥である。

 ガヴェストンに再会して王は喜ぶ

   Why shouldst thou kneele, knowest thou not who I am?
   Thy friend, thy selfe, another *Gavestone*. （Ⅰⅰ142-3）

彼がガヴェストンに求めるのは手にキスをし跪く臣下の礼儀ではなく、対等に抱擁しあう友人であるが、「私はお前自身、もう一人のガヴェストンだ」と言い進む時「エドワード王は誰か」といえば王ではなくガヴェストン自身であり、彼は完全な自己喪失に陥っている。そしてガヴェストンとは「生れが卑しく紳士とも言えない、ひねくれたフランス人」、「一晩で成長するマッシュルーム」の成り上がり者であり、そして彼は更に王を堕落させる計画である。しかし王はこの再会の喜びと反抗する貴族達への当て付けから恋人に多くの贈物をし

   Cheefe Secretarie to the state and me,
   Earle of *Cornewall*, king and lord of *Man*. （Ⅰⅰ155-6）

この king and lord of *Man* の Man は［マン島：エドワードという男］と地口になる。更に彼はガヴェストンに私の心、私の護衛、私の国庫、私の国璽、私の王の名さえも与える時、彼はガヴェストンと対等であることをやめ恋人としても統治者としても相手の支配下に身を置いたことになる。またガヴェストン追放を支持したコヴェントリー司教をロンドン塔に幽閉し、司教の地位、収益、家財総てをガヴェストンに与え、宗教面でも恋人の方が遥かに上位になる。この様にエドワードは貴族を支配する力を欠くと同時に自己の激情を支配する力も

欠いている。ガヴェストンへの激しい愛への没頭が悲劇の原因となって貴族達を反乱へ、王妃を王の殺害へと追い込む。

　当時の社会において同性愛そのものは道徳的誤りとか不自然とは見なされていない。老モーティマーは、ハーキュリーズやアキリーズ、ソクラテス等王や賢人達が同性の愛人を持つ例を示し、「王は本来穏やかな落ち着いた性格であり、気紛れな若さから成熟した年齢に達すればそうした玩具を捨てるだろう」と期待する。しかしエドワードの肉体関係を超越した情事は理性を圧倒し、価値観の混乱を招き、彼の人生における他の重要な絆総てを根底から切断してしまう。彼は「王」であるのに政治、戦争、宗教そして国民や貴族よりも愛人を重んじ、彼の異常な愛は重要なものと不要なもの、価値と無価値、威厳と矮小の混乱をもたらす。それゆえに彼の歪んだ愛は非難に値する。

　エドワード王は生れの卑しいかつ奸計を抱く恋人を自己と同等のものと見なし、更に自己を恋人に服従させて完全にアイデンティティを失っているが、作品全体の悲劇はこの自己喪失が他の人物達にも及んでいる点にあり、それはガヴェストンの死後王の愛人になるスペンサーにも見られる。貴族達は王妃イザベラが王に無視され疎まれて立ち去るのを見てガヴェストン追放の信条書を作り、王に署名を迫る（I iv）。彼等は邪魔するケント公とガヴェストンを室外に出そうとする

>　*Edward.*　Whether will you beare him, stay or ye shall die.
>　*Mortimer senior.*　We are no traitors, therefore threaten not.
>　*Gaveston.*　No, threaten not my lord, but pay them home.
>　　　　　　Were I a king —　　　　　　　　　（I iv 24-7）

ガヴェストンは自己の範疇を逸脱し人間関係を冒瀆している。署名を迫られた王は昇進と階位を撒き散らして貴族達を懐柔し、諂いで難をかわそうと試みて惨めな卑しさを見せるが全く効果なく、王の威厳を傷つける。懇願の中で彼は言う

>　So I may have some nooke or corner left,
>　To frolike with my deerest *Gavestone*.　　　（I iv 72-3）

それ程ガヴェストンを愛する理由を問われて彼は答える

>　Because he loves me more then all the world:　（I iv 77）

エドワードの世界の中心はガヴェストンである。彼は価値の無い卑しい男であるが、それでも王に総てを放棄させるものを持っている。エドワードが統治すべき王国を分断してまでも彼と戯れる片隅を望むことは、王としての威厳を損ないその象徴「太陽」の光を暗黒にし、「ライオン」を鼠に転落させる。それ程彼を愛し彼から愛されていると信じる点でエドワードの愚かさは憐憫さえ催させる。

　彼の嘆願はここでも効果なく、「インク代りに涙で」署名した後独白する

> As for the peeres that backe the cleargie thus,
> If I be king, not one of them shall live.　　　(I iv 104-5)

彼は「もし私が王なら」と言い、脅しと復讐の意思を示すが実行するつもりは無く、事態を受動的に受け入れる。彼の言葉は行動へと実体化することなく空虚に惨めに空転する。

　恋人と別れる時、彼の特質である感傷的で大仰な語句が更に振幅を広げる。「お前はこの地から、私は自分自身から追放されるのだ」という恋人との一体感、「国家の収入で敵共から彼を買い戻せるなら安いものだ」という国家の無視、「彼と引離された時女神が私を打ち殺してくれていたら」との絶望。ガヴェストンはエドワード自身、彼の分身であり、国家や死以上に重要視するこの愛は理性を超えて狂気の域に達している。

　エドワードは彼に真実の愛情を抱く王妃を激しく罵る残酷さを示す一方、王妃の愛情を利用してガヴェストンの帰国を貴族達に嘆願させる。王妃に懇願されたモーティマーは、敵を外国より手元に置く方が安全だと貴族達を説得する。王妃とモーティマーが好意を抱き合っていることは王の側からも貴族達からも推測されているのだが、結局貴族達は彼に同意する。これを知って大喜びの王は再び彼等に様々な階位を与えて喜ばせ、恋人の帰国を祝って大宴会を催すという鬱から躁の状態へと急回転し感情の奴隷となっている。

　ガヴェストンの帰国を我を忘れて喜ぶ王と成り上がり者を軽蔑する貴族の間で再度対立が生じ (II ii)、ケント公も王に「ガヴェストンへの愛情は国家と王の破滅になる」と彼の永久追放を進言した結果、反逆者と罵られて王の下を去りモーティマーの側に付く。

　モーティマーの尊大な態度と反乱の企てを怒る王にガヴェストンは彼を幽閉

するよう進言するが、王は「国民が彼を愛しているのでそれを行う勇気はない (I dare not)」。更に彼を亡き者にしようとの提案に王の答えは驚く程幼稚である「ランカスターと彼が互いに健康を祝して毒の杯をあおってくれればいいのに、だが彼等のことは放っておこう」。敵を塔に幽閉し密かに殺害する等具体的な計画に対してエドワードは怯み、その怒りと大仰な復讐の言葉はここでも行動へ移ることなく事態から目を反らせて受動的に受け入れてしまう。「彼等の生きながらの血で私の憤怒の渇きを癒してやる」という数行前の言葉は、その激しさの分だけ更に行動から乖離して実体化せず、王の威厳に致命的な打撃を与える。そして一回目の内戦が始まり、ガヴェストンは捕えられてその盛運は終わる。処刑前に最後の面会を求める王の元へペンブルック伯が彼を連行する途中、ウォーリック伯が彼を奪い殺害する。王と貴族達のこの内戦で王は完全に敗北し最愛の恋人を失う (II vi)。

　三幕一場でエドワードの第二の恋人スペンサーが登場する。彼は仕えていた主人グロスター伯の死によって新しい主人を探す必要に迫られ、パドロックに言う「王の愛を受けている人が我々を一言で昇進させてくれる、コーンウォル伯（ガヴェストン）がその人だ」。彼の随員に成るのか問われて「いや、彼の同僚だ」と上下関係ではなく対等の地位を求める意図である。そして彼はガヴェストンの紹介で希望通り王の側近になり今や愛顧を受けている。ガヴェストンとの再会を期待し貴族達を罵る王にスペンサーは言う

> Were I king *Edward, Englands* soveraigne,
> Sonne to the lovelie *Elenor* of *Spaine*,
> Great *Edward Longshankes* issue: would I beare
> These braves, this rage, and suffer uncontrowld
> These Barons thus to beard me in my land,
> In mine owne realme?　　　　　　(III i 10-5)

ガヴェストンはWere I a king— で言葉を詰らせたが、スペンサーは躊躇無く思いを総て言葉にし、前任者より大胆に自己の領域を踏み出して王の範疇に侵入する。王の恋人ガヴェストンと同等に成ることを望み、実現すると「もし王なら」と恐れ気も無く王の面前で意見を述べるスペンサーは自己の本性と人間の

相互関係を見失っている。

　ガヴェストンの死を知った王は「総ての母なる大地、父の剣と王冠に属する総ての名誉に懸けて」仇を討つことを誓う

　　　Trecherous *Warwicke*, traiterous *Mortimer*,
　　　If I be *Englands* king, in lakes of gore
　　　Your headles trunkes, your bodies will I traile,　　　（Ⅲ i 134-6）

これは臣下スペンサーと同じ台詞であり、何度目かの「もし私が王なら」の反復と復讐の決意の後即座にスペンサーを愛人にしてグロースター伯かつ宮内大臣に任命する。

　エドワードは自己を己の手中に掌握していない為、他人に自己を委ねその相手を通して自己を見る以外にない。そして彼の同性愛への衝動は余りに強い為常に愛人を持たねばならず、ガヴェストン亡き後即座にスペンサーを恋人にし自己を委ねる。即ち彼はガヴェストンが原因になった戦いから何も学んでいない。彼にとって恋する愛人は世界の何者をも超越した存在であり、恋人という第二の自己を持つことに彼生来のエゴイズムが投影されている。

　王と愛人スペンサー対貴族の間で二度目の内戦が繰り返される。貴族達から再び王家を破滅へ導く追従者を排除するよう要求されて王は拒否し戦いとなるが、「武装蜂起し王に対抗し王の命令を無視するあの傲慢な反逆者達」に対する彼の復讐

　　　This day I shall powre vengeance with my sword　　　（Ⅲ i 186）

の決意が初めて実行に移される。彼がガヴェストンの復讐者そして第二の恋人スペンサーの保護者という二人の恋人の為に立ち上がる時彼は最初で最後の素早く大胆な行動に出、「死に物狂いの異常な決意 (desperate and unnaturall resolution)」で貴族達に立ち向かう。彼の戦いは、英国に侵入したデーン人や英国王を侮蔑するソネットを唄うスコット兵を相手にした「国家」の為という公的な目的ではなく、個人的な愛憎感情の為恋人の為という完全に私的な目的の戦いである。彼は国を統治する意思は全く無く、王としての義務を放棄している一方で、恋人の為には「死に物狂いの常に無い決意」で戦いに望むことが出来る。そしてこれが最初で最後なのだが彼の決意の言葉と実戦の行為が一致し言葉が実体化した結果、王は勝利し貴族達に復讐する。彼はその復讐の理由を述べる

> And for the murther of my deerest friend,
> To whome right well you knew our soule was knit,
> Good *Pierce* of *Gavestone* my sweet favoret, (Ⅲ i 226-8)

少なくとも彼のガヴェストンへの愛情は本物であり強烈であった。しかし、ただ一度だけ示されるエドワードの言葉と行動の一致、王らしい勇気と威厳と勝利が、愛人殺害の復讐と第二の恋人を守る為に自身の臣下である貴族達と戦った時であることは、この上なく苦々しい皮肉である。王はウォーリック等を処刑し、モーティマーを塔へ幽閉し、ケント公も追放した後言う

> *Edward* this day hath crownd him king a new. (Ⅲ i 261)

「もし私が王なら....」を繰り返していた彼にとって、改めて戴冠式を行うこと、王であることの確認は、外に対してよりも自分自身に対しての必然性である。しかし彼の地位は決して安泰ではなく不断の危機に晒されていることに変りは無い。彼はかってその激しい言葉とは裏腹にモーティマーの幽閉や密かな殺害を実行出来なかったと同様今回も彼を処刑出来ない。この不決断が彼を破滅へ導く。

　モーティマーは脱獄してケント公とフランスへ逃亡し、フランス王の援助を求めていた王妃と王子エドワードに再会し、兵を挙げて英国へ進軍する(Ⅳ ii)。エドワード王とスペンサーは敗れて僧に変装し寺院に逃げ込む(Ⅳ vii)。この時からエドワードは悲劇の主人公として興味の対象となる。彼は最盛時にも自己の本質を把握せずに恋人という分身に全面的に依存して生き、戦争も正義に基づく理性よりは歪んだ感情の下で戦い、鬱から躁へ、威嚇から懇願へと目まぐるしく変転する感情の奴隷であった。彼のこうした特質は作品の後半で彼が受ける無惨な拷問の中で、顕著な姿となって浮び上がってくる。彼は苦境から目を背け、自己憐憫に陥り、自己を劇中の人物に仕立てて悲劇の主人公を演じる。
　彼は修道僧に向かって、自己をあらゆる不運の中心 (Center of all misfortune) と悲劇的運命に苦悩する君主の代表者として描いて同情を求め、寺院の静かな生活を天国として望み、寺院の中に満足を見出せると信じて現状から目を背け自己を欺こうとする。更に僧の膝に「沢山の心痛に苦しむこの頭」を乗せ、「この目を再び開けず、この悲しみの頭を再び上げずにすめばいいのに」と悲しみ

のポーズを作り、更に「私の喘ぐ胸を切り裂いて心臓を取り、代わりに友人達を助けてくれ」と続く言動はセンチメンタルそのものである。ここには彼の自己憐憫と厳しい現実からの逃避、そして悲しみの主人公を演じる姿がある。行動と直結しない大言壮語、誇張した修辞的語句、人目を引こうとする演技等かつての特性は、この寺院の場以後単なる装飾や慣用ではなく彼の性格の真正の本質となり彼の心理状態を現す重要な要素となる。敵に追い詰められ「隠れる」という肉体的具象的な動きを封じられた彼にとって、言葉が唯一の拠り所となり言葉を通して演技をすることになる。

　王とスペンサーが捕われ引き離される時「怒った天の意思だ」と言うスペンサーに対し、王は「いや、地獄と残忍なモーティマーの意思だ、優しい天がこの件に関わっている筈がない」と答える。彼はここに至った原因を全く理解せず何事も学んでおらず、悲劇の本質である自己発見には程遠い。最後に彼は

　　　　　Hence fained weeds, unfained are my woes,　　　（ IV vii 97 ）

僧の衣装を脱ぎ捨て、捕われの王として自覚した瞬間には彼の真の悲しみが示されるのだが、それは一瞬の閃きにすぎない。そしてこの捕縛が彼の長い死の旅の始まりとなる。

　ガヴェストン、そしてスペンサーという恋人に自己を委ねていたエドワードは、今その拠り所を失って一人になる。この時彼が頼るのは二度の戴冠式で確保した「王」という地位である。その王の威厳をかつて彼は恋人の為にひどく損なった。恋人の為に国土の分断もあえて望み、愛人以外は喜んで放棄するつもりでいた。しかし愛人を失った今王冠が頼りとなる。その王冠とは権力の象徴にすぎないが、実体の伴わない象徴にすぎなくとも愛人達同様幾分かは彼を保護してくれるものであり、王冠が彼の唯一の拠り所である。その王冠を放棄するよう求める司教等を前に彼は長々と論じるが(Ⅴ i)、それは彼の欠点の繰返しで

　　　　　But when I call to minde I am a king,　　　（ Ⅴ i 23 ）

実権を握ったモーティマーと王妃に復讐すべきである。彼は未だに自己の立場を認識しておらず、自分が王であることを思い起さねばならない。そして口先だけの脅しの後

> But what are kings, when regiment is gone,
> But perfect shadowes in a sun-shine day?　　（Ⅴⅰ26-7）

受動的な事態の受入れがある。彼のイメージは百獣の王「ライオン」、命の源「太陽」から実体の無い「影」に急降下し、心痛の洞窟に閉じ込められ、悲しみが彼の心に仕え、心はこの奇妙な時代の逆転に血を流していると言う芝居じみた「悲しみ」の擬人化と自己憐憫があり、相手の同情を求める。「私の王国と王冠を理由も無いのに失うことがいかに耐え難いか」と自己の過失に盲目で居る時、彼の苦痛は因果応報となる。だが天の指示ならと王冠を脱ぐにあたって

> But stay a while, let me be king till night,　　（Ⅴⅰ59）

王が臣下に求めるこの要望は「誰が王か」の問題の再提示となる。いつまでも王でいられるようにと太陽や時間に歩みを止めるよう呼び掛ける優柔不断な決断力の欠如の後、再び王冠を頭に載せ「皆、王の怒りを恐れないのか」という脅しと、その自答「彼等には以前の様に私の渋面など通用しない」と落胆した受入れが続く。再び「王冠を受け取れ」と差し出すが即座に「いや、この無垢の手にそのような邪悪な罪を犯させはしない」と否定し、「王の殺害者と呼ばれたい者が奪うがいい」と言い換える。

　この退位の場における彼の言葉と行動、王冠の放棄とその拒否の繰返し、王の威厳の自問自答による居丈高な脅しと気落ちした廃位の受動的受入れ、王冠を渡すのではなく奪われたことにする責任転嫁は、王位を放棄せざるを得ない悲痛さの中での芝居じみたポーズを演じる彼の姿を浮彫にする。遂に王冠を渡した後彼が王妃に「涙で濡れ、嘆息で乾かしたハンカチ」を贈る時、そのポーズはセンチメンタルなものとなって真の王としての威厳を完全に損ない、この苦境が観客にもたらす筈の憐憫の情を奪ってしまう。彼は息子に「私より良く支配するように」望むが、この反省と後悔も「だが温和でありすぎたという以外に、私がどう逸脱したのだ」の問いで一瞬のうちに無効となり、彼が自己発見に至らない状況を示している。

　王冠を失った後、彼は死に身を委ねる

> Come death, and with thy fingers close my eyes,
> Or if I live, let me forget my selfe.　　（Ⅴⅰ110-1）

王位を失った時彼は「影」「無」にすぎず、「無」である自分から目を逸らし忘

れるのでなければ生きていけない。司教の呼び掛ける「陛下、─」の称号も拒否して、「惨めな人間にとって死は至福だ」と死への願いがある。この退位の場には「王権」の観念の中にある「神聖さ」とか廃位が国家に与える災い等は皆無であり、描かれているのは王冠の喪失に対するエドワードの痛切な悲哀と絶望である。

　モーティマーの命令で監視人はエドワードを夜の暗闇の中をあてども無く連れ歩いて肉体的精神的苦痛を与え続ける (V iii)。その惨めさと国王の地位とを比較して嘆く中にもエドワードの絶え間ない自己憐憫がある

　　　　Thus lives old *Edward* not reliev'd by any,
　　　　And so must die, though pitied by many.　　　(V iii 23-4)

そして渇きを癒し体を洗う為に水を求めた時王と判らぬように髭を剃られるが、これは王冠を奪われたことに次ぐ第二の威厳の剥奪である。王としてのみならず人間として耐え難い屈辱を受ける中で彼の思いは恋人達に戻り

　　　　And for your sakes, a thousand wronges ile take,
　　　　The *Spencers* ghostes, where ever they remaine,
　　　　Wish well to mine, then tush, for them ile die.　　(V iii 43-5)

国王として国家の為に死ぬのではなく、自分の為に祈ってくれる愛人の為に死を受け入れる彼の考え方は何ら変っていない。彼の自己中心的態度は彼の受ける悲惨な扱いが生む筈の同情と共鳴を抹殺してしまう。

　モーティマーは王妃イザベラと共謀して王子エドワードを王位に就け、獄中の王を殺害する為暗殺者ライトボーンを送り出す (V iv)。この場で「誰が王か」という人間関係の不確実性が再び鋭く提示される。モーティマーはエドワード二世から王冠を剥奪し、彼がまだ存命中であるにもかかわらず王子の戴冠式を強行してエドワード三世とし、自分は摂政の地位に着く

　　　　The prince I rule, the queene do I commaund,
　　　　And with a lowly conge to the ground,
　　　　The proudest lords salute me as I passe,
　　　　I seale, I cancell, I do what I will,　　　　(V iv 48-51)

彼のI do what I willはガヴェストンのdraw the king which way I please (I i)と一体

となり、彼は王の悪政を怒る正義の貴族からマキャベリアンと化している。しかし彼にとっても二人の王の存在は不安である

   The king must die, or *Mortimer* goes downe, (V iv 1)

ケント公はモーティマーの暴政に反発し、兄であり王のエドワードへの反逆を悔い(IV vi)てエドワードの救出を試みるが失敗して捕われ、若い王子の戴冠式場に連行されてくる。ケントの「彼こそ我々の王だ、お前はこの王子に王冠を着けるよう強要している」の非難に、モーティマーは彼の首を刎ねるよう命じる。王子は「ケントは叔父であり彼を生かしておく」と言明するが、モーティマーの反対と母の宥めに遭って言う

   Sweete mother, if I cannot pardon him,
   Intreate my lord Protector for his life. (V iv 94-5)

意思を変えないモーティマーにケントは言う

   Art thou king, must I die at thy commaund? (V iv 103)

エドワード自身の「もし私が王なら」から始まり、恋人ガヴェストンとスペンサーの「もし私が王なら」という表層的な人間関係の混乱を経て、ここでは実質的に二人の王が存在すると同時に、モーティマーは自己を王に値する者と見なし若い王を無視してケントに死の判決を下し、若い王は臣下である筈の摂政官に懇願する。「誰が王か」の問題はここに至って人間関係の深層に及び、錯雑した不確実性を提示している。

 獄中のエドワードは(V v)ライトボーンが殺害の為に来たことを直感するが、それでも相手の偽りの同情の涙に誘われて自己の悲惨な状況を話す、「城の汚水総てが流れ込む下水溝の汚物の中に十日間立ち続け、眠らないようドラムが絶えず鳴らされ、パンと水だけの食事で心は混乱し身体は萎えている」。エドワードが相手の正体を直感的に知り恐怖を抱くにもかかわらず、この男にしがみ付き同情を得ようとする姿、そして地下牢の彼の状況は屈辱によって自尊心を傷つけられた人間をまさに具象化したものであり、この状況を述べる彼の台詞はかつての大言壮語とは完全に異なった現実的な自然の言葉で貫かれており憐れみを誘う。彼の受けた苦悩はその台詞から美辞麗句を除去し、リアリズムに至らしめている。

しかしこの場で更に強烈な印象を与えるのは、彼が残しておいた宝石を取り出して暗殺者に見せ

　　　O if thou harborst murther in thy hart,
　　　Let this gift change thy minde, and save thy soule,
　　　Know that I am a king, oh at that name,
　　　I feele a hell of greefe: where is my crowne?
　　　Gone, gone, and doe I remaine alive?　　　（V v 87-91）

王らしからぬ、商人の様な方法で宝石で命を買い取ろうとする一方で、変ることの無い単純さで「私は王なのだ」と確認し、王冠喪失イコール死であるべき筈の理念に反して生き長らえている自己に驚きと自己嫌悪を抱く。遂に偽りの同情を捨てた暗殺者の「お前から命を奪う」に対して

　　　I am too weake and feeble to resist,　　　（V v 108）

自己放棄し、「助けてくれ、さもなくば即座に殺してくれ」の言葉を最後に、焼けた鉄串で刺殺される。

　寺院で捕われて以後彼はいかなる人間にも耐え難い無情で野蛮な侮辱と屈辱を受けたが、結局それ等に立ち向かうことなく総てを受け入れてしまい暗殺者にも抵抗出来ない。その状況は余りにも痛ましいものである。王としてのみならず人間として想像を絶する残酷な状況の下で全く行動に出ずに彼はこの世を去るが、それは国家、王と臣下、夫婦等正常で道徳的な人間関係を総て無視し、理性を逸脱して愛人達に身を委ねて内乱を生んだ彼の生き方に対する応報であり、その絶え間ない自己憐憫、無罪の主張、決断力と一貫性の欠如等の為に憐れみは生むが共鳴は得られない。

　彼の死は息子エドワード三世によって償われる。新王は摂政官モーティマーの権力と束縛を断ち切り、彼を父王の死を企てた張本人と見破って処刑してこの反逆者の首を父の霊に捧げ、母イザベラをも処刑する。

　マキャベリアンと化したモーティマーが死を受け入れる台詞 (V vi) は形式的で空虚なレトリックであるとも言われているが（注7）、必然的にエドワードの死に方と対比せざるを得ない。モーティマーに死を宣告する若い王にイザベラは助命を乞うが、モーティマーは「つまらぬ男の子に助命を願うより死んだほ

うがいい」と言う

> And seeing there was no place to mount up higher,
> Why should I greeve at my declining fall? 　　　(V vi 62-3)

確かにこれは「運命の女神」への言及で月並みな台詞であるが、ここにはエドワードの自己憐憫は微塵も無く運命の頂点に達したことの喜びと誇りがあり、旅行者として「未知の国の発見」に好奇心を持って出発していく勇気がある。「死」に対するモーティマーの態度は必然的に国王エドワードのまさに地面に低く頭を垂れ自尊心を失って「助けてくれ」と叫ぶ屈従の姿を強調するものとして対置されている。

　エドワード二世を中心に人物達は、自己そして人間関係の本質に対する明確な認識の欠如と確信の無さから生じる不安感の為、常に「誰が王か」を誤解する。エドワード自身絶えずその不安に怯え悩まされ、二度目の戴冠式を行わざるを得ない。だが彼は愛人と自己の差を抹殺し、愛人との一体化の為なら王国の分断も辞さない。国王としての責任と威厳を放棄する彼の愚かさと、何事も実行に移せない決断力の欠如という人間的弱点を持つ一個人が、その結果として想像し得る限り最大の精神的肉体的苦痛と屈辱を受ける。強制された退位、泥水で髭を剃り落され、汚水の地下牢への監禁、投げ与えられるパン、眠りを妨げるドラムの連打、暗殺者への恐怖にもかかわらず同情と助命の嘆願、そして焼串で刺殺されるという彼の死に際の厭わしく無残な詩的正義。意志薄弱な人間がこうした屈従の極地を経験する有様は悲劇的効果を生む。ここでの舞台は外面的な歴史的事実の戦争や殺戮ではなく、人間的愚かさを持ちその結果としての苦悩の中で一つの極限に接する人間の内面心理であり、この作品はかつての歴史劇からその基盤を悲劇へと移している。

　しかしエドワードは完全な悲劇の主人公とは言えない。彼の悲惨な状況は多いに憐れみを生むが共感は得られない。なぜならその悲劇的状況の中で、彼は変装の僧の衣を脱ぎ捨てて真の悲しみを直視し、また息子が自分より良く支配するよう望む、そうした自己発見、真理の発見が閃く時もあるのだがそれは一瞬のことでその光はすぐ消えてしまう。そしてそれに代わるものは絶え間ない自己弁護、無罪の主張、自己憐憫、敵対者への脅しと懇願、口先だけの復讐の

誓いと実行力の欠如等一貫性の無さである。その為彼への憐れみは苦悩を通して自己発見に至る真の悲劇の主人公に抱く大いなる共鳴へと通じていかず、単なる憐れみとして終ってしまう。

　だが作者の描きたかったものは人間性の一つの相、人間の持つ愚かさと弱さに焦点を当てそれを徹底的に極限まで問い詰めることであり、その点でこの作品は『タンバレイン』や『フォースタス博士』に通じるのである。

注

1　E. S. Boas : *Christopher Marlowe, a Biographical and Critical Study*. Oxford U. P., 1964.
2　J. B. Steane : *Marlowe, a Critical Study*. Cambridge U. P., 1970.
3　C. Leech : *Christopher Marlowe, a Poet for the Stage*. AMS, 1986。
4　ibid.
5　ibid.
6　F. Bowers ed. : *The Complete Works of Christopher Marlowe*. Cambridge U. P., 1981. 引用はこの版による。
7　C. Leech: ibid.

第 三 章

『ヴォルポーネ、または狐』　B・ジョンソン
―― Foolへの讃歌

  Ben Jonson (1572-1637) は *Every Man in His Humour* (1598) を中心とした気質喜劇を書いた他、*Volpone: Or, The Fox* (1606)、*The Alchemist* (1610)、*Bartholomew Fair* (1614) 等人間の本質を暴露した高級な喜劇を完成させた。悲劇ではローマ史に基づいた *Sejanus* (1603)、*Catiline* (1611) 等がある。
  『ヴォルポーネ、または狐』の一幕一場冒頭で、貴族ヴォルポーネは寄食者モスカを相手に財宝を讃美し、財産目当てに愛情を装い贈物持参で群がってくる者達に期待を持たせ競わせて更に贈物を持参させる面白さと喜びを述べる。その後召使達の小人ナノ、両性有具者でfool［道化：愚者］アンドロジーノ、宦官カストローネが主人を喜ばせる為に掛合い万歳をする。その内容は、ピタゴラスの魂が様々に流転して今現在foolのアンドロジーノの中に入っており、foolこそ「祝福された」生き物なのだからもはや他者の中へ移るつもりは無いと終り、foolを称える歌が続く、その内容は「道化こそ人々の嫉妬や称讃に値する唯一の種族である」で始まるfoolの祝福された生活で、「彼には心配も悲しみも無く、自分も他人も陽気にし、その言行は総て真正で、彼の宝は道化棒と舌、真実を語っても虐殺を免れ、知恵がfoolに付き添う時は食事とstool［腰掛：司教座の威光］を手に入れる、foolに成りたがらない者がいるだろうか？」

    Free from care or sorrow-taking,
    Selves and others merry making:
    All they speak or do is sterling.
    ….
    Tongue and bauble are his treasure.
    ….

>   And he speaks truth free from slaughter;
>
>   ….
>
>   Hath his trencher and his stool,
>
>   When wit waits upon the fool.
>
>   O, who would not be
>
>   He, he, he?   （Ⅰi, p.407-8）

このfoolの讃歌は何を意味するのか。総ての人間はこうしたfoolの祝福された幸せを知らず、愚かにも財宝を掻き集めて俗世の快楽を求め嫉妬や憎しみを生む、それゆえに真のfoolである。これがこの作品の中心テーマであり、それを示す手法はwitを駆使したdisguise、feignである。

Disguise (de+guise) は本来「（服等）いつもの様子、態度、流儀をやめる」の意で、O.E.D.では1「習慣だった、また地位等に適切と思えるものと異なったやり方で服を着る」初出1325年頃、2「態度、流儀、服を他と異にする」初出1340年、3「姿を変える；適切で自然な様子や姿から外観を変える」初出1393年、4「他人の服または特定の服を着て本性を隠す（現在の中心的意味）」初出1350年頃、5「誤った方向に導くまたは欺く為に（物の）外観を変える」初出1398年等で、「いつもの服装をやめる」から「本性を隠す為にある特定の服を着る」迄の過程は短い。

Feignは1「（物質に関して）型に入れて作る」初出1300年以前、2「（物語、言訳、申し立てを）考案する：（記録を）偽造する」初出1300年以前、3「偽って描写する」初出1300年以前、4「偽りの外観を身に付ける：隠す、振りをする」初出1393年等で、この単語では「型に入れて作る」と「偽造する」は同時に使われている。

この作品中偽装しないのはfoolを讃美した道化、宦官そして小人の三人である。小人はモスカと共に薬売りの宣伝演説台を作る作業員になるが、この変装は召使としての義務で彼自身の意図は無い。彼等三人は自らfoolであると自認している分だけ賢いのであり愚かな偽装はしない。また商人の誠実な妻シーリアと老紳士の息子ボナーリオも変装しない。この二人にとって名誉、良心、謙虚、信仰が最も大切であり、財宝獲得の為に名誉や良心を持っている「振り」をするのはそうした徳への冒瀆である。

ヴォルポーネの遺産相続人になる期待で彼の一刻も早い死を願いつつ心配顔を装って見舞いに来る第一が弁護士ヴォルトーレ（Voltore=vulture ハゲワシ）で、骨董の皿を贈物に持参し、彼が唯一の相続人に成れたのは「弁護士」としての才能であると聞き大喜びして帰る。

　次に老紳士コルバッキオは金貨の袋を贈り、モスカから「ヴォルポーネを相続人にする遺言状を書き彼を元気付ければ彼はその返礼に貴方を相続人にするだろう」と聞き、息子ボナーリオを廃嫡してヴォルポーネを唯一の相続人にする遺言状を書く決意をし、大いなる期待で二十年も若返りヴォルポーネより長生きするつもりで帰っていく。財宝は若返りの魔力を持つ。

　商人コルヴィノ（Colvino=Corvidae カラス）は真珠とダイアを贈る。モスカは「ヴォルポーネが貴方の名前を何度も繰り返すのを利用して貴方の名を遺言状の中に記入した」と彼を喜ばせ、ヴォルポーネを回復させる為に若い女が必要だと言う。コルヴィノはひどく嫉妬深く扱っていた妻シーリアを差し出す決意をし、拒絶する妻を連れてくる。しかし妻がヴォルポーネに凌辱される寸前にボナーリオに助け出されると、コルヴィノは自分の非の発覚を恐れて妻と若い男の密通を主張し、自らを「間抜け亭主」と告白する方を選ぶ。財宝を獲得する為には手段を選ばない。

　彼等の外観のみの愛情と親切はヴォルポーネに完全に見抜かれているのに反し、彼等はヴォルポーネの外観を見抜けず、強欲で盲目になっている fools である。

　三人の内最も皮肉られ嘲笑されるのが弁護士ヴォルトーレで、その「才能」とは比類ない機敏さでいかなる事件にも、原告と被告どちらにも応答し、どちらにも適応する忠告を与え、両方から料金を取る、それ程賢く、重々しく、混乱させる舌を持つ弁護士とは素晴しい職業である (I i)。ヴォルポーネがこの才能を称えるのは彼自身の騙し方と大いに類似するからである。そしてヴォルポーネが若い人妻の凌辱を試みたという訴えをヴォルトーレはその弁舌で退け見事に黒を白と証明してヴォルポーネに無罪を勝ち取る (IV ii)。しかし、ヴォルポーネが（偽装）死しその相続人になったモスカから、「人間」と「事件を起こす悪意」がこの世に存在する限り二枚舌の弁護の才能で金貨は無限に手に入るゆえ

に他人の財産を欲しがらないだけの良心を持つようにと皮肉られる (V i)。役人に扮したヴォルポーネからも、弁護士の無限の収入と、弁護士を騙すなど人知の及ぶ所ではない筈だと皮肉られ、「富と知恵は常に共存すべき」ことを忠告される (V v)。このように傷付けられたヴォルトーレは、二度目の裁判で真相を暴露し、若い二人の密会を否定する書面を提出する。しかし人妻凌辱の暴露を恐れたヴォルポーネに再び操られ、取り付いた悪魔を振り払う芝居をして書面を否定する (V viii)。財宝は良心を欲望の餌食にする魔力を持つ。

　貴族ヴォルポーネの希求はあらゆる事を可能にする金貨財宝を所有する喜びであるが、それ以上に彼が楽しむのは財宝を手に入れる巧妙な手法である。瀕死の病人を装う彼の相続人に成ろうと期待する人々が彼の死を望む本心を隠して愛情を装い、心配気に見舞い品を持って様子を見に来る、その様な人々を彼は競わせ弄び、彼等が帰るたびにベッドから飛び起きて哄笑する。彼のこの特質を知るのは小人達三人とモスカのみである。その為に彼は心身共に最大の偽装をし、訪問客に会う時は必ず部屋着と毛皮の襟巻き、ナイトキャップを着けて寝椅子に横たわり、咳をし、目も耳も機能を失い口も利けない程衰弱して「もう長くは無い」と呟く。そうした病人の姿を彼は常に維持しておかねばならず

　　　　　I must
　　　Maintain mine own shape still the same:　　　(I i, p.420)

身体的かつ精神的な変装を続ける。Shape の初出は「特定の人、物に特徴的な目に見える形、外観」初出1000年以前で、disguise や guise の意味での初出は1594年である。

　従って彼は外出する時必ず別の変装を考えねばならない。商人コルヴィノの美人妻シーリアを見に行く際 (II i)、mountebank ［特許を取った薬を公の場で売る薬屋］に変装する。この単語はイタリア語の命令文 Monta in banco! (Climb on the bench!) を基に16世紀後半から使われる語で、「聴衆を惹きつける為に高い台に上がって薬の宣伝をする者」であるが、薬の有効性の関連から ［巧みな口上でいんちき薬を売る大道薬売り；ペテン師、いかさま師］の地口となり、この mountebank に変装することこそヴォルポーネに最も相応しい変装なのである。この変装がヴォルポーネとモスカどちらの考案かは明示されていないが、

「外出するなら変装を」と言ったのはモスカであり、この薬売りの変装はモスカの案だと言える。

　シーリアに一目惚れしたヴォルポーネは、彼女を手に入れる為にあらゆる手段を使えと宝庫の鍵をモスカに渡して恋の苦悩の救済をモスカに求め、モスカの策略で商人は妻シーリアを連行してくる。ヴォルポーネは欣喜雀躍してモスカを称える

> Thou art mine honour, Mosca, and my pride,
> My joy, my tickling, my delight!　　　　　(III v, p.444)

彼女と二人になった時ヴォルポーネの誘惑は種々の宝石、珍味そしてオヴィドから現在に至る迄の女神、王妃、貴婦人、高級娼婦、黒人女への変装等天上の目眩く楽しみである。シーリアが逃げ去り再び苦境に陥った彼の嘆きで

> I am unmask'd, unspirited, undone,
> Betray'd to beggary, to infamy —　　　(III v, p.449)

「仮面が剥れて本当の人格、隠していた真実が暴露する」のunmask'dは全く当を得て妙である。しかしこの失意の中、再びモスカの機転で弁護士ヴォルトーレが彼の弁護を引き受けることになる。財宝は献身を生む魔力を持つ。

　彼はモスカに二度救われた。裁判でヴォルポーネは再び寝椅子に横たわった瀕死の病人として運び込まれ、女の凌辱など全く不可能な無言の証人となって無罪を勝ち取ったものの、公の場でのこの偽装偽証は彼にとっても身体が麻痺する程の緊張を要し、その恐怖を除く為にワインを必要とする程だ。彼は弁護士への謝礼の件でモスカと話し合うが、モスカの巧みな論法に誘導されて強欲者達全員を更に焦らし弄ぶことにする、「お前の為に、お前の懇願で」

> 　　　　　for thy sake, at thy entreaty,
> I will begin, even now — to vex them all,　　　(V i, p.469)

何度も窮地を脱する策を講じてくれる献身的なモスカへの全面的な信頼である。従ってヴォルポーネが自分の死去の噂を流しかつモスカを相続人にする遺言状を皆に見せ付ける計画を考えた時(V i)モスカを相続人にすることへの不安など皆無であり、その目的は偏に弁護士達の失望落胆を見て「比類ない大笑いのご馳走 (rare meal of laughter)」を味わうことであり、その為にはモスカの更なる協力が必要である。

彼の遺産を相続する望みが断たれて落胆する人々を更に痛めつける為ヴォルポーネが二度目の外出をする時、法廷の役人に扮して法廷に入り込む(V vi)。彼が弁護士の態度を注目する中、弁護士が彼に欺かれた復讐として無罪の若い二人の前に跪いて許しを求め改悛の情を示した時、彼は自分自身の罠に掛ったことを悟る。これはヴォルポーネのシーリア凌辱という不名誉な試みの暴露へと通じるのであり、法廷から出た彼は後悔する

　　　To make a snare for mine own neck! and run
　　　My head into it, wilfully! with laughter!　　　(V vii, p.482)

「しかも単なる悪ふざけから！（モスカを相続人にした）あの時俺の頭の中には悪魔がいたのだ」。しかし「偽装死」の計画を援助したモスカに償いをさせる必要がある

　　　　　　　　　　　he must now
　　　Help to sear up this vein, or we bleed dead.—　　（ p.483 ）

だが小人達から「ご主人のモスカ様から遊んでこいと言われた」し、モスカが家の鍵を持っていると聞き、自分が更に苦境の深みにはまっていることを知る、「これは俺が思い付いた計画なのに」今やモスカが主導権を握っている

　　　What a vile wretch was I, that could not bear
　　　My fortune soberly?　　　　　　　　　　　　(p. 483)

彼はモスカの裏切りを非難するよりも自己の愚かさを呪う。弁護士に「富と知恵は共存するべきだ」と言った彼自身がその知恵を忘れ人を欺く笑いの狂気に耽っていた。今やっと冷静な真面目さに目を向け、そして今回は自分でこの難局を切り抜ける奇策を講じねばならない。モスカの目的は

　　　His meaning may be truer than my fear.　　　（p.483 ）

彼が恐れている以上に現実的なのかもしれないのだ。
　今迄彼は弁護士や商人達を欺き嘲笑する具体的な工夫は総てモスカに委ね、その結果生じる歓喜の笑いのみを味わってきた。しかし今やこの窮地から抜け出す為にモスカを当てには出来ず、自力で何か奇策を講じねばならない。それは笑い興じる為などでなく、自己の名誉と財産に関わる問題なのである。彼が考え出した奇策とは、ヴォルポーネは死んだと信じている弁護士の頭を逆回転させてヴォルポーネは生きていると彼に囁き、再び相続人に成れる希望を持た

せて凌辱の罪を弁護させることである
　　　　Unscrew my advocate, upon new hopes:　　（p.483）
この計画は上手く成功し、ヴォルポーネは再び心変りした弁護士に取り付いた悪魔を祓う芝居をさせて、以前の後悔と書類は悪魔に唆されたものだったと判事達に信じ込ませる。今回ヴォルポーネは自力で難局を切り抜けた。「ヴォルポオーネは死んだ」という嘘で人々の失望落胆を大笑いしたが、そこから生じた窮地を脱するのに「彼は生きている」という事実とそこに由来する人々の欲望を巧みに利用した。「商人や弁護士達へのあまりの嘲笑は彼等を死なせてしまう」と言うモスカに彼は答えている
　　　　O, my recovery shall recover all.　　（V i, p.473）
しかしまだ相続人モスカの問題が残っている。

　騙し騙されるキツネ、トンビ、カラス達の中で最も悪賢く、狡猾で、奸智に長けた者はヴォルポーネの寄食者 (parasite) モスカである。Parasite（para共に+site食物）はギリシャ語「他人の食卓で食べる者」、そして「（古代ギリシャで他人の食席に列して諂いや冗談を言うことを職業にした）伴食者、太鼓持ち、おべっか使い」という職業で、ラテン語を経て *O.E.D.* での初出は1539年「媚や諂いによって富者権力者の持て成し、保護、好意を得る者」である。
　モスカは嘘を真実と思い込ませて騙し、他者の信頼を裏切って欺く。彼は追従、諂い、媚で弁護士、商人、老紳士各々に「貴方が唯一の相続人だ」と保証し、「その暁には私の事を忘れないで下さい」と自分の将来も頼み込む。彼等はモスカが財宝を守り財産目録を作るのは自分の為だと思い込んで彼を信用し、老紳士は身分の卑しいモスカの父親になる約束さえするし、商人は彼を友人、仲間、仕事の相棒と呼び「総てを分ち合おう」と深い信頼を寄せる、モスカは「総て」の中に彼の妻も入るのか、とからかうが…。
　更にモスカは貴族であり主人のヴォルポーネさえ騙し欺く。彼は人々を欺いて財宝を獲得するという主人の喜びに奉仕し、その目的を果す為に事細かい策略を総て考案する。主人を喜ばせる唄を創作し、彼に病人用の衣服や油を着けさせ、ベッドに伏せる主人の眼前で人々を狡猾に扱い、贈物を受け取り、更なる贈物を約束させて追い返し、主人が外出する時は変装用の服を準備する。モ

スカが弁護士達をあしらう巧妙さをヴォルポーネは大いに笑い称讃する

     Excellent Mosca!
  Come hither, let me kiss thee.   （Ⅰi, p.411）

      good rascal, let me kiss thee: （p.415）
主人のこうした讃辞に対しモスカは「教えられた通りに実行して御主人の御威光ある指示に従っているだけです」と従順を装う。

 ヴォルポーネが大道薬売りに扮して商人の妻シーリアを見た結果商人に叩きのめされて帰宅し、シーリアへの想いに苦しむのを見たモスカは「良心と義務に掛けてもその苦悩を癒す為に最善を尽くす」と誓い、その目的達成の為に宝庫の鍵を渡される。そして主人の見事な薬売りの変装と宣伝演説を褒めた後、初めてヴォルポーネを前に傍白する

      — and yet I would
  Escape your epilogue.   （Ⅱii, p.430）
このyour epilogueは、美人妻を見ることには成功したが夫に打ちのめされた結末なのか、またはモスカによって最終的に財産を奪われる結末なのか。ギリシャ語のepilogue「スピーチの締め括り」から、O.E.D.での初出は1564年「文学作品の結論部分、付録」で、「芝居の結末の後役者の一人により観客に向けられるスピーチまたは短い詩」の初出が1590年である。従ってepilogueは単に一つのプロットの結末ではない。モスカは早くもここ二幕二場の終りで、宝庫の鍵を手にし最終的には財産を全て手に入れる意図を仄めかしているのである。

 モスカのこの意図を基に彼が弁護士や商人達を扱う様子を再考するとその意図が更に明白になる。彼は第一の訪問者弁護士が外で待たされている間何を考えているかを想像する「ヴォルポーネが今日死ねば、骨董皿が最後の贈物となって大きな収益をもたらし、豪華な衣服や低くお辞儀する人々、偉大なる弁護士の称号等を手に入れられるのだ」。これが富の効用でありモスカ本人の望みでもある。彼は主人が貪欲な人間達を惑わして更に財産を獲得することを望む、自分自身の為に。彼は主人の指示に従っているだけだと言うのだが、どこまでがヴォルポーネの指示なのか。彼は贈物を主人の手に持たせ主人の眼前で弁護士に「貴方が唯一の相続人です、その理由は弁護士という価値ある職業で、主

人はいつもその職の人を賞讃しています」と言う。またこの場ではヴォルポーネと弁護士の直接の会話も多く、弁護士職への讃辞もモスカは主人の言葉通りに繰り返しているといえる。しかし次の訪問者のノックの音に、彼は弁護士に急用で来た振りをするよう指示し、いつ遺言状の写しを見たいか訊く等の暗示で期待を持たせて帰らせる。ヴォルポーネのExcellent Mosca! はこうした彼の咄嗟の機転への讃辞である。

金貨を持参した老紳士の場ではヴォルポーネと老紳士との直接の対話は無い。モスカの「主人を唯一の相続人にする遺言状を書くことで主人の相続人になる」計画に同意して老紳士がそれを実行する為に帰っていくや、大笑いする二人

> Mos.   you know this hope
>   Is such a bait, it covers any hook.
> Volp. O, but thy working, and thy placing it!
>   I cannot hold; good rascal, let me kiss thee:
>   I never knew thee in so rare a humour.　　（Ⅰi, p.415-6）

ヴォルポーネも相続の期待が大きな餌だとは知っている。しかしモスカによるこの餌を使っての工作法、その配置法は驚くべきもので、モスカがその様なことを考案する比類ない機知を持っているとは知らなかった。老紳士にヴォルポーネを相続人とする遺言状を書かせる策は完全にモスカ一人の考案である。彼はただ主人の指示に従い主人の財産を増やしているのではない。それは自分自身の為なのである。

モスカが主人の恋を成就させる約束をしつつ、主人の信頼を裏切り欺く意図を傍白した (Ⅱii) 後、彼はシーリアを手に入れる仕事に取り掛る (Ⅱiii)。妻に対してひどく嫉妬深い商人に妻をヴォルポーネに提供しようと決意させるのは財産への強欲さであり、モスカは自分の娘を差し出そうと言う医師が居ると話して彼の競争心を煽りたて、商人は娘も妻も同じだという結論に達する。

次の場 (Ⅲi) の冒頭はモスカの独白で、商人への策謀計画そのものをモスカが楽しんでいることを示している。彼は自分自身に恋をする程自らの機知に惚れ込み自画自讃して言う「この卓越した優雅な悪党は矢や星や燕の様に自在に飛び回り、どんな状況にも即座に対応出来る、それは学問に依るのではなく生来

の才能なのだ」。その才能を更に発揮すべく、彼は老紳士が遺言状から排除した息子ボナーリオにそれを告げる。ボナーリオは本能的にモスカの卑しさを嫌悪するがモスカがそれを聞いて泣くのを見て後悔し、また父の非道を疑う為モスカは彼を遺言状が取引される現場へ連れて行く。この策略もヴォルポーネの関与しないモスカ一人の計画であることは、彼が主人に遺言状を持参した老紳士の来訪を告げ、「彼が帰ったらもっと多くの事を話してあげます」(III ii) と言う台詞から判る。モスカは自分の計画を楽しんでいる。

しかしこの計画は狂い、予定より早く商人がシーリアを連れて来たので、ボナーリオを別の部屋で待たせざるを得ない。ヴォルポーネが拒絶するシーリアに暴力で襲い掛った時、ボナーリオが飛び込んできてヴォルポーネを「強姦者、好色な豚、詐欺師」と罵りモスカにも傷を負わせてシーリアを連れて逃げ去る。ヴォルポーネの悲嘆は当然ながら、モスカは自分の過ちで自分の命や気力と共に自分の「期待」も窮地に追い込んでしまったことを嘆く。そこへ老紳士が遺言状を持参するが、その話を弁護士に立ち聞きされてしまったモスカは再び素早い機転で、廃嫡された息子が父親に暴力を振ったこと、息子が逮捕されれば弁護士には二重の期待が生じること、そしてボナーリオとシーリアが密通していることを即刻捏造して主人の罪を庇い、ここでもモスカの計略は成功して彼の「期待」も蘇る (III v)。裁判での弁護士の弁舌は迫力はあるにしろその内容はモスカが捏造した話の繰返しであり、ヴォルポーネは無罪、商人も自ら間抜け亭主と公言することになったものの妻を売ったことは隠しおおせた結果、ボナーリオとシーリアは有罪となる (IV ii)。

ヴォルポーネとモスカは大いに安堵し、主人は有能な召使を褒め上げる

  Exquisite Mosca!

  Thou hast play'd thy prize, my precious Mosca. (V i, p.467)

そして争い合っていた者達がどうして裁判で嘘の弁護に協力しあったのか問うヴォルポーネにモスカは答える「あまりにも期待が大きいと失敗など目に入らなくなる、金貨は奇形さえ美しくする薬、世界中を寛大、若さ、美へと造り替える巨大な力なのです」。

しかしモスカは最終目的へと進まねばならない。彼は自分の考案した策略を

自画自讃し、裁判の結果は最高の傑作でこれ以上の成功は考えられないのでこの一件でもう遊びはやめる必要性を説く一方で、弁護士の仕事ぶりについて

> Now, so truth help me, I must needs say this, sir,
> And out of conscience for your advocate,
> He has taken pains, in faith, sir, and deserv'd,
> In my poor judgement, I speak it under favour,
> Not to contrary you, sir, very richly —
> Well — to be cozen'd.　　　　　　　(Ⅴ i, p.468)

「真実」、「良心」等を前提として、「私の貧弱な判断」、「好意から」、「貴男に反対するのではなく」等と謙遜を装いつつ、弁護士は大変苦労したから「受ける価値がある」、「充分に」と言っておいて最後に「欺いてやるだけの」と論じていく。モスカの論術は生来の才能であり彼の計画を推進していく上で大きな効果を生む。彼を全面的に信頼しているヴォルポーネは簡単に同意する

> 　　　　　for thy sake, at thy entreaty,
> I will begin, even now — to vex them all,　　(Ⅴ i, p.469)

その目的は「お前の為」より、自分の死去の流布により期待で集まってくる者達にモスカを相続人にした遺言状を見せて彼等の落胆と失望をカーテンの陰から見て得られる「大笑い」の為である。

　主人の部屋着を着て財産目録の整理をするモスカは、自分の名前の入った遺言状を期待で集まった者達に見せ、順次その貪欲を叱責して追い返す。皆を徹底的に嘲り非難して失望と屈辱の奈落の底へ突き落すこの芝居はモスカのものであり、カーテンの陰のヴォルポーネは

> O, my fine devil!
>
> Rare Mosca! how his villainy becomes him!　　(Ⅴ i, p.472)
>
> Excellent varlet!　　　　(p.473)

と感嘆し、最後の一人が帰っていくとカーテンから飛び出してきて叫ぶ

> 　　　　　　My witty mischief,
> Let me embrace thee. O that I could now

>   Transform thee to a Venus!   (V i, p.473)

ヴォルポーネは今迄モスカの機知を褒め何度も let me kiss thee と繰り返してきたが、今や embrace（異性との抱擁）との関係で Venus（美女）となり、モスカは完全に腹心の部下以上と成る。更に彼は召使のモスカに部屋着から格上げして紳士の服を着せ、紳士の服が召使によく似合うのを見てモスカが紳士の生れではないことを残念がりさえする。今やモスカは彼にとって精神的な同輩と成っている。そしてここでもヴォルポーネは「笑い」を楽しむチャンスを逃さず、人々を更に苦しめる為に紳士のモスカを町に行かせる。紳士姿を褒める主人に対しモスカの第二の傍白がある

>   If I hold
>   My made one, 'twill be well.   (V iii, p.477)

偽装紳士のままでいれば上手くいく、主人の遺言状には相続人として自分の名前が記入され、複数の人がそれを見ているのだから。

　ヴォルポーネも変装してハゲタカやカラスを嘲笑しに出かけた後、モスカは第二の独白をする

>   My Fox
>   Is out of his hole, and ere he shall re-enter,
>   I'll make him languish in his borrow'd case,
>   Except he come to composition with me. —   (V iii, p.477)

モスカにとって、今こそヴォルポーネが死んだという偽証を利用して彼の力を抜き取り弱めて自分と妥協させる、即ち狐を捕えるチャンスである。ヴォルポーネは現実に死ぬ以前に死んでいる必要があるのだから、モスカは彼を埋葬してしまうことも彼から利益を絞り上げることも出来る

>   I am his heir,
>   And so will keep me, till he share at least.
>   To cozen him of all, were but a cheat
>   Well placed;   (V iii, p.477-8)

他ならぬ狐を欺くことは完全に妥当な欺きで、それを罪と解釈する人は誰も居ない、これこそ Fox-trap なのだ。ここでやっとモスカの期待は現実味を帯びてくる。

最終的にヴォルポーネとモスカの対決は、ヴォルポーネの即座の決意で決着する。紳士のモスカはボナーリオとシーリアを裁く法廷で丁重に迎えられ、法廷役人に扮したヴォルポーネの「ヴォルポーネは生きている」という主張を無視し、ヴォルポーネは偽証罪で逮捕される。かつて彼は

　　　The Fox fares ever best when he is curst.　　（V i, p.474）

と、人々の呪いを計略成功の結果と見なして喜んで受け入れていたが、逮捕されるや「鞭打たれ、総てを失うとは！　自白しても同じことだ」と傍白し

　　　　　　　　　I must be resolute:
　　　The Fox shall here uncase.　　　　　　　　（V viii, p.486）

逮捕から7行で決断して変装を脱ぎ捨て総てを自白する。ボナーリオとシーリアの無罪が証され、弁護士、老紳士、商人がそれぞれ罰を受けるが、ヴォルポーネの罰は病人を装って人々を欺いたゆえに全財産を病院に譲渡し、病気になる迄牢獄に繋がれる。モスカは主人の悪事を召使根性で実行し、法廷を侮辱し、その生れでもないのに紳士の服を着ている咎で鞭打ちと無期懲役になる。それに感謝するヴォルポーネにモスカは「その残忍な性に破滅が降り懸るよう」呪いつつ引かれて行く。

　判事の一人はモスカを「陰謀者 (plotter) ではないにしろ、使い走りの実行者だ」と言う。確かにヴォルポーネの貪欲と人々への嘲笑が根源的な悪の原動力であるが、モスカはそのヴォルポーネを欺く陰謀をめぐらし、諂いと追従、媚によって財産獲得にほぼ成功したのであり、彼こそplotterだと言える。しかしモスカはヴォルポーネが徹底的に強欲な性であるゆえに総てを失う覚悟で事実を暴露するとは考えておらず、自画自賛した「臨機応変の才」も主人の本質を見抜くことは出来なかった。富と知恵は常に共存すべきなのである。

　ヴォルポーネを中心とした強欲な者達のプロットと一見関連性が無いように思われるのが、英国のナイトで政治家気取りのサー・ポリティック・ウッド-ビ (Sir Politick Would-Be) とその妻、そして英国紳士で旅行者ペリグリン (Peregrine=放浪者) の三人である。ペリグリンはウッド-ビが、カラスが王の船に巣を作ったことを凶兆と見なし、大道薬売りが殴られるのを国家の陰謀と解釈し、スパ

イの情報伝達法を訳知り顔で話すのを聞いて、すぐに彼の無知を見抜き、「楽しむ為に (for my mirth)」彼と付き合うが (II i)、それはヴォルポーネの「爆発的笑い」ではない。ウッド-ビ夫人は一流の貴婦人を気取って淑女の嗜みを侍女達に説教するが、ヴォルポーネを訪問して仮病の彼を本物の病人にしてしまう程音楽、絵画、古典の知識を饒舌にひけらかし、女性の嗜みは「沈黙」だと彼に皮肉られる (III ii)。モスカがこの苦境から主人を救う為の嘘「サー・ウッド-ビが高級娼婦とゴンドラに乗っていた」という話に彼女は町へ飛び出していき、夫と共にいたペリグリンを男装した娼婦と思って二人を罵る。ペリグリンが男性だと判った時彼女は大いに恐縮し謝罪して「ヴェニスに滞在するなら私をご用立てください (please you to use me)」と繰り返す。この無教養な表現にペリグリンは、夫が妻を他人にあてがうとは「政治家気取りではなく狡賢い取持ち (sir Politick Bawd) だ」と怒って仕返しを考える (IV i)。ペリグリンは商人に変装し、かつてウッド-ビが「ヴェニスをトルコに売ることも出来る」と豪語したことを種に、それを知った議員達が彼を逮捕しに来ると脅し、ウッド-ビは亀の甲羅の中に隠れて床を這い回ることになり、この屈辱に彼はヴェニスを立ち去らざるを得ない。

　サー・ウッド-ビ夫妻は意図的に人を欺いているのではない。夫が妻について説明する「妻の特異な気質 (peculiar humour)」(II i) はそのまま夫にも該当し、政治家を気取ること、淑女を気取ることが彼等の humour である。夫人のヴォルポーネ訪問に関しても、彼の病気を治癒する為の種々の薬はヴォルポーネの大道薬売りとの表面的な関連のみで、夫人が彼の相続人に成ろうという意図は明確には表現されていない。裁判で夫人がシーリアを夫と一緒に居た娼婦だ言う証言もモスカの口車に乗せられ、また夫の浮気を懲らしめる為であり、ヴォルポーネは彼女の証言ゆえに無罪になったのだから彼女を相続人の筆頭に置くだろうと言うモスカに、彼女は一言「指示に従う」と言うだけである (IV ii)。またペリグリンが商人に扮してウッド-ビを騙すのも単に彼を脅して当地を立ち退かせ、彼の奇抜な思考を事実として「旅行記」に記録する為である。この三人の欺きには強欲さゆえの意図的悪意は無く、むしろ無教養や愚かさ、揶揄からのもので、ヴォルポーネを中心とする者達の欺瞞と対照を成す。

少数の人物以外は皆悪意からまたは愚かさから変装し互いに騙し騙され、結果的に全員その正体が暴かれて罰を受け、愚者であることを証明する。ラテン語follisは「(雄牛等の)ほえ声、(人の)怒鳴り声」、また「ふいご、頭の空っぽな人、馬鹿」で、ここから来たfoolは*O.E.D.*で「判断や感覚に欠陥のある人、馬鹿者」の初出が1275年頃、そして「職業的道化」の初出は1370?年とある。

　この作品でfool「道化」のアンドロジーノはhermaphrodite「両性有具者」となっている。HermaphroditusはHermes（神々の使者：商業、弁舌、窃盗、旅行者等の守護神）とAphrodite（愛と美の女神）の息子で、サルマキスの泉（この水を飲んだ男は女に変る）に住む妖精に恋され、彼女の祈りによって一体となり、男女両性を備えるようになったギリシャ神話を語源としているが、その両性を持つアンドロジーノが「今のままで居たい」のは両性から得られる快楽の為ではない。その様な快楽は「陳腐であり、もう放棄しており」、foolこそ心配も無く陽気になり、真実を語って罰せられず、知恵が伴えば栄光を手に入れる「祝福された唯一の生き物」だからである。人々を欺いて巨万の財宝を所有し、ピタゴラスの魂の変身(transmigration、translation、variation、reformation、change)によって、王侯貴族から知恵者、女衒、奴隷、美青年等様々に変転しあらゆる快楽を経験しようと、最終的に辿り着くのはfoolなのである。

使用テキスト

Ben Jonson : *Volpone: Or, The Fox. Ben Jonson The Complete Plays*, Everyman's Library. Dent, 1964. 引用はこの版による。

第 四 章

『ブッシー・ダンボア』 G・チャプマン
── タミラの悲劇性

　George Chapman (1559-1634) は *Busshy D'Ambois* (1604?)、*The Conspiracy and Tragedy of Byron* (1607-8)、*The Revenge of Bussy D'Ambios* (1610?-11)等の戯曲を残している。英国の16世紀後半に大きな影響を与えた新プラトン主義は、錯雑たる人間の諸経験や自己主張しあう理性と激情の和解の可能性を示し、チャプマンもこれに大きな影響を受けているが、次第に新プラトン主義の合一への確信を失ってストイシズムへと移っていく。しかしそうした主義への信奉は絶対的なものではなく、常に曖昧性、多義性を含んで作品に提示されている。『ブッシー・ダンボワ』は彼の最も優れた作品とされており、N. Brookeは「官能経験に対するプラトン的確信が衰える以前の、最も豊かといえる作品」と評し、ここには「完璧な人間」を探求する中で「激情」に重点が置かれ、「総合」よりむしろ「反立」があり、大きく影響しているのはローマ時代のストア哲学であるとしている（注1）。

　聖バーソロミューの虐殺(1572)後の70年代フランスで、ブッシーは失業と貧困の中で徳、自由、自立、自足、勇気を持つ「完璧な人間 (full man)」を志向しつつ宮廷での昇進を求め、ヘンリー三世の弟ムッシュから王位獲得の為の賄賂と知りつつ金貨を受け取り、服装を整えて宮廷に入るやギーズ公の面前で公夫人に求愛し、ギーズ一味との決闘で相手を殺し、モンテソリー伯夫人タミラとの恋を成就し、かつヘンリー三世から抜群の寵愛を受けるに至る。しかしその為にムッシュ、ギーズ、モンテソリー三人の計略に掛り、陰謀には陰謀で応じるが背後から撃たれて死ぬ。

　このプロットの中で絶えず相対立する二者が提示されて新プラトン的合一よりは対立が強調されている。それは善対悪という単純な対立物ではなく、魂と

肉体両面を持つ人間が直面する解決不能な対立であり、理性と激情、謙虚な徳と腐敗した野心、勇気と性、自由と激情、誠意と偽善、貞節と激しい恋、夫と恋人、外観と実体、独断的意志と必然性への屈従、greatness［高貴：権力］と貧困等々である。作品の中で顕著な事件の一つはブッシーとギーズ一味の決闘であるが、決闘で相手を殺すのは故意の殺人、単なる屠殺か、自らを法律と見なす完璧な人間の manly［男らしい：高貴な］殺戮、屈辱への正当な復讐なのかが論じられる。他の事件ブッシーとタミラの恋では、英雄に相応しい豪胆な恋、騎士道的な女性への献身なのか、人妻との安価な姦通にすぎないのかの対比がある。そしてブッシーの抱く完璧な自足した人間への志向は悪の園宮廷と対峙され、華麗だが悪徳の渦巻く宮廷の中で完璧な人間を成就することは完全に不可能であり、彼も彼の非難軽蔑する宮廷人権力者同様、力を求め金銭と色欲と陰謀術策の中に溺れていく。しかし少なくともブッシーにとってタミラへの愛は真実純真なものであり、応じれば死ぬと知りつつ誘いに応じて撃たれるが、罠を仕掛けたモンテソリーを許し、妻タミラとの和解を願い、最後に自己の勇気、力、徳が何かを達成出来そうで結局は脆く無力であったことを悟って死ぬ。田園の隠遁の中で自己を達成する生活から社会悪の矯正を目指す活動の生活に入った人間が至る結末を、当時のストア哲学を背景に描きつつ多様なアンビバレンスを鋭く示している。こうしたブッシーと共にヒロイン、タミラの生き方とその悲劇性を探求する。

　若く勇敢で徳も学識もあるがその価値を認められず、粗衣を纏ったブッシーの幕開きの独白

　　　　Fortune, not Reason, rules the state of things,

　　　　Reward goes backwards, Honour on his head;　　　（I i 1-2）

これに続く30行では、Need［貧困：必然性］が立派な人間を造るのに反して中身はモルタルと鉛にすぎない権力者(great men)の虚飾と尊大さを非難し、人間の実体とは「単なる影の夢(dream But of a shadow)」と悲観的断定を下し、徳に頼る必然性を説き、「緑の隠れ場」に横たわる。純粋な意味でのストア哲学の特色は「アパティア、偉大なる必然性を情念に動かされずに受容すること」であるが、ルネッサンス期において二つの見解がある。一つはストア哲学を世界へ

の無関心と孤立の禁欲的学問と見、この世の変り易さと腐敗に対し隠遁と田園での独居に安全と心の平静を得、道に適った生活を求める悲観的視点であり、他は理性は個人の魂、自然、国家を支配するゆえに合理的行動は人を徳に結び付けより大きな宇宙の一部にするのであり、国家への義務の履行や積極的行動は徳のある人間に本質的なもので、瞑想の生活より道徳的に優れているとする楽観論である。ブッシーは木陰に横になり徳を志向し腐敗した社会を軽蔑しつつ、社会浄化と昇進の為の活動生活も捨てきれない。ムッシュは彼を「大望を抱き昇進に熱意を持ち権力を維持して成功する素質がある」と見抜いている。結局ブッシーは「昇進の最初の一時間が没落への第一歩だ、と人は言うが」

  I'll venture that; men that fall low must die,
  As well as men cast headlong from the sky. （Ⅰ i 138-9）

敢えて空の高みへの昇進を求めて隠遁より行動を選ぶ。

　彼の願望は「徳をもって宮中で昇進する (rise in Court with virtue)」ことであるが、宮廷とは腐敗悪徳そのもので宮廷と徳は共存し得ないゆえにこれは実現不可能な絶対的矛盾である。ここには徳と昇進、田園と宮廷、徳に達する方法としての隠遁と行動等の対立が示される。彼は理想を実現する為賄賂と知りつつ金貨を受け取り、かつて「派手な表皮、外観だけの虚飾」と嘲った王や貴族貴婦人達の宮廷、娼婦同様華やかに見えて悪そのものである「魔法の掛った鏡 (enchanted glass)」の中に華麗な服装で登場する。徳の実現の為に行動を起した第一歩で賄賂を受け取った事実は早くもその徳に汚点をつけ、彼も腐敗社会の一員にすぎないことを暴露して理想と現実の無量の深淵が示される。しかし彼自身はこの現実に盲目で、自己を徳の化身と見なしている。この自尊心は貴族達に対する高慢無礼な態度となり、ムッシュが皆に彼を紹介する時、your Graces［貴婦人達の社交界：恩寵］、enter in［〜に入る：（猥）］、leapyear［閏年：（雄羊が雌に）飛び乗る］等の地口の中で、彼とタミラの対話も猥雑である

 Tam. The man's a Courtier <u>at first sight</u>.
 Buss. I can sing <u>prick-song</u>, Lady, <u>at first sight</u>; and why not
   be a Courtier as suddenly? （Ⅰ ii 81-3）
 タミ．この人は［一見した所］宮廷人ですね。
 ブッ．私は［一目見て］［譜面の歌：prick=penisの歌］を唄えますよ。

　　　　　　同じ位即座に宮廷人になれるでしょう。
更に彼はギーズ公の面前で公夫人に執拗に求愛し、尊大な態度でギーズ公を侮辱してその一味を決闘で殺す。

　また彼はタミラへの恋で、同じくタミラに求愛しているムッシュを打ち負かす決意を独白で示す(II i)。タミラは宮廷で彼に会い、次にギーズ一味の殺害が王によって許されたことを知る。タミラは彼の勇気を褒めると共にその無作法と粗暴さを非難し、夫の「その非難は彼がギーズ公夫人に求愛して君を無視した為だ」のからかいを強く否定して彼への無関心を強調する。しかし一人になるや彼女は（侍女ペロは舞台に居て本を読んでいるのだが）ブッシーへの激しい思いを吐露する

　　　So, of a sudden, my licentious fancy
　　　Riots within me: not my name and house
　　　Nor my religion to this hour observ'd
　　　Can stand above it:　　　　　　　(II ii 42-5)

彼女は徳、理性、貞節、夫への誠実を最も重要なものとし、ブッシーへの恋を抑え込んできたがその結果恋は逆に激しく燃え上がり爆発は必然となる矛盾を生む。彼への非難や無視は恋を内に秘めた外観にすぎず、更に禁断の言葉は死と同じと知りつつ口に出さざるを得ない苦悩に煩悶する。夫、名誉、家柄、宗教総てを破棄してこの激情に抵抗出来ず流され巻き込まれていかざるを得ない彼女は、自己の本来の姿の喪失に呆然自失し、この魂の混迷は、誕生以来心の相談役で夫妻の聴罪師コモレを二人の間のパンダーとして使うという宇宙の価値観の完全な逆転の中に象徴される。コモレは「我々の血の中で起こる恋の嵐を理性は治めることが出来ない」と断言し、またブッシーにはタミラに取り入る方法を教示するが、この修道士＝パンダーの醜悪な姿も社会的道徳的秩序崩壊の象徴である。

　ブッシーへの激しい恋の独白後、彼女はムッシュの執拗な求愛に再び攻められる。王の弟として地位と支配権を誇示するムッシュに彼女は拒否の理由として

　　　　　　　　my husband's height
　　　Is crown to all my hopes: and his retiring
　　　To any mean state, shall be my aspiring:　(II ii 56-8)

夫への愛を掲げる。真のマキャベリアンであるムッシュは「運命の女神の行為は総て無目的である」を信念とし、徳や貞節などは偽善だと考える。人が徳を選ぶのは馬鹿か、それとも望んでも得られないので欲望を軽蔑し有徳の振りをしているだけだと考える完全な皮肉屋かつ王位を望む野心家、悪の為にのみ善を行う偽善者である。しかしまたこのマキャベリアンの考えこそが恋人への情熱を秘めつつ夫への貞節を主張するタミラの真の姿であり、理性の支配を超えて爆発寸前の激情を秘めて誓う夫への忠誠や名誉は醜悪な偽善であり、マキャベリアンの思想を証明して暗澹たるアイロニーとなる。逆にムッシュは恋と権力を拒絶するタミラの言葉を「夫の愛に溺れる妻はmeritorious［価値がある：売春で金を稼ぐ］ことなどない」と軽蔑しつつ真実と受け止めざるを得ず、彼女の偽善を本心と誤解して、二重のアイロニーとなる。

　タミラの夫への偽善が強烈な皮肉で示された後すぐに夫が登場する。ムッシュの無礼を夫に訴え、夫の取るべき行動を求めるタミラと夫との対話は、夫がタミラに抱く誠実な愛情とタミラの欺瞞を相互に強調し際立たせる。夫モンテソリーは単純な人間で、妻を愛し、妻の愛と教会と僧コモレを信じ、妻に何が起っているのか全く気付かず、ムッシュの求愛を王族の気紛れと考えて我慢するよう妻を慰めるのみで、妻の堕落の可能性など瞬時も疑わずその自信は自惚れに近い

　　　My presence is so only dear to thee,
　　　That other men's appear worse than they be.　　（II ii 130-1）

そして宮中の仕事の為の留守を我慢するよう頼む。タミラは彼の不在を

　　　Yet, sweet Lord, do not stay, you know my soul
　　　Is so long time without me, and I dead,
　　　As you are absent.　　　　　　　（II ii 136-8）

悲しんでいるかに見せて別れ際には

　　　Farewell my light and life — But not in him.　　（II ii 145）

傍白で即座に冷たく夫を無視する。しかし彼女は完全に夫を捨てて恋に身を投じることが出来ない。ムッシュに示した名誉と夫への誠実は全くの欺瞞という訳ではなく、激しい恋と夫への義務と愛、自己の偽善と良心の深遠な狭間で懊悩する

> Alas, that in the wane of our affections
> We should supply it with a full dissembling,　　(II ii 146-7)

彼女は恋の成就の為に良心を捨てて夫を殺し愛の勝利を得るという盲目的な愛の奴隷、悪人に成れず、爆発は必然の激情に身をゆだねざるを得ない一方、良心を手放せずにその呵責に鞭打れる。彼女は愛を偽装し夫を欺くことを意識的に演じている為に「酷い悪徳がこの上なく誠実に見える (most vice shews most divine)」ことになる。

　タミラが夫への愛を理由にムッシュの恋を拒否して貞節を偽善と考える彼の哲学を正当化してしまい、他方ムッシュは徳の存在を認めざるを得ないこの二重構造のアイロニーの後で、妻の愛を確信しているモンテソリーがタミラの偽善を更に浮彫にすると同時に、彼女の苦悩する姿が強烈である。

　しかし激情は良心を圧倒し恋人の来訪を心待ちにするがその時でさえ

> They come, alas they come, fear, fear and hope
> Of one thing, at one instant fight in me:
> I love what most I loathe, and cannot live
> Unless I compass that that holds my death:　　(II ii 168-71)

生と死、愛と嫌悪、恐怖と期待の反対感情両立の苦悩がある。彼女は「どんな扉も闇も人の思考も見通す天上に座す者」の存在を知りつつ、僧＝パンダーに案内されて来たブッシーを受け入れて第二幕が終わる。

　三幕一場、恋を成就したタミラが得たのは勝利と喜びではなく罪への激しい恐怖である。彼女が恋人に訴えるのは、名誉と命への扉を総て危険に向けて開け放ってしまい影や風にも怯える罪人の姿

> So confident a spotless conscience is;
> So weak a guilty: O the dangerous siege
> Sin lays about us! and the tyranny
> He exercises when he hath expugn'd:　　(III i 8-11)

そして罪から逃げられる安全地帯は皆無であるという恐怖である。これに反しブッシーにとってこの恋は最高の喜びであり、「罪」とは単なる臆病者で人の無知につけこみその影で人を怯えさせるにすぎない。かつ三人が一体となって秘密を守るのだから恐れる必要はないと強調する。恋に対する二人の考え方は完

全に逆方向を向き融合不可能である。

　ブッシーは高邁な理想を実現すべく悪の巣宮廷に入ったがまず賄賂の金貨を受け取り、決闘で相手を殺す。ヘンリー王は殺害を最初は「故意の殺人」で許せないと言い、ムッシュはそれを「男らしい殺害、一種の正義」と弁護し、ブッシー自身は「独立した人間 (free man)」は自ら王となって正義を行えると主張して自己の勇気、徳を確信する余り傲慢にも自分を法の上に立てる者と見なす。恋の場合も同様で、タミラが罪の暴虐に打ちのめされているのに反し彼は「英雄的恋人」として反応し彼女に仕えるのみで、姦通という醜悪な姿は把握出来ない。決闘と恋両方で、自己の理想、徳、勇気に対する彼の迷妄とその実体との間に皮肉で巨大な落差がある。罪は人の無知に付け込む臆病者だと主張した彼が次の場で王に「公共の富で私腹を肥やす権力者、説教しつつ放蕩に耽る聖職者、法を盗人の隠れ家にする法律家」達の罪を激しく弾劾し、「王の鷹として彼等を捕える」意志を高言する時 (III ii)、彼の理に外れた矛盾と独断、無責任な利己主義が際立ってくる。彼とタミラとの恋は、二人の考え方の水と油の異質性の為安定を欠いた危ういものである。

　タミラは独白で罪の言訳を試みる「この罪を貫徹し正当化するよう強いるのは私ではなく、有無を言わさぬ運命」であり、「徳の道を一貫して守り通すことは不可能で」、太陽でさえ雲が去る迄光を地上に与えられずまして光の中の塵にすぎない人間が激情の煙霧をどうして払い除けようか。恋を正当化する試みは夫に中断され、再び夫の純粋な愛と信頼が彼女の欺瞞、偽善と鋭く対比される。彼女の言葉

　　　I am in no power earthly, but in yours;　　(III i 75)

　　　A wife's pleas'd husband must her object be
　　　In all her acts, not her sooth'd fantasy.　　　(87-8)

は実体のない空虚な外観にすぎず、夫の誠実さに反比例して裏切りは増幅するが、同時に内心の罪への恐怖と良心の鞭の認識の為に彼女の苦悶が一層強く浮かび上がる。そして彼女は夫から、ブッシーの後見人ムッシュが今や王の寵児となったブッシーをひどく嫉妬していることを知る。

　ブッシーはタミラとの恋でムッシュを打ち負かし勝利を得た。宮廷での昇進

でも王の寵愛を受けてムッシュを凌ぐに至る。王の鷹となり徳の化身として罪人を狩り立てる高言の後、再びギーズ公と口論になった時、王はブッシーを生れながらに徳を持った男、力と非凡な才と誠意の魂を持つ男、最も偉大な者とも比べ得る価値のある男と絶讃する。これは彼の冒頭での望み「徳をもって宮廷で昇進する」夢の実現であり、彼の達した頂点である。しかしこの賞讃の前にはギーズ公との論争、後にはギーズとムッシュの嫉妬と成り上がり者を捕える罠の仕掛けがあり、この抜群の昇進も恋の不安定な土台同様脆いものである。ムッシュとギーズは罠を貴婦人達の中に仕掛ける、賢人も必ずそこで躓くのだから。そしてムッシュはタミラの侍女ペロからタミラの恋人がブッシーだと知る。タミラから手厳しい拒絶を受け彼女の徳を認めざるを得なかった彼にとってこれは余りの驚きであり、自己を維持出来ない程である。貞節や徳を否定する彼の哲学がタミラによって打撃を与えられたが、結局は彼の哲学が正しかった。しかし「女の言葉と本心の間にある無限の差異」への思い、「これがあの貞節の女神なのか」の自問、「最高に硬いアダマントの箍が無ければ胸が裂けてしまう」驚愕等、タミラが理解を超えていたことから来る自信の揺らぎは、ブッシーに対する判定の自信をも動揺させ、彼への恐怖を独白するに至る。

　宴会の場 (IV i) でムッシュはタミラとブッシーに総て知っていると仄めかし、タミラは苛立ち、ブッシーは激怒してもし事を夫に知らせたら王の弟であろうと権力の座から突き落としてやると断言する。この激しさにムッシュはたじろぎ、「お前は私より長生きすれば私の全財産の相続人だ」とブッシーが自分を凌ぐマキャベリアンに成ることを予言する。

　先にムッシュが二人の情事から受けた激しいショックと自信の動揺、ここでブッシーが彼の地位や支配権を無視して恋人の為に示す怒り、そしてムッシュの再度のたじろぎを軸にして、全体の流れに変化の兆しが現れる。

　モンテソリーもムッシュに妻の不貞を仄めかされて疑心に取り付かれ、次の妻との対話ではかつての自信を失い愛情と疑惑の間で動揺する。タミラは、夫がいつも play'd discords ［軋轢を及ぼしてくる：調子外れで演奏する］ムッシュと at concord with ［上手く付き合って：調子を合わせて］いる点を admire ［称讃する］。夫は

　　　　Perhaps 'tis with some proud string of my wife's.　　　（Ⅳ i 138）
　　　　多分それは妻の［立派な：盛りの付いた］［弦：手法］で［演奏され：行われ］ているのだろう。

と答え、更に「お前はいつもadmire［称讃して］いるので、私の頭は世間の［驚き］の的になってしまう」と額の角を仄めかして彼女を非難し口で苦悶を示す。「彼女は外観上気絶する」のト書きがある。これを見た彼の傍白にも疑心と愛情の葛藤が滲み出る

　　　　I know not how I fare; a sudden night
　　　　Flows through my entrails, and a headlong Chaos
　　　　Murmurs within me, which I must digest;
　　　　And not drown her in my confusions,　　　（Ⅳ i 154-7）

そして、強い愛は少しの中傷でも怒り狂うのだと詫び妻を慰める。中傷の源がムッシュだと知ってタミラは喜ぶ、あの悪人からの中傷は潔白の証明であるのだから。彼女は「神聖なる潔白」に呼び掛けて自己の潔白を強調し、ムッシュが不貞の証拠と言っている書類を入手して侍女ペロの証言と比較するよう求める。

　ペロは二幕二場で本を読んでいるのだがタミラのブッシーに対する熱い思いを聞いており、続く二人の情事を総て知っている。ペロはムッシュの約束する謝礼を目当てにずっとタミラを見張っていた。戸締りをして寝るよう言われた時は「何故貴女が起きているのか見張っていよう」（Ⅱ ii）、「奥様の一番奥の部屋の壁とアラス織壁布に穴を開けておいて」（Ⅲ ii）。そしてタミラの恋人はブッシーだとムッシュに告げる。しかし彼女にも良心の呵責があることは、タミラの恋人の名を明かす時に女主人の言った事を告げ口するのではないから裏切りにはならないと言う歪曲した自己正当化（Ⅲ ii）や、気絶したタミラを見てモンテソリーを責める彼女の言葉「真実の愛に不信の罠を仕掛ける暴虐」と、「女性の名誉を傷付ける言葉で夫婦の平和を破壊する愚かさ」（Ⅳ i)、更に嫉妬に狂うモンテソリーに刺された時本心から彼を許している点（Ⅳ ii）等に見られるのであり、ムッシュからのスパイの命令と女主人への忠誠の間で苦しんでいる。

　他方タミラはペロを完全に信用しており、夫に不義の証拠書類とペロの言葉を比較するよう求める、「もし太陽か地獄の番犬が私に何か汚点を見たなら」ペ

ロも同じものを見ただろうから。そしてペロに知っていることを総て話すよう命じるのだが、ペロを太陽や地獄の番犬と同等に置いたことはペロが事実を知らないと彼女が確信していることである。

　僧コモレの力で呼び出された悪霊はブッシーとタミラに、ムッシュとギーズそしてこの二人によって妻の姦通を信じるに至ったモンテソリー三人の様子を見せ、曖昧な言葉で将来を予言し、当面怒りを抑えて「策略(policy)」を使うよう忠告して消える。ブッシーはpolicyを具体化する

> I'll soothe his plots: and strew my hate with smiles
> Till all at once the close mines of my heart
> Rise at full date, and rush into his blood:　　(IV ii 155-7)

> And policy shall be flank'd with policy.　　(161)

自己を徳の化身と見なす中で、卑劣な宮中の生き方に対抗する為とはいえ同じ卑劣な手段を使い諂いと微笑で相手を欺きその裏を掻こうとする彼は、ムシュを凌ぐマキャベリアンとなり彼の掲げる英雄的理想主義と卑劣な行為の実体との大きな乖離は更に醜悪となる。

　妻の姦通で嫉妬に狂うモンテソリーは暗黒と恐怖の混沌の中で理性を失い、妻の髪を掴んで引きずり回し、コモレはキリスト教徒としての忍耐を求める(V i)。モンテソリーが妻に強要するのは恋の手先パンダーは誰かであり、また復讐の為に暗殺者の潜む部屋にブッシーを誘い出す手紙を書くことである。パンダーその人であるコモレは、そうした追及は罪深く更なる殺害を生む不健全な道だと説く。彼はモンテソリーが妻に加える暴行を承知しつつ、「夫としての限界は越えない」と言うモンテソリーの約束で退場する。妻の愛を信じて単純であった分だけその裏切りは巨大な嫉妬と怒りとなり、「私の心痛、熱くほてる悲しみ」を表現できるのは雷鳴のみである。彼は妻からパンダーの名を訊き出してその悪魔同様自分も悪魔になり、奴を八つ裂きにして脳味噌の襞を探って女の荒涼たる罪の荒地を探求する決意であり、男とは蛇やバシリスクが住むと知りつつその荒野をさ迷い破滅を胸に掻き抱く迄心が休まらないものだ、と妻への嫉妬と怒りは愛の傷つき易さ頼り無さの悲しみから女性全体に対する不信、恨み、嫌悪へと展開する。

タミラは自分の罪が許しを得られぬものと認めるが、この恋から生れる更なる殺人を防ぐ為夫の要求を拒否し、代りに思い付く限りの復讐を自分に行うよう望み「昨日貴方の枕だったこの胸、貴方の命の牢だったこの腕」へのあらゆる暴虐に耐える決意を示す

> Now break them as you please, and all the bounds
> Of manhood, noblesse, and religion.　　　　　(V i 119-20)

夫はその腕が犯した罪の支払いとして彼女を剣で刺し、彼女は傷ではなく死を求める

> Tam.　or you will grow
> 　　　Into the image of all Tyranny.
> Mont.　As thou art of Adultery,　　　(V i 130-2)

まさに夫は残虐の象徴となって再び妻を刺し、更に拷問台に縛りつけて最も凶暴な苦痛を与え、彼女がその苦痛と自分の悪事を考量するように求める。そして次に

> Stand Vengeance on thy steepest rock, a victor.　(V i 142)

モンテソリーの嫉妬は憎悪になり暴虐そのものと化して妻を苦しめ傷付けることに快感を抱くに至り、サディスティックな満足を得つつ復讐に耽る。タミラがパンダーの名を明かさず刺され拷問されるのを見たコモレは「名誉と宗教を凌辱する」光景にショックで倒れ死ぬ。彼の死とブッシーを誘い出す手紙を書く妻の同意で、モンテソリーはコモレがパンダーだと悟る。妻の裏切りに加え、同様に愛と信頼を置いていた聴罪師、教会そのものの裏切りは彼にとって宇宙の枠と関節が外れ全体が釣合を失って崩壊するに等しい。「男が結婚した時何という泡の上に地位、名誉、人生を建てることか」と愛を泡と見なし、地上の快楽は総て一瞬の夢、無価値なものとして人生の空しさに至る。彼はコモレに変装して妻の手紙をブッシーに届ける。

　ブッシーは策略には策略で敵を欺くマキャベリアンへと堕落していき、その勇気とはムッシュの描くところでは残忍な人肉を貪る勇気であり、白痴の様に支離滅裂で子供じみた邪悪と嫉妬と欺き呪いで王殺し以外は何でもする勇気、本人を馬鹿げて自惚れが強く尊大にする勇気である(Ⅲ ii)。しかし真の勇気と

見なせる火花、タミラへの騎士道的愛の高貴な奉仕と共に、情事の暴露を仄めかしたムッシュへの地位や権力を無視した本心からの怒りがあった。タミラとモンテソリーの残酷な場の後、ブッシーがタミラへの愛を通してこの火花を炎へと拡大し変容していく姿がある。彼はタミラが夫の怒りにどう対処しているか案じて悪霊に問うが、悪霊から彼女の誘いに応じれば死ぬと予言される(V ii)。彼は悪霊の farewell［さらば］を I must fare well［成功する］と地口にし、その様な手紙を彼女は書く筈がないと確信する。モンテソリー扮するコモレからそれと知らずにタミラの血で書いた手紙を受け取って言う

   O how it multiplies my blood with spirit,

   And makes me apt t'encounter death and hell:　(Ⅴ ii 95-6)

   この手紙は私の［血：激情］を［活力：酒］で掻き立て、

   喜んで死と地獄に対決する覚悟をさせてくれる、

彼の勇気と豪胆さは高慢、無礼、尊大、驕りからタミラへの愛に身を捧げる自己犠牲、タミラの保護者としての利他主義、愛への奉仕という純粋さへの変容が見られる。結局タミラへの愛は他者からは姦通と見なされるにしろ彼にとっては徳に適った愛であった。

 コモレは亡霊となって傷付いたタミラの前に現れ(V iii)、ブッシーを救うよう指示する。しかしブッシーは彼女の警告を無視して「殺される」などの語を信じず、モンテソリーに出て来いと呼び掛け、「彼女の名誉の為に私は命を投げ出している、彼女の名誉は嫉妬者の目にさえ汚点など見えず、それを信じている者には聖域そのものだ」と絶対的に彼女の名誉の防護者となる。襲ってきたモンテソリーを彼が倒すと、タミラは

   Favour my Lord, my love, O favour him.　　(Ⅴ iii 118)

恋人に夫の命乞いをする。その願いに殺すのをやめた瞬間ブッシーは背後から暗殺者に撃たれ、死を前にした彼は複雑な思考に揺れる。

 彼は敵が彼の勇気を恐れ臆病にも背後から撃ったことに満足するが、運命の女神の裏切りと徳を志向しその具現であると確信した自分の身体も単に傷付く肉体にすぎない現実を前に絶望し、魂と理性は肉体と激情に劣るものとし、人生とは外観は偉大でも中身のない空虚な息に過ぎないと断じ、総ての存在を「単なる影の夢(dream But of a shadow)」と一幕一場の悲観論へ戻る。しかし立った

まま死んだ皇帝に倣うという不屈のストイックな行為によって自信を取り戻し、自己を成功した英雄と見なし名誉は永遠に残ると自己憐憫に陥る。コモレの霊に「暗殺者達を許すよう」求められた彼は全員を許して慈悲と偉大さを示し、更にモンテソリーに愛剣を与えかつ「私の価値ある命と立派なタミラへの愛を計量に掛け、前者で後者の償いをして欲しい」と生命を差し出し、タミラとの和解を願う。ここで彼は正義と寛大さ、慈悲を示し許しを求める完全な徳のある人間へと変容しているかに見えるのだが、この前にある悲観論と自己憐憫、そして後に続く自己の無力さへの嘆きという全体の中で考察する必要がある。

　タミラは、彼を誘い出す手紙を書いたことを自白し許しを請う

> The forced summons, by this bleeding wound,
> By this here in my bosom: and by this
> That makes me hold up both my hands imbru'd
> For thy dear pardon.　　　　　　　　　（V iii 175-8）

モンテソリーは嫉妬の中で妻を「姦通」の象徴にしたが、身体を包んでいた天蓋を撥ね退けて血まみれの上半身を現し両手を差し上げるタミラの姿は堕落した女の象徴となる（注2）。ブッシーは固く信じていたタミラの裏切りとその姿に致命傷を受ける。暗殺者達、ムッシュやギーズでなく「この致命的な光景、この不吉な驚異 (This killing spectacle: this prodigy)」こそ彼を殺したと誇ることが出来る。彼のタミラへの愛は、外観はどうあろうとまた彼がいかにマキャベリアンに堕落しようと、彼にとって高潔な名誉あるもので、彼女ゆえに自己犠牲も利他主義も可能であり、彼女は彼の「宝石」であった。そのタミラの裏切りは彼にとって死以外の何物でもない。同時に彼は自己の実体を見抜く

> O frail condition of strength, valour, virtue,
> In me …
> Made to express it like a falling star
> Silently glanc'd — that like a thunderbolt
> Look'd to have stuck, and shook the firmament.　*He dies.*（V iii 188-93）

彼は今や自己を客観的批判的な距離をもって道徳的で理に適った視点から見ることが可能となり、かつての高慢尊大な姿の愚かしさを悟り、勇気や徳がこの世で何かを達成出来るという期待は無効であって、流星や雷鳴が恐ろしい事を

予兆しているようで実は単なる予兆に過ぎず何も起らないと同様、この世で何も成し遂げられなかった現実を直視し、自己の力や勇気をその不毛の結果から悲観的に判定している。彼は自己を徳の具現と見なす尊大な誇りから他者を軽蔑と恥辱で扱い異常な利己主義者となり、更にマキャベリアンとして策略と裏切りを利用する。しかも彼はその英雄的理想と現実の醜悪な姿のギャップに盲目であった。彼のタミラへの愛だけは欲望や権力を得る手段ではなく、英雄的愛という彼の幻想であったにしろ、彼女の徳を守る者として自己犠牲も厭わない純粋なもので、死を覚悟で彼女を救いに行く。そして死の直前に寛大、後悔、和解を示すが、タミラの裏切りに絶望し、運命の脆さや権力の空しさ、英雄気取りの愚かさ、人間の脆弱さに目覚め、謙虚の徳を悟って死ぬ。隠遁の生活から社会での活動生活に入ったブッシーは、社会に何ら貢献出来ず打ち砕かれるのだが、自己発見、真理の発見に至りそれで死を償う悲劇の主人公の地位を得ているかに見える。しかしこの悟りは彼の最後の6行、煎じ詰めればO frail condition of strength, valour, virtue In meの1行の示されるだけで彼は死ぬ。自己の弱さの認識、事を成就出来そうで結局無効だったというこの認識は嘆きであり、その認識から更に自己を深く探り自己改善へと向かう方向には至っていない。

　彼の最後の台詞の中で暗殺者を許し首謀者モンテソリーも許して愛剣を与え、恋の許しを願いタミラと和解するよう求める行為は、その前にある悲観論と自己憐憫、その後の勇気や徳の無力さへの嘆きの中で見る時、自己の理想とする英雄像を実現する為のものであり、彼の志向は常に他者でなく自己に向けられて自己中心的姿勢を示している。

　彼の死後も舞台は続く。コモレの霊はモンテソリーにタミラとの和解を求めるが、夫は犯した罪以上に恋人の死を嘆く妻に怒る。霊の「恭順」の語にタミラは最初から胸の内にあった自己分裂の苦悩を明確に直視し対峙する

　　　O wretched Piety, that art so distract
　　　In thine own constancy; and in thy right
　　　Must be unrighteous:　　　　　　　　（Ｖ iii 210-2）
夫と恋人のまさに中間に位置した彼女は、どちらを優先させることも正しいの

に罪であるという究極のアンビバレンスに直面する。更に彼女はかつて恋人への愛を隠して夫への忠誠を装い欺いた苦悩にも極限まで要約して言及する、「もし結婚が形式だけだったら、もし誓いが欺く為だったら、もし罪など意識せずそれに慣れて鈍感になっていたら…」どんなに幸せだったろうか

  But (shunning all) I strike on all offence —
  O husband? dear friend? O my conscience!　　（ V iii 229-30 ）

彼女はブッシーとの恋を道徳的人生の否定と見なして罪に怯え、穢れない良心への強い自信の喪失を嘆いたが、夫と恋人を前に今や単に良心の喪失を嘆く単純さではなく、良心の向かうべき方向が完全に逆方向へと二分され分裂して、座礁した船の如く身動きがとれず自分でその方向を決定出来ない苦悩に直面している。夫は「それ程の卑しく背信の愛情(love So servile and traitorous)」には応じられず、彼女の生んだ恥と悲しみで溢れるこの邸を出るよう命じ、タミラは生涯人を避け荒野をさ迷って悲しみの苦痛の内に死ぬ約束をし、許しを求める。夫は彼女を許すことは出来る、そして「私の名誉とお前への愛情が和解することを切望する」のだが

  But since it will not, Honour, never serve
  My love with flourishing object till it starve:　　（ V iii 250-1 ）

それは不可能であり、最終的に愛の枯渇と消滅を願う。

　この対話は人間の苦悩を現す点で作品のクライマックスを成しており、タミラは夫と恋人への完全な愛の中間点にあってどちらの選択も正でありかつ不正であって身動き出来ず、モンテソリーは妻を許し名誉と愛情の和解を切望するがそれは不可能で、妻を愛しつつ愛の餓死を待つのみであり、二人共に解決不能の反対感情両立に心底から慄き苦悶する。二人は互いに愛し合いながら別れざるを得ない。この二人の姿を背景にした時、死に際に二人の和解を求めたブッシーの驚くべき単純さが浮び上ってくる。ブッシーは二人の不幸を生んだ源としての反省よりは運命の頼り無さの悲観論、立ったまま死んだ皇帝を真似る自己劇化と「名誉は残る」という自己憐憫を経て、暗殺者を許し、二人の和解を求め、最後に傲慢の愚かさを認識し人間の弱さに開眼するが、彼の思いは総て自己に向けられている。暗殺者を許し、タミラとの恋の許しを求め、夫婦の和解を望むのも自己の英雄的偉大さを実現することであり、自己認識後の悔悟

の苦しみを通しての自己改善には至らない。彼はタミラとモンテソリーの深層の錯雑たる苦悩を想像しそこに思いを至すことは全く出来なかった。ブッシーは死ぬが、二人は死ぬことも得ず暗澹たる苦悶の中で生を続けていかねばならない。これこそ真の人間の悲劇である。

　タミラはブッシーへの愛に目覚めた後常に解決不能のジレンマに陥る。彼女は良心を捨てて恋の為に夫を殺害し悪に徹することは出来なかった。彼女の言葉通り「どんな罪も意識せず、罪を密かに隠し、それに慣れて無感覚になっていたら、どんなに幸せだったろう」。そして激情は抑える程激しく燃え上がるという避け難い必然、有無を言わさぬ運命に迫られて、総てを見通す神の目を意識しつつ恋の炎に巻き込まれ、その結果は喜びではなく罪の恐怖であり、彼女の恋は常に良心との板挟みの窮地にある。最後に彼女は夫と恋人の選択を迫られて良心は方向を失って暗礁に乗り上げ、その両方を失い、良心の鞭に打たれつつ死に至る迄この世の荒野を巡礼する決意をする。彼女は解決不能のジレンマの中で苦しみつつ激情に圧倒される弱く痛ましい恋の犠牲者から、壮大な後悔の念で夫の剣と鞭に耐え、恋人に裏切りを告白して許しを求め、夫の拒絶を認め、無人の荒野で唯一人自己の良心と向かい合い「心の臓を喰いちぎりつつ (Eating my heart)」死ぬ贖罪への強い巡礼者に変身する。

　単純に妻と教会を愛していた夫モンテソリーは両者に裏切られて宇宙の混沌そのものの不幸を経験し、傷付いた名誉の復讐として妻を刺し拷問してサディスティックな行為に走るが、理性を失った激怒は妻の苦汁に満ちた率直な後悔の姿を見て許しへと変り、愛しつつ愛の消滅を願うという宇宙と人生の不可解さを受け入れ、現実の状況とその意味を理解する人間、名誉の真の意味を把握する人間へと変容する。

　ブッシーの死後にあるこの二人の描写は、必然的にブッシーと二人の比較を要求する。ブッシーは徳をもって悪の巣の宮廷や社会を改良することは出来なかったし、タミラとモンテソリーを和解させることも出来なかったが、人生の虚しさ、自己の弱さの認識を得る。しかしモンテソリーとタミラは解決不能な人生の錯雑さを前に、死より苦しい生を続ける覚悟において一層悲劇的である。

注

1 N. S. Brooke ed.: *Bussy D'Ambois*, Introduction. Revels Plays. Manchester U. P., 1979. 引用はこの版による。
2 op. cit., p.138　footnote.

第 五 章

『白い悪魔』　J・ウェブスター
―― この忌むべき生の営み

　John Webster (1580?-1625?) 作 *The White Devil*（1612年出版）は復讐劇である。ローマを舞台にして女主人公ヴィットリア・コロンボナとパデュア君主ブラキアーノ公は、ヴィットリアの兄でブラキアーノ公の秘書フラミネオの取持ちで不義の仲になり、ヴィットリアの夫カミロと公の妻イザベラを殺害する。これに対しカミロの伯父モンティセルソ枢機卿とイザベラの兄でフロレンス公フランシス・メディチが復讐する。この構図から互いの夫と妻の殺害をブラキアーノ公に示唆する美女ヴィットリアは「白い悪魔」である。社交界の花形、「華麗な衣服と陽気な心、美食を求める食欲」を持つ彼女の邸の門には夜ごと馬車が詰め掛け、「部屋は煌々たる明りで星を凌ぎ、音楽、宴会、奔放な飲食で宮廷にも見紛う程」(III ii)であるが、欲望の為には人殺しを平然と行う。

　The white devil is worse than the black.
　The devil can transform himself into an angel of light.
等の諺（注1）の如く、彼女はまさしく華麗豪華に装っている分だけより一層邪悪な「白い悪魔」となる。

　しかしウェブスターはこの作品を悪事に報いる善という単なる復讐劇とし、ヴィットリアを単に美しい悪魔として描く程単純な作者ではない。F. Bowers（注2）はこの作品が他の復讐劇と峻別される点として、観客の共鳴を得るのは身内の殺害を正す復讐者ではなく殺人者の方であり、その理由として復讐者が殺人犯と同じかそれ以上に穢れた方法で復讐する点を挙げている。愛欲の為の殺人という悪は裁きを受けて当然であるが、復讐という裁きが嫌悪すべき手段を取る時観客は共鳴出来ない。

　「白い悪魔」即ち「善」とか「悪」の外観は逆の内実をも含んでいるゆえに観

客の共鳴や同情も迷走し逆転するのであり、このタイトルの意味は複雑である。当論文では観客が悪を正す復讐者ではなく殺人者に共鳴する理由をパデュア公、フロレンス公、枢機卿（後に教皇）等「権力者 (great man)」と、その宮廷で報酬目当てに奉仕する秘書フラミネオ、没落貴族ロドヴィコ等「奉公人 (serving man)」の生き方の対比の中で分析し、「白い悪魔」は誰なのかを考察する。

　ヴィットリアはブラキアーノ公との姦通にひどく積極的という態度を示さず、事の成り行きに関しては取持ち役の兄フラミネオ任せである (I ii) (注3)。この恋に心身共に没頭し彼女の拒絶を破滅と考える公に、彼女は残酷な女は信頼を失うゆえに憐れみを示して元気付け、指輪を交換した後で「馬鹿げた詰らない夢」の話をする、「貴方の妻と私の夫が私を生き埋めにしようと穴を掘り始め私は恐怖でお祈りも出来なかった」。ここで兄は傍白で「出来ないさ、悪魔がお前の夢の中に居たのだから」と解説する。夢の続き「しかし突風で木の大枝が折れ二人を打ち殺した」。再び兄は彼女を「並外れた悪魔 (Excellent devil)」と呼び「公夫人と自分の夫を亡き者にするよう公に教えている」と解説する。しかしヴィットリアは母に不貞を厳しく叱責されると「彼の長い求愛を拒否出来ていたら…」と嘆きの叫びと共に走り去る。彼女は公に総てを託しているのではない。

　イザベラとカミロの殺害 (II ii) はブラキアーノ公の命令により妖術師が呼び出す幻影、黙劇として演じられ、第一の黙劇ではイザベラが毒を塗られた夫の肖像画にキスをして死に、第二の黙劇でフラミネオがカミロの首を折って殺す。殺害の提案はヴィットリアが夢の話で暗示するだけでそれを明白に解説するのはフラミネオであり、殺害そのものはフラミネオ等手先の者によって行われかつ黙劇で提示される為、ヴィットリアとブラキアーノはこの殺害に対して間接的な立場に居る印象を与える。

　夫殺害の疑いでヴィットリアは諸国大使達の前で糾弾される (III ii) が、この場で観客の同情が殺人犯を糾弾する復讐者より糾弾される殺人者の方へと方向付けられる。その理由は枢機卿の歪曲した糾弾方法と共に、ないしそれ以上に、ヴィットリアの熱烈たる毅然たる態度である。彼女はラテン語や難解な法律用語を使う訴訟人を「私への告発を不明確にしたくない、何の罪を着せられるのか全員に聞いてもらいたい」と退場させ、「それゆえに一層高い名声を得るだろ

う」と枢機卿から皮肉な称讃を受ける。彼女は枢機卿が裁判を進める時「敬虔な枢機卿が判事の役をするのは相応しくない」し、彼女を厚顔と呼ぶ誇りには「正当な自己弁護を判事が厚顔と呼ぶ」ことに抗議し、「私の告発人なら判事であることをやめてその席を降り、私への反証を示すよう」求めて枢機卿の矛盾した立場を鋭く指摘する。こうした告発の罠に掛けられた以上彼女は自己弁護の為に「男の勇気で」立ち向かうが、それを「偽りの宝石」と蔑まれると、「同盟した heads ［軍隊：金槌］はダイアモンドの私を打った時 break ［壊滅して：砕けて］ガラスに過ぎないことが判る」と両者の立場を逆転させ、かつ枢機卿が「お前の擁護者」と呼ぶ愛人ブラキアーノ公の裁判途中での退場にも平然として動揺など微塵も無い。娼婦や人殺しの汚名は枢機卿がそう言っているだけで、「風に逆らって唾を吐くと自分の顔に落ちてくる」の警告、「ブラキアーノ公の愛を基にした私への非難は、狂人が投身する美しい川に対する非難と同じ」の譬え、「枢機卿に一つだけ徳が残っている、私に諂わないことだ」、「枢機卿の情報を集める耳が私の内心を探る程長くても舌が正直なら気にしない」などの皮肉等々、彼女は抗弁の中に非難、軽蔑、嘲り、皮肉を織り込む精神的余裕と知的鋭さを示す。そして自分の罪は「美しさ、華麗な服、陽気な心、宴会での食欲、それが総てだ」と要約し、事の真の単純さと枢機卿の銃の発砲に等しい大袈裟な扱い方を対比してみせる。「改心の家に幽閉」の判決に対しては、娼婦として糾弾された彼女が「強姦、強姦だ」と叫び、「正義を凌辱し弄ぶ」枢機卿の放蕩を糾弾して彼を悪魔と呼んで再び立場を逆転させ、「不正に諂う涙など一滴でも軽蔑し」、その改心の家を「教皇の宮殿より正直で、枢機卿の魂より平和な場所」にしてみせる意志と、「暗黒の中でこそ最も強く輝くダイアモンド」という自尊心で連行される。この糾弾の場で彼女は恐怖心など微塵も示さず敢然と戦い、娼婦、殺人者との汚名には事実を明確に観察し判断する頭の鋭さ、自己弁護と同時に枢機卿を非難し皮肉る勇気、相手をガラス、ロバ、暗黒、強姦者、悪魔に仕立て上げる一方、自己をダイアモンド、光、正義、正直、平和として、両者の立場を完全に逆転させる機知を示しその激しい情熱に観客は感動する。

　ブラキアーノ公がフロレンス公の偽の恋文に嫉妬して彼女を娼婦、悪魔と罵る時も (IV ii)、彼女は全く動揺せずに事実を描き出す「私は貴男から汚名以外

に何を得たか？ 改心の家が貴男の宮殿なのか？ ここへ私を送り込んだのは貴男でありこれが昇進なのか？」彼女がここで流す涙は彼の愛を失った悲しみの涙ではなく、受けた屈辱への悔し涙である。後悔した公が称讃する彼女の matchless eyes ［比類ない］目を彼女は［釣合っていない］と取り、唇は彼に与えるより噛み切った方が良い。宥める兄には「パンダー、盗人を案内する卑しい盗人」とその本性を露骨に表現した後沈黙してしまう。しかし結局彼女は「改心の家」から脱走して公の領地パデュアで彼と結婚し公夫人となる。婚礼祝いの槍試合で(V iii)夫が毒に当り苦しむ様子に「愛する人よ、— 毒ですか？」、「私は破滅だ」、「まぁ、貴男！」等の絶望や悲嘆の叫びを発し、夫の死体を見て「何ということ！ ここは地獄だ」と走り去る。こうした短い叫びの中に彼女のブラキアーノ公への愛情とその死への悲しみが滲み出ている。

　最後の場(V vi)で彼女は兄の報酬請求を拒否し、ここで侍女ザンチと三人で互いに銃を撃ち合って死ぬというフラミネオの計略がある。彼女は兄の計画を本心と思い、兄の絶望を呪われた悪魔の産物と見なし、永劫の暗闇「死」は悪魔の為に造られたものでその死を強要する兄を「最も呪われた悪魔 (most cursed devil)」と呼ぶ。彼女にとって死は悪魔であるのだが、復讐者フロレンス公の手先に捕われて死が不可欠と知るや死を歓迎して自らの胸を差し出し、侍女を先に殺すことは許さず「死でも仕えてもらう、召使に私の前を歩かせはしない」。ここでもまた「蒼ざめた顔は恐怖の為でなく血が無いからであり、一滴の卑しい涙も流さず」、「私の最大の罪は blood ［欲情］にあった、［血］でその償いをしよう」と罪とその償いへの認識を示すが

　　　O happy they that never saw the court,
　　　Nor ever knew great man but by report.　　（V vi 261-2）

宮廷と権力者への絶望感を最後の台詞として死ぬ。彼女は兄が描く「君主の愛人」としての幸せ、「鳩の羽毛のベッド、窒息する程バラの香水の浸みたリネンの中での失神」の完全な愛の陶酔そして公夫人の地位等を求め、ブラキアーノ公の激しい愛に動かされて結婚したが、宮廷と権力者の中で生きた最後の瞬間にそれら総てを否定している。

　ヴィットリアは、夫と公夫人の殺害をブラキアーノ公に暗示するものの、死を「呪われた悪魔(cursed devil)」と見なして人生を最大限に楽しみ、糾弾の場

や嫉妬するブラキアーノ公との争いの場そして公と自らの死に直面する場等で常に全力を尽くして情熱的に対決し、皮肉や風刺を大いに利用しつつ勇気と機知と現状を見抜く知力と冷静さを示し、そこに狡猾さや陰謀が無い点で観客の共鳴を得る。

　ブラキアーノ公の特色はヴィットリアへの深い愛である。彼はこの恋に希望を抱けず(I ii)失意の状態で、フラミネオの保証も信用出来ずに彼女の気持や嫉妬深い夫のことで不安にさいなまれる。彼女との愛の場では「時が止まり逢瀬が終らぬ様に」、「永遠に私を捨てないで」と恋する若者の姿そのままで、かつ彼女を法も中傷も手の届かぬ地位に据える決意で、彼女を「私の公領、健康、妻、子供、恋人その他総てのもの」として全霊を打ち込む。フロレンス公からヴィットリアは貴男の情婦だと辱められた時(II i)、「たとえそうでも、貴男の大砲、スイス人傭兵、ガレー船、誓約した共謀者その他何物も彼女を追い払えはしない」と彼女を頑強に死守する。
　ヴィットリアの裁判では、彼の出席は余りに恥知らずな行為だと言うフロレンス公の予想に反して出席し(III ii)、カミロが首を折った夜彼女の財産の相談に乗っていたのは親切心ではなく情欲からだと侮辱されると、復讐を誓って裁判の途中で退場してしまう。この場での彼の存在、答弁、退場は裁判に何の影響も与えない。
　フロレンス公がヴィットリアに宛てた偽の恋文に彼は激しく嫉妬し(IV ii)、彼女を娼婦、心変りする女と蔑み、ヴィットリアの無実の主張を「知らぬ振りを装う策略 (politic ignorance)」と責め、彼女の美しさを呪い、今までbeheld the devil in crystal［欺かれて：水晶の中に悪魔を見て］いた、花や音楽で破滅へ導く女は男にとって神か狼かとwhite devilに言及し、「彼女に魔法を掛けられていた」と完全に被害者意識である。しかし後悔した彼は、嫉妬は愛の証拠だと永遠の愛を誓い、結婚して彼女を公夫人にする。毒に当った時(V iii)彼はヴィットリアを「善良な人」と呼び、「無限の世界も小さすぎる」程の至高の価値を彼女に認め、毒が移るのを恐れて彼女にキスを禁じ、錯乱状態で一時彼女も見分けられなくなるが、暗殺者に首を絞められる直前「ヴィットリアか？　ヴィットリア！」を最後の台詞として彼女を認識する。

ヴィットリアの方はこの恋に対してむしろ冷静で、糾弾の裁判の途中での彼の退場にも平然とし、彼の嫉妬も冷たく受け止め、死に際して彼への言及は皆無なのだが、ブラキアーノ公は彼女への恋に期待と不安で揺れ、彼女を自己の総てとみて偽の恋文に激しく嫉妬し、彼女の名を呼びつつ死ぬ。彼はイザベラとカミロ殺しの罪を犯し、ロドヴィコは彼を殺す時「名立たる策士 (famous politician)」、「策を弄する頭脳 (your politic brains)」と彼の策略に言及し、「悪魔のブラキアーノ…お前を悪魔に捧げてやる」と呪い、ヴィットリアの名を呼ぶ姿を呪われた悪魔として彼を繰り返し悪魔に結び付けるのだが、この罵りも彼の命懸けの恋の前に霞んでしまい深く純粋なその情熱の方が勝利を占める。

　殺されたカミロの伯父モンティセルソ枢機卿はブラキアーノ公に「生来有能な上高い学識も身に着けたその壮年期に治世を忘れ羽毛のベッドに溺れている」点を諭し、「名誉の喪失は皇族としての全称号の喪失である」と説く(II i)。そしてフロレンス公とブラキアーノ公の激しい口論を宥めブラキアーノ公の息子ジョバンニを絆として二人の争いを和解に至らせる。他方甥のカミロに「角の生えた額」の治療に転地を勧めて海賊ロドヴィコ退治の船長に任ずる。このように彼はブラキアーノ公の名誉毀損と甥の不面目を配慮しその回復を願っているかに見せつつ、本心はカミロの留守中にブラキアーノ公の恋の行方を探る計画で、しかも枢機卿は海賊ロドヴィコが既にパデュアでイザベラに奉仕を願い出ていることを知っている。彼は「こうした血縁者の扱いは不名誉だと言われるだろうが、本人が辱められて復讐する気が無いなら私がやる」と自己弁護しつつ、ブラキアーノ公とヴィットリアの邪恋に復讐を誓う。

　枢機卿はヴィットリア糾弾の場(III ii)で、彼女の邪悪な欲望を公開しその不名誉を宣伝する為駐在大使達を呼び集めて「名誉ある諸君、この女をよく観て下さい」、「諸君もお判りの様に…」、「すぐ皆さんにお見せします…」等何度も彼等に呼び掛けて注意をヴィットリアの穢れに向け、かつ最初から事件を審問する判事であるかに見せて実は告発人を演ずるのであり、彼は大使達を観客にして芝居を演じる。裁判が始まるや彼は彼女の愚行を明白にする意志を示し、彼女の反論には「やがて証拠が娼婦だと叫ぶだろう」と確信し
　　　　　　　　I am resolved

> Were there a second paradise to lose
> This devil would betray it.　　　　　(III ii 68-70)

彼女は天国を売る悪魔であり、その派手な宴会、音楽、宮殿等を指して「この娼婦は至純だった (This whore was holy)」と彼女の「白い悪魔」の姿に言及し、最初から彼にとってヴィットリアは娼婦、悪魔として有罪なのである。娼婦とは何かの24行に及ぶ定義の演説(III ii 78-101)に枢機卿は自らうっとりと酔っており、その後

> You know what whore is — next the devil, Adult'ry,
> Enters the devil, Murder.　　　　　(III ii 108-9)

カミロ殺害に言及して彼女の喪服ではない華麗な服を非難し、「死を予測出来れば嘆きも事前に示せる」というヴィットリアの皮肉を狡猾だと誇り、再び

> 　　　　　　　　　　If the devil
> Did ever take good shape behold his picture.　(III ii 216-7)

大使達に彼女を white devil として印象付ける。また彼は、カミロが彼女と結婚する為に払った大金と購入した light [価値の低い：尻軽な] 商品を比べ、悪名高い娼婦の罪ゆえに「改心の家に幽閉」の判決を下す。正義に対する強姦だと抗議するヴィットリアの皮肉には「狂った復讐の女神」と見なして全く取り合わない。

　毒殺された妹イザベラの復讐を考えず忍耐の振りをするフロレンス公に、枢機卿は復讐の方法を教示する(IV i)。それは大音響を発するキャノン砲ではなく「密かな地下道」を使う方法、受けた被害は秘め堪えて相手を自由に遊ばせ、時が来たら致命傷を与える方法、「巧妙な鳥撃ち (cunning fowler)」の様に片目をつぶって見ない振りをしつつ獲物をより良く狙う方法、目に見えない狡猾さ (invisible cunning)である。しかしフロレンス公は無関心を装い、逆に枢機卿がスパイ達を使って集めた「悪党一覧表」、殺人者やパンダー、利益を上げる為故意に破産する詐欺師等々多くの悪魔の名が潜む「黒い手帳」を話題にし、枢機卿はそれを彼に見せる。二人ともこのリストを悪党を捕え社会を浄化する為のものと見なす振りをするが、本心は悪党共を利用することであり、枢機卿はフロレンス公の復讐心を研ぐ為にこのリストを彼に渡す。

　モンティセルソ枢機卿は教皇に選ばれ(IV iii)パウロ四世となって人々に祝福

を与えるや、逃亡したブラキアーノ公とヴィットリアを破門した後、ロドヴィコがイザベラの死に復讐を誓ったと知ると彼を憐れむべき男と見なして「その残酷な悪魔を胸中から追い払うように」と叱責し、また「血の上を滑って不覚にも fall［転倒：堕落］した時、be tainted［血で汚れる：有罪となる］必然性を説くが、悪党に説教は無駄だと退場する。

　以後モンティセルソは登場しない。彼は甥カミロがブラキアーノ公から受けた侮辱に復讐を誓い、甥の死後大使達の前でヴィットリアの本性を容赦なく暴いて彼女を娼婦、悪魔と断罪し幽閉する。フロレンス公にも復讐を促して invisible cunning を教示し悪党一覧表を渡す。ここで、ヴィットリアが観客の共鳴を受けた分だけ、正義を追求しているかに見せて悪事を遂行する為に「抜け目無い策略 (politic cunning)」を巧みに使う枢機卿の姿は反感と嫌悪を買うことになる。教皇になって恋人二人を破門するが、その後ロドヴィコに復讐を呪わしいものとして中止させ、姿を消す。この最後の部分で観客は今まで維持してきたモンティセルソ観を見失ってしまい彼に矛盾と一貫性の無さを感じるが、これはロドヴィコと共に後で論じる。

　フロレンス公は妹イザベラを深く愛し、彼女の夫ブラキアーノ公とヴィットリア二人の姦通に激怒して (II i) ブラキアーノを「穢れた欲望の掃き溜め」と叱責し、二人の関係を wild ducks［野生のアヒル：娼婦］、moulting time［つがいの時：性病で頭髪が抜ける時］、tale of a tub［出鱈目の話：性病用風呂桶］、the season［つがいの季節：漬物用塩］等の地口や「肉欲に溢れた汚物の山」等の表現で非難する一方、妹をブラキアーノでなく死に与えた方が良かったと後悔する。この場で二人は表面上和解するものの、フロレンス公は、カミロの留守中ブラキアーノが欲望で奔放に振舞い名誉回復の余地なく破滅することを期待する。ヴィットリア糾弾の場で彼は脇役だが、妹の死のニュースに深い悲嘆にくれ、復讐の決意もその分一層強固で、復讐を枢機卿に隠すのは「ゆっくり温まって熱を温存する金に対し、一瞬に燃え上がって消えてしまう麻」即ち持久力のない枢機卿への不信感の為である。かつ枢機卿に対して「悪は必ず報いを受ける」、「反逆は自滅する」という道徳律を本心隠蔽の道具にし、「悪党一覧表」を借りつつ聖職者を定義して「剣を抜いて戦いを拡大し、あらゆる善を破

滅させる者」とし、枢機卿の説教で復讐を放棄したロドヴィコに枢機卿の名で金貨を届ける等、彼は権力者の一員である枢機卿さえ欺き利用する。

　パデュア君主ブラキアーノ公への復讐という重大事を前に(IV i)、フロレンス公は妹の霊を呼び出して死に至った状況を問うが答えを得られないままに「重い仕事」に取り掛かる。しかし「この悲劇には幾分馬鹿げた笑いが必要」なので、ヴィットリア宛の偽の恋文を書く。上手く書けたと自讃する自分自身を、追従に慣れた余り一人の時は自分で自分に追従する姿を「貴人の運命」として面白がる。彼にとってこれは重い仕事だがそれを楽しみ、権力者の実体を把握して自分自身の姿を客観的に見つめて笑う充分な余裕と自信が鮮明に描かれている。

　偽の恋文が功を奏してブラキアーノ公はまさに彼が仕向けた通り恋人を自国へ連れて行き、かつ君主が娼婦と結婚するという最も恥ずべき行動を取る。彼はこの計画の完璧な成功に大満足する。

　フロレンス公は「head［頭：主導者］が通れば手足は後から付いて来る」とロドヴィコを金貨で誘惑して悪のhand［手：手先］にし、またブラキアーノ公の宮廷の多くの者を自分の党派に寝返らせている。復讐の方法としては、先に枢機卿の示した盗人の様にこっそり忍び寄って殺すのは貧弱な方法として認めず、「くすぐり殺す(tickle to death)」ような陰険さを求めて敵の宮廷に戦士ムーア人に変装して入り込む(V i-v)。これ等の場では彼が復讐者として総てを計画し支配する一方ブラキアーノ公側は彼の変装を知らず欺かれ、この情報量の差からフロレンス公は台詞に表裏二重の意味を込めてアイロニーの仕掛人となり、自己の優位を楽しみ相手の愚かさを嘲笑する精神的余裕を持つ。彼は多くの戦争経験と豊富な知識、重厚な威厳を持つ戦士ムーア人としてフラミネオを魅了し信頼を得る。彼の言う「自画自賛の愚かさ」や「軽薄で実体の無い宮廷人」への軽蔑、「君主と私の違いは塔上と土台のレンガの差のみ」の君主と対等な身分、「部屋では巨人でも戦場では小人」に過ぎない人間の外観と実体、「権力者の鳩は撃たれず神の鳩は撃たれる」現世の権力者の力等格言的な厳正を装う台詞は、フラミネオが彼に抱く深い尊敬との対比で無限のアイロニーを生み、更にブラキアーノ公の毒殺を「フロレンス公の仕業だ」と断言し、フラミネオが在り得る事としてフロレンス公を本人の眼前で罵る様を強烈な軽蔑と皮肉の目

で眺める時、彼の沈黙の哄笑が響き渡る。

　ブラキアーノへの復讐が成功する一方、自分に恋心を抱く侍女ザンチを利用して彼はイザベラの死の真相を聞き出して思い掛けない事実の発見に驚くが、それゆえに復讐の正当性を主張するロドヴィコを軽蔑して「正義など放っておけ、名誉ある結果で殺害を飾りたてて汚れた手段を浄化すればいいのだ」と権力者の politic cunning を教える。ここで彼はロドヴィコの忠告に従ってパデュアを去り姿を消す。残る二人への復讐、ブラキアーノ公の秘書フラミネオと公夫人になったとはいえ秘書の妹で娼婦のヴィットリアへの復讐は手先のロドヴィコに任せ、フロレンス公が身分の低い者の死に関ることはしない。彼は枢機卿をも利用する狡猾な策士であり、楽しみつつ復讐を行い人々を弄ぶ姿は観客の反感を買う。

　君主や枢機卿の宮廷で奉仕するフラミネオとロドヴィコは権力者の生き方を学び模倣することでそれを鮮明に描き出し、解説し、批判する。
　フラミネオは父が紳士だったもののその死後は遺産も無く、大学では学費不足の為七年間老師の靴下を繕いつつやっと卒業させてもらい、ブラキアーノ公の秘書として仕え、主人が恋求める妹を取り持つのは昇進の為の策 (policy) (I ii) である。恋に悩む主人に「稲妻の如く敏速にお役に立つ覚悟」で召使として全力を尽す約束をし、「内気の下に欲望を隠す女のずるい (politic) 手管」を描いて勇気付け、義弟カミロには「冷遇こそ妻の操縦法だ」とそのベッドから遠ざけ、妹には君主の愛人となる幸せを語る。彼の八面六臂の奮闘で公の恋は成就し、殺害暗示の夢の話になる。この恋の場を後方で嘆きつつ垣間見ていた兄妹の母が進み出て三人を叱責すると、ヴィットリアは嘆き、ブラキアーノ公は怒り、母も悲嘆の内に去った後、フラミネオの独白は取持ち役の後悔などではなく、予想される困難を乗り越える意志である、「陰謀 (policy) に難題は付き物」なのだから。
　カミロ殺害の方法は「肉体に触れたとは思えずに心臓に作用する毒」に勝る invisible cunning を使い、彼が木馬から落ちる過失で死んだと見える「抜け目無い策 (politic strain)」を考え出す (II i)。悪を善で隠す外観と内実の極端な乖離、権力者の policy と cunning を彼も踏襲する。カミロ殺しの容疑で逮捕され、弟か

らは取持ち役を非難された時(III i)、彼は兵士である弟に「主人の為に血を流して得られる給料、一握りのつまらぬ報酬」を指摘して再び生活臭のこもった軽蔑で応じ、弟の忠告「最も昇進した時最も穢れているような策を弄して得た高位 (politic respect) は避けるべきだ」に耳も貸さない。

　妹の幽閉判決後、彼は悲しみで狂う「策を秘めた狂人 (politic madman)」を装い (III iii)、「悪意でやっているのではないかに見せて狡猾に (cunningly) その目的を果たし」、「服従の印を見せつつ災いを行う点で策士 (politician) は悪魔を真似る」と権力者の手管を解説し、更に金貨の持つ腐敗力、陰謀と混合する宗教等について、狂人の自由な発言力で罵り嘲る。彼の佯狂とそれを疑うロドヴィコの騙しあいの対話中、追放解除の報せに喜ぶロドヴィコを見て彼は「喜びにも顰め面をする陰謀家の顔 (politician's face) で応じ」て権力者を見習うよう求めるが、結局この二人の奉公人の出会いは共にその苦労を談じ同盟する方向には向かわず、逆に殴り合いの喧嘩となって別れる点で権力者同士が互いに争い裏切りあうのと同類である。

　偽の恋文に嫉妬したブラキアーノ公に女衒、スパイと罵られたフラミネオは (IV ii)「この世に種々の悪があるのと同じく多様な悪魔が居る」と主人に一応は反抗し歯向かったものの、「貴方は権力ある公爵、私は哀れな秘書」と身分の差を痛恨の思いで受け入れ、公を妹の所へ案内する、もっとも「策を抱く敵 (politic enemy)」には背を向けずface［顔を向けて：立ち向かって］ではあるが。妹からも取持ち、盗人と罵られつつ彼は二人の口論を宥め忠告する時、妹には大きな声で、公には傍白で語り掛けてあくまでも公の召使、取持ちの立場に身を置き、愛人を幽閉から盗み出す公の計画には「今夜、小姓の服を着せ、早馬で領地パデュアへ」と具体策を示してから、独白で「これは馬鹿げて見えるだろうが、悪党は権力者の apes［猿：模倣者］に成ることで成長していくのだ」と自己の姿を冷静に判断し認識する。

　妹が公夫人と成って得られた昇進に彼は始めて安堵の吐息を漏らす一方で、復讐の為に変装して侵入したフロレンス公と知らずにムーア人の経歴、人柄、武勇を称讚する彼はアイロニーの犠牲者となり、その立場は権力者を真似る策略家気取りから真の陰謀家の餌食へと転落し、それは彼に付き纏う侍女ザンチとの情事を弟に非難された時の台詞「悪魔を呼び出すのはそれ程偉大な魔術で

はない ─ 最も偉大なのは悪魔を消すことだ」に暗示され、彼は悪を上手く処理しきれなくなっている (V i)。その第一歩としてザンチに関する口論の結果彼は弟を母の眼前で刺殺し (V ii)、次にブラキアーノ公を失う。彼は尊敬するムーア人との対話で、瀕死の君主の孤独、すぐに身を隠す追従者達、宮廷で流される空涙等宮廷で学んできた知恵、教訓を語り、猿真似までして得た昇進も「女の胸にできた癌」と同じであり、権力者の計算高さと宮廷の空しい口約束、そしてブラキアーノ公を欺く程の狡賢さが無かった結果の金銭不足に言及する。ムーア人が「公の死はフロレンス公の仕業だ」と言う皮肉な一言に、彼は hand [手：手下] の一撃も厳しいが head [頭脳：君主] のそれは致命的であり Machivillian [マキャベリアン：villain（悪党）] の稀有な仕掛け、卑しい下郎のように人を殴り殺すのではなく、くすぐり殺す術に言及し

no, my quaint knave,
He tickles you to death; makes you die laughing;　　　(V iii 195-6)

そして宮廷で正直であることは氷上のジャンプ同様危険だと言う。ムーア人がフロレンス公と知らずに、権力者の穢れた陰謀術策を宮廷の知恵、策略上の教訓としてその本人に説明するフラミネオはアイロニーの惨めな犠牲者である。

　更に彼は新君主ジョバンニから追放され、また弟の死を嘆く母の姿を見た時 (V iv)、経験したことのない感情、「憐れみ」としか名付けようのないものを感じ、自己の生き方「宮廷で生きる者と同じ極悪の生活」を思い、「満面笑みを湛えつつ胸中に良心の疼きを感じる」苦悩にも言及するがそれは全く一瞬の閃きで、彼の運命を決定するのは自己の内面を深く探り良心と対峙することではなく、公の財産を継いだ妹が自分の奉仕にどんな報酬を与えてくれるかである。

　その報酬が「弟殺し」の苦悩だけだと知ると、妹を再び悪魔と呼び、自作の劇中劇を演じる (V vi)。偉大な公爵さえ自分の宮廷で毒殺される時奉公人に希望など無く、また悪害の結果と共に原因も除去する策略家達の手法を説明し、ヴィットリアとザンチも含めた三人でピストルで撃ち合い死ぬことを誓い合う。一生主人に仕えてきた彼は死を前に「人に頼まれて生きることも人に命じられて死ぬことも」望まず、「死だけは自分の為に役立てる」意志を示す。女達が彼を撃った後死ぬ気など無いと知るや、彼は二人を「陰険な悪魔 (cunning devils)」と呪いつつ立ち上がり、ピストルは空砲で二人の誠意を試したのだと女の不実

をなじる。そこへ乱入してきた復讐者に捕えられ死を覚悟した彼は、もう運命の女神の奴隷にはならず「自分自身を始めとし終わりとする」。偽の死であれ本物の死であれ死の直前彼は死を自分の役に立て、死のみは自分のものとして把握しようとする。しかし彼は栄光ある悪党達への別れの言葉で

  This busy trade of life appears most vain,
  Since rest breeds rest, where all seek pain by pain. (V vi 273-4)

彼が昇進を目指して大学時代から苦労し、君主に仕えてパンダーや人殺しとなり、主人に犬と罵られ自ら狼と自認しつつ奉仕してきた「この忌むべき人生の営み (this busy trade of life)」が総て「全く無駄だった」という認識は、宮廷や権力者を知らない者はhappyだと言ったヴィットリアの最後の台詞の宮廷や権力者の否定を更に推し進めた人生そのものの否定であり、運命の女神や君主の奴隷にはならず「死だけは自分の為に役立てる」の思いは、死しか自分のものになり得なかったという人生への喪失感、敗北感の裏返しの受容である。

 伯爵ロドヴィコは幕開き前に放蕩で伯爵領を失い、殺人を犯して今追放の命を受けた (I i)。彼は権力者とその宮廷を熟知しており、満腹の時は狼も優しいこと、悪事を犯して追放の刑を逃れている権力者も居ること、彼等は毛を全部刈り取ってから羊を売ること等権力者達の外観と実体の差、計算高く狡猾な面を描き出し、追放から帰国した暁には彼等の腹にイタリア風cut-works［飾り模様：刃傷］をつけてやると怒りを示すが、同時に犯した殺人を単に「蚤の一食いだ」と言い切る悪党でもある。追放後海賊となり、愛情よりも欲望からイザベラに仕え、彼女の死でフロレンス公の手先となってイザベラの復讐を決意するが、教皇に諭されて断念する。教皇とロドヴィコ二人の態度の矛盾と一貫性の無さに関して、前者の説教と後者の懺悔を本心と解釈し、モンティセルソは教皇に成った以上悪から身を引く必要があり、ロドヴィコは教皇の諭しに改悛する筈だとするのは単純すぎる解釈で *The White Devil* という作品全体の枠にはまらない。

 教皇の最後の場で (IV iii)、彼はロドヴィコの本心を知ろうと問い続けるが巧妙に言い逃れる彼を狡賢いと罵り、「一度血の味を知ったら殺し続ける犬」に譬えてロドヴィコが悪を続行する心底からの悪党だと見なしている。遂にロドヴ

ィコが「スパイとしてでなく懺悔する罪人として」秘密を守る約束を得て復讐を打ち明け、教皇は罪人の懺悔を聴く僧という流れの中でロドヴィコに説教する。しかし教皇は説教の効果を期待してはおらず、説教など「乾ききった地面を濡らすのみで深く浸透しない俄か雨」にすぎず、「後悔してこの復讐を中止する迄悪霊がお前の周囲を飛び回るに任せておく」。彼はロドヴィコが本質的に悪党だと知っており、逆説的に復讐の実行を期待している。事実ロドヴィコの後悔は3行のみで、フロレンス公が教皇からと偽って届けた金貨にすぐ心変りする。もっとも彼は金貨を本当に教皇からのものと思い、教皇が復讐を非難しつつ金貨を準備していたと解釈し、その狡猾さに感嘆する

O the art,
The modest form of greatness!　　　　　(IV iii 143-4)

such his cunning!　　(149)

また「地獄の復讐の女神はたった三人だが権力者の胸中には三千人も居る」等の驚きと称讃を示すが、これは権力者の使う陰謀とそれに操られる奉公人のアイロニカルな状態をも浮彫にする。作品全体の流れの中で、「蚤の一食い」にすぎない殺人で既に血の味を知っているロドヴィコは永久に血を求め続けるのであり、教皇は彼に改悛を求めているかに見せて逆に復讐への意志を研いでおり、善と見せ掛けて悪を行う権力者の狡猾さ (cunning) の一例である。

　フロレンス公との関連でもロドヴィコは興味ある動きをし、復讐の遂行を誓った後偉大なる貴人のフロレンス公が自ら復讐に関り合うことを訝り、身を引くよう求める (IV iii)。ブラキアーノ公を殺害し復讐の半分が成功した時、彼は再びフロレンス公に「馬鹿げた程深入りしている事件にこれ以上関与しないでパデュアを去るよう」忠告し、主人は残った身分の卑しい兄妹への復讐は彼に任せ、これを最後に退場する (V v)。最後の場で (V vi) ロドヴィコはフラミネオとヴィットリアを捕え、ヴィットリアの「フロレンス公が私を殺してくれれば良いのに」の願いを聞いて嘲笑し、君主の手法を説明する

Fool! Princes give rewards with their own hands,
But death or punishment by the hands of others.　(V vi 188-9)

彼は権力者の手法を称讃をもって解説し、かつ自己が手先に過ぎない点も自認

しているが、新パデュア公ジョバンニに捕われると「この最も高貴な復讐を私自身のものと呼べるのは光栄だ」と最後の時点でフロレンス公から独立し、復讐を手先としてでなく自分自身の高貴な行為として摑もうとする。

　彼はフラミネオ以上に君主に忠誠を示して君主が汚名を逃れるよう配慮しつつ、復讐を自分のものと呼べる最高の仕事だったと名誉を感じて死ぬのだが、追放から帰国しても権力者の腹にイタリア風cut-worksを与えて仕返しを果せなかったのみか、彼等の手先に過ぎなかったこと、かつ今後受ける拷問を「熟睡」、「休息」と見なしていることを考えると、彼の名誉感はフラミネオ同様、人生の空しさ、挫折感、敗北感を隠す虚勢といえる。

　ブラキアーノ公は他者が娼婦、悪魔その他何と呼ぼうとヴィットリアを愛し、彼女を自分の領地、健康、妻、総ての物として互いの配偶者を殺し、教皇の破門さえ恐れずに彼女を脱獄させ、結婚する。彼の愛には何物にも変え難いとする命懸けの切迫感、緊張感、密着性がある。彼が暗殺される最期の言葉はヴィットリアの名であった。

　ヴィットリアは枢機卿や兄からさえ繰返し「悪魔」と呼ばれるが、糾弾の場で枢機卿、フロレンス公、大使達を前に孤軍奮闘し、判事の席に座りながら告発する枢機卿の矛盾を非難と皮肉で指摘し、自分が本物のダイアモンドで枢機卿は正義を犯す凌辱者だと立場を逆転させる勇気と機知を示す。ここにはブラキアーノ公同様事態を自己のものとして真剣に対処しようとする人生に密着した緊迫感、緊張感がある。猪突猛進する真摯な激しさと情熱は悪の為のものであれ共鳴を得るところがある。

　これに反し枢機卿とフロレンス公は人生を一歩退いて冷淡に客観的に見て処理するゆとりを示し、political cunningを使い復讐を楽しむ。枢機卿は大使達を観客にして判事と見せて告発者となる演技をし、娼婦の定義に自ら酔ってその演説を楽しむ。フロレンス公は復讐の悲劇にも笑いを求め、自作の恋文を自讃して追従に慣れた貴族の姿を皮肉に笑い、計画通りの君主と娼婦の結婚を残酷に喜び、ムーア人の変装により演出家の立場を得て相手を意のままに操縦し、彼の本性を知らずに尊敬し本心を吐露して宮廷や権力者の狡猾さを嘆くフラミネオをアイロニーの犠牲にしてその愚かさを軽蔑嘲笑し、自己の優位を大いに

楽しむ。二人の復讐には命懸けの切迫感や緊張感が全く無く、相手を弄んで楽しむ余裕がある。

彼等の手段は「大音響のキャノン砲」ではなく「密かな地下道」で、これをフラミネオとロドヴィコは繰返し説明解説してみせる。それは皮膚に触れたと見えずに心臓に作用する毒、善意と見せて巧妙に刺す毒針、人をくすぐり殺し笑いながら死なせる法、処刑台の瀕死の罪人に薬を与えて蘇生させ更に苦しめる拷問、服従するかに見せて悪害を加える方法等「目に見えない狡猾さ (invisible cunning)」、「マキャベリアンの稀有な仕掛け (rare tricks of a Machivillian)」であり、「この手段を使う点で策謀家 (politician) は悪魔を真似る」とフラミネオは言う。作品の中で politician、policy、politic そして great man、prince、court、courtly はほぼ総て cunning と結び付き、cunning「密かな手段で目的を遂げる術」は悪魔の手段であり、それならモンティセルソ教皇とフロレンス公こそ「白い悪魔」である。

教皇は一見悪人を改悛させるかに見える説教を最後に退場し、フロレンス公も復讐の後半は手下に任せて姿を消す。新パデュア公は伯父フロレンス公が父殺しの一味と知り、伯父を殺人者と呼んで「この件に手を貸した者全員に正義の味を教えてやる」と宣告するものの、彼にはローマ教皇は勿論のこと他国フロレンスの君主でもある伯父も裁くことは出来ないのであり、二人の権力者、陰謀家は無傷のまままさしく「白い悪魔」として生き残る。

悪の手先フラミネオとロドヴィコは君主達の political cunning を明確に描写し解説すると共に、自らも昇進と金銭欲の為に猿真似と知りつつ真似る。しかし君主同士の争いでブラキアーノ公さえ破れ殺される中で、本質的に君主に仕える人間、手先に過ぎない彼等がその陰謀に成功する筈も無く共に死に至るのであり、人生総てを君主に捧げた彼等が「死」のみは自分のものだとする思いは、結局奉仕の報酬が死以外の何物でもないという絶望感である。フラミネオは一瞬憐れみや良心の疼きに目を向けるが、考えることそのものを止めて「人間の思考程無限の当惑はない」、「天に顔を向けて謎を解こうとすると認識が混沌としてくる、霧の中だ」(V vi) と、自己の内面や敗北を深く考察することは更なる苦悩を味わうことだとして思考も苦悩も拒否する。「休息は休息を生むのに人は皆苦悩して苦悩を求めており、この忌むべき生の営み (This busy trade of life) は

全く無駄だ」の最後の台詞は彼の努力、君主への奉仕即ち彼の人生そのものの無効性の認知である。

　恋や裁判に命を賭け全エネルギーを注ぎ、人生に情熱を持って激しく取り組みその結果死に至る者や、悪の手先としてであれその人生に熱中しつつ無駄と悟って死ぬ者がおり、その対極に人生から一歩退き状況や自分自身さえ他人の目で客観的に観、余裕を持って他者や状況を弄び操り楽しみ、最終的に責任を取らず何の傷も受けずに生き残る者が居る。人生への熱中、切迫感、密着性、命懸けの情熱、人生への責任の認識と受容これ等の有無が観客の共鳴を大きく作用する。*The White Devil* というタイトルのこの作品は複雑な人間関係が織り成す錯雑とした人間社会をリアルに描き出している。

注

1　Tilley, D 310. D231.
2　*Elizabethan Revenge Tragedy*. Princeton U. P., 1959.
3　J. R. Brown ed.：*The White Devil*. Revels Plays. Methuen, 1968. 引用はこの版による。

第 六 章

『マルフィ公夫人』 J・ウェブスター
―― ボソラの変容

　John Websterはその二大傑作 The White Devil（1612年出版）と The Duchess of Malfi（1614年頃初演）で、全く異なる主題を扱っているのではない。彼は第一作で扱った主題、人物、構成を執拗に思考し続け、その結果第二作はその双書とも見なせる程思想や状況に類似点がある。各々の主人公ヴィットリアとマルフィ公夫人が宮廷を舞台に死へと至るこのウェブスターの二大悲劇は、同一対象を二視点から描いたものである。しかし『白い悪魔』はひどく難解な作品でプロットさえ把握が困難な程でありその理由として、一貫した道徳的基準の欠如と行動や人物の連絡性の欠如からくる観客の知的混乱や当惑、感情的不安感が作品の本質的特質となっている為とされている（注1）。だがF. L. Lucasは『白い悪魔』の方が優れた作品であると見なし、『マルフィ公夫人』では人物達がそれ程傑物ではなくプロットにも明白な弱さがあると述べている（注2）。

　悲劇とはある人物がこの混沌錯雑とした世界、欺瞞と信頼、外観と実体、愛と憎悪、腐敗と純正等の混在した人間社会の中で、自己発見即ち自尊心、欲望、地位等あらゆる衣装を脱ぎ捨て真の赤裸々な自己を発見し、結果としてその真理の発見に自らの命で贖うものであり、ここには自己に対する無知から開眼への変容がある。当論文では『マルフィ公夫人』の悲劇的人物マルフィ公夫人と共に、暗殺者ボソラに焦点を当てて作品を解明していく。

　マルフィ公夫人は若く美しい未亡人で欺瞞や偽り、裏切り等とは無関係の高潔で誠実な女性であるが、彼女が犯す唯一の過ちは使用人の金庫係りアントニオを愛し社会秩序を無視して生れの卑しい彼と結婚したことであり、自己の欲望を皇族としての義務に優先させたことは彼女が「マルフィ公夫人」としてよ

りも「一女性」として生きることを示している。公夫人の求愛に混乱し怯える
アントニオに彼女は言う

       sir, be confident ―
  What is't distracts you? This is flesh, and blood, sir;
  'Tis not the figure cut in alabaster   （Ⅰ i 452-4 ）

当時、第一に未亡人の再婚には一般的に倫理的反感があり、第二に身分の不釣合な結婚は悪とされていた（注3）。作品のほぼ中央で巡礼が言う

       who would have thought
  So great a lady would have match'd herself
  Unto so mean a person?   （Ⅲ iv 24-6 ）

これは事件の部外者である巡礼の客観的視点からの一般的で正当な判断であり、その異常さへの驚きと非難が込められている。公夫人の「夫の死体に私を縛り付け凍死させてくれたら…」（Ⅳ i）の願いは、不釣合な結婚をした者を処罰する一方法であった。未亡人でありながら身分を無視した再婚という社会への挑戦について、公夫人自身が侍女カリオラに言い

       wish me good speed
  For I am going into a wilderness,
  Where I shall find nor path, nor friendly clew
  To be my guide.   （Ⅰ i 358-61 ）

己の行為の無謀さは充分認識している。またカリオラはそれを「恐ろしい狂気」と呼んでいる。

 その上彼女は二人の兄から再婚を禁じられた直後にアントニオに恋を打ち明ける。兄達に彼女が絶対に結婚しないと言ったのは(Ⅰ i) 彼女の数少ない嘘の一つであり、兄達の去った40行後に独白する

  Shall this move me? If all my royal kindred
  Lay in my way unto this marriage,
  I'd make them my low footsteps: （Ⅰ i 341-3 ）

彼女の卑しい結婚と三人の子供の出産に激怒した兄達は彼女を捕え、夫と子供達の死体（実は蝋人形）を見せ、彼女の慰めに狂人達を訪問させて彼女を狂気へと追い込もうとする。こうした苦境に彼女は二つの手段で耐える。一つは忍

従即ち殉教者の持つ忍耐の勇気であり、忍従は「微笑よりも涙の中に一層完璧な姿」を示し、「言葉より沈黙の方がより多くのことを表現する」(IV i)。この忍従で彼女は狂人達の唄と対話と踊りにも耐える、「騒音と愚行が私を正気にしておいてくれる、理性と静寂は私を真の狂気にしてしまう」(IV ii)。

第二は、社会の掟に反しても自己の愛情を成就させる情熱への没頭とは逆に、苦境から一歩退いて自己を客観視すると共に自己劇化する能力である。アントニオに愛を打ち明けて結婚し寝室へ入る迄の過程で、彼女は演出家となって彼を方向付けていく (I i)。夫を兄達の手から逃がす時も、召使達の前で不正を働いた金庫係りを解雇する芝居をする (III ii)。捕われてから「地獄で死ねずに生きねばならぬこと、それが魂の最大の苦悶である」と言ってブルータスの妻ポーシャの再来として「忍耐」を演じ (IV i)、また

    I account this world a tedious theatre,
    For I do play a part in't 'gainst my will.　　　(IV i 84-5)

直接劇場と演技に言及する。彼女を殺しに来たボソラへの台詞

    Who am I?　　　(IV ii 123)

    Am not I thy duchess?　　　(134)

    I am Duchess of Malfi still.　　　(142)

捕われの身で領地も没収され夫子供との再会は絶望的である単に一人の女が、それでも死の使者に対しマルフィ公夫人としての威厳を示し、マルフィ公夫人として振舞う儀式的な自己劇化である。兄達の人間性を逸脱した獣的残酷さを道徳的感情を持って見詰めたなら、彼女は悪人の思惑通り狂ってしまったろうが、忍耐と同時にこの状況を客観視し劇化する能力、自己からの皮肉な逸脱によって狂気から救われている。彼女の「今私はどう見えるか」の問いにカリオラは「見掛けは生き生きしているが実際は全く命の無い絵」の様だと答え、夫人は続けて言う

    And Fortune seems only to have her eyesight
    To behold my tragedy:　　　(IV ii 35-6)

彼女は閉じ込められた牢の中で、命のない絵の様に「無」である自己の悲劇を

見詰めている。

　兄達の残酷な迫害に一時こうした超然たる態度を失い苦悶の叫びをヒステリックに発する時もあるが、最後には再び儀式的所作をもって死を受け入れる。彼女は死の執行人に言う

> Pull, and pull strongly, for your able strength
> Must pull down heaven upon me: —
> Yet stay; heaven-gates are not so highly arch'd
> As princes' palaces, they that enter there
> Must go upon their knees. — [*Kneels*.]　　（Ⅳ ii 230-4）

この最後の死の儀式は彼女が採ってきた自己の客観化、自己劇化の集大成を成しており、すぐ後で殺されるカリオラが様々な言訳で命乞いをし、執行人に噛み付き引っ掻いて死を逃れようともがき取り乱す姿、人間が当然抱く死への恐怖心の自然主義的描写と鋭い対比を成している。

　公夫人は、人生の混沌の中で苦悩を通して自己発見に至りその真理の発見に死で贖うという変容はしない。カリオラは女主人の無謀な結婚について言う

> Whether the spirit of greatness or of woman
> Reign most in her, I know not, but it shows
> A fearful madness; I own her much of pity.　　（Ⅰ i 504-6）

公夫人は常に「女性」として一貫して行動しており、その中で「マルフィ公夫人」としての自己劇化があり、彼女の死に臨む姿は一種の演技である。

　公夫人の兄枢機卿は、勇気ある人という噂の外観に反し内面は邪悪な性格で、追従者や女衒、スパイ、無心論者達を利用して悪計を仕掛ける智謀に富んだ冷徹かつ知的な悪人で、感情に溺れて本心を吐露すること無く無感情無慈悲であり、老貴族カストローチオの妻ジュリアを恋人にしている。ボソラは彼を評して

> Some fellows, they say, are possessed with the
> devil, but this great fellow were able to possess the great-
> est devil, and make him worse.　　（Ⅰ i 45-7）

悪魔よりも悪魔的だと言う。ボソラを妹の公夫人の元にスパイとして送り込む

こと、公夫人と夫子供達を逃亡先のアンコナから追放させること、そして彼女一家の殺害等公夫人の不幸と死を画策するのはこの枢機卿なのだが、彼は常に「私はこの件で人目に付きたくない」(Ⅰi)、「彼を入れてやれ、私は退去しよう」(Ⅱiv)、「私が勧告したのだがボソラ雇用の件は総てフェルディナンドから出ていると思われている」(Ⅴiii)と総てに裏工作を施し絶対に表面に出ないことを主旨とする知的な陰謀家である。巡礼は客観的第三者として公夫人の身分違いの結婚を非難したが、枢機卿に対しても「余りに残酷すぎる」と言及している。彼が地獄の火について考え良心に呼びかける瞬間やボソラの剣に追い詰められて助けを求め「偉大さは外観に過ぎなかった」ことを暴露する瞬間もあるが、これ等は全くの一瞬に過ぎない。愛人ジュリアの執拗な問いに公夫人殺害は自分の指示であったと話すが、秘密保持と彼女への厭きから彼女も毒殺する。彼にとって悪事など浅薄な些事に過ぎず、関心は為政者の冷たい優越感だけであり、妹の結婚と出産への怒りからその一家を殺害して全く無感覚であり、弟フェルディナンドを狂気に追いやった悪事についても同様である。彼は敢然と総てを超越して意志を断行する勇気と力を持つ真のマキャベリアンである。

ボソラと狂った弟に刺された彼の最後の言葉は

and now, I pray, let me
Be laid by, and never thought of.　　　　　　　[*Dies*.]　(Ⅴv 89-90)

夫と子供の死体を見せられた公夫人は「彼等が暴君らしく、その行った行為によってのみ思い出されるように。苦行する聖職者達の熱烈な祈りも彼等を忘れてしまうように」(Ⅳi)と兄二人を呪うが、枢機卿はその悪事も含めた彼自身総てを忘却の世界に投げ込み、説教や弁明も試みず、同情や理解も求めない真の悪人として死に、死も彼を変えることは無かった。

公夫人のもう一人の兄カラブリア公爵フェルディナンドは公夫人と双子であるが、彼は「この上なく変質的で不穏な性格 (most perverse, and turbulent nature)」(Ⅰi)で、「喜び浮かれている様でもそれは単に外観だけ」で、枢機卿同様外観と実体の差は著しい。立派な外観の下に隠された邪、卑しい性格を秘め隠した壮大な体面、高貴な人物や国家の中に浸透する腐敗というこの作品全体の皮肉なテーマを体現している人物が彼である。枢機卿が常に裏で悪事を操作する為、表面に出るフェルディナンドは「公爵」という高貴な外観と邪悪さの対比でよ

り一層際立つことになり、かつ彼は兄の知性理性とは完全に対照的に情的で激情に溺れ自己を失う人物である。彼が双子の妹に近親相姦の恋愛感情を抱いていたという解釈は殆んどの評者が是認している（注4）。彼のこの隠れた動機によって初めて彼が公夫人に再婚を禁じる時の激しさ、彼女の出産を知った時の激怒と呪い、夫が誰か知った後彼女に夫や子供の死体を見せ、狂人達を邸に放ち、死の執行人を送り込む等変質的残酷さが理解出来るのであり、彼自身が述べる「もし彼女が未亡人のままで居れば彼女の死によって手に入る財宝の山 (infinite mass of treasure by her death)」(IV ii) の動機付けでは、彼の突然の呪いの爆発や常軌を逸した激怒と精神の異常さ、そして彼の最後の台詞

  My sister! O! my sister! There's the cause on't:
  Whether we fall by ambition, blood, or lust,
  Like diamonds, we are cut with our own dust.   [*Dies.*]（V v 71-3）

等は説明が全く不可能である。

 彼の激情に兄枢機卿も驚き呆れ、その様子を「荒れ狂う嵐」、「理性の範疇を超えている」と称し、更に続ける

     there is not in nature
  A thing that makes man so deform'd, so beastly,
  As doth intemperate anger: — chide yourself.   （II v 56-8）

フェルディナンドは狂った激情の中で妹夫妻の「身体を岩穴の中で燃やし、呪われた煙が天に昇らないように出口に蓋をして」おき、「二人が寝たシーツをイオウとピッチに浸し、それで二人を包んで火を点け」、更に「その私生児を煮てスープにし淫乱な父親に飲ませる」等変質極まりない想像の中で激怒を表現する。これは社会秩序の破壊に対して憤怒する人の苦悩ではなく、近親相姦の嫉妬であり官能を腐敗と病弊に結び付けた歪んだ陰性で奇異な呪いと怒りであり、彼はそれを支配する力を持たず逆に支配される。そして二人が罪を繰り返す程彼は罰としての残虐な行為に耽ることが出来る。その残酷さで彼は妹の邸に売春婦達の仮面劇団を送り、悪党や女衒にその食事の給仕をさせ、狂人達をその邸隣に住まわせる。それは彼女を「絶望へ追いやる為」、「どうしても彼女が狂う必要があるから」である。しかし彼女は忍耐と自己劇化でこれに耐え、逆に狂気に至るのはフェルディナンドの方であって、枢機卿の台詞「人間を獣の様

に奇形にさせるもの」に呼応して「狼狂 (lycanthropia)」自分は狼だと信じる狂気に至る (V ii)。その狂いの中で彼は争っている兄とボソラを刺し、ボソラに刺されて人生を諦観し

   I do account this world but a dog-kennel: (V v 67)

最後の一瞬正気に戻った彼は「妹よ、おゝ妹よ」と愛する公夫人を熱烈に求めつつ死ぬ。彼はこの世の苦悩と混沌を経験して自己発見という真理を得るには余りに激情の人である。

 枢機卿とフェルディナンド兄弟は人間が陥る最も忌わしい人間性の捩れ、この上なく人を当惑混乱させる神経症の諸症状、健康な精神の最も悲惨な喪失等を体現している。

 皇族三兄妹の善と悪の宇宙的壮大さを有する争いの中で、ボソラは自己の在り方を模索し、真理や善と思えるものを把握し、その為に危険を覚悟で悪に挑み、自己発見とその代償である死に至る。彼は人間嫌いの皮肉家かつ悪の手先から悲劇の主人公へと変容するのであり、彼こそ作品の中心人物と言える。冒頭でアントニオは彼を評してcourt-gall［宮廷の厄病神：辛辣な男］、好色、貪欲、高慢、残虐、悪意を抱く男だと言う (I i)。また彼には「人を殺す性癖」があり、かつて枢機卿の指示で人を殺し七年間ガリー船で刑に服し、今枢機卿からその報酬を拒否されている。それを見てアントニオは

    'Tis great pity
  He should be thus neglected — I have heard
  He's very valiant: this foul melancholy
  Will poison all his goodness,   (I i 74-7)

このボソラ評には明らかに矛盾がある。彼は好色、貪欲、残虐で人殺しの性癖があるが気鬱病に毒される長所 (goodness) も持っているのである。枢機卿の冷酷さと邪悪な智謀と宗教上の高貴な外観の中に凶悪と腐敗を隠す姿、フェルディナンドの妹への邪恋と非道な復讐とその思いで自ら狂う姿、公夫人の「女性」としての欲望から社会の禁を破りつつ兄達の復讐には忍耐と自己劇化で耐え死を迎える姿、三兄妹のこうした一貫した生き方を背景に観るとボソラの矛盾は印象的であり、どちらが彼の本質なのかを問うことになる。

彼は一幕一場22行で早くも登場し、枢機卿に仕事の報酬を拒否される。卿の指示でフェルディナンドは彼を公夫人のスパイに雇うことになり、彼に金貨を与えると彼は「夕立の時は必ず雷鳴が轟くのです、誰の喉を切るのですか」と一般論を交えて問う。その目的がスパイと知った時

> Take your devils
> Which hell calls angels: these curs'd gifts would make
> You a corrupter, me an impudent traitor,
> And should I take these they'd take me to hell.　　（Ⅰi 263-6）

金貨を返却して地獄行きを避けようとする。フェルディナンドが彼に公夫人の邸の馬供給係の地位を得てくれたことを知ると

> O, that to avoid ingratitude
> For the good deed you have done me, I must do
> All the ill man can invent! Thus the devil
> Candies all sins o'er; and what heaven terms vile,
> That names he complimental.　　（Ⅰi 273-7）

一度は金貨を返そうとしながら結局悪事に加担していく。

彼は金貨を「地獄が天使と呼ぶ」悪魔と見なし、それを渡すのは腐敗者で受け取るのは謀反人であり、また罪を隠蔽する金貨の力を明確に認識している。その為彼の態度には曖昧さがあり、絶対的に利益、報酬、昇進を手に入れようと欲し全身全霊で邁進する強烈さが無く、どんな悪事も「実行しよう」という意思ではなく「ねばならない」の義務感に依っている態度がこの時点での彼の生き方を示している。更に彼が即座に物事を一般化し全体論として状況を判断する態度が加わって、彼は昇進を欲してはいるがそこに全霊を込めて傾倒し密着し欲望に縛り付けられた (attachment) 状態ではなく、一歩退いて自己や社会、状況を見るという捕われの無い冷静さ (detachment) を保持している。社会に密着せず距離を置き観察者として客観的に事態を観、そして社会や宮廷の悪や腐敗を見出すとそれ等を自分の外のものとして罵り当て擦り嫌味を言うが、悪や邪に対する改善とか処罰には無関心であり責任は取らない。これは皮肉屋、風刺家の態度である。第一幕では彼の矛盾する性格と、社会から距離を置いて立ち葛藤に巻き込まれずにそれを批判し皮肉る傍観者の姿が描かれている。

ボソラと貴族、老婦人三人による一見取り止めの無い対話 (II i 1-70) でボソラが皮肉な視点から提示するのは、作品全体の最も重要なテーマ「立派な外観に隠された邪悪と腐敗」である。犯罪者の裁判では「囚人に微笑んだら縛り首、眉をひそめたら死刑免除」となり、女性の化粧に関する長々しい台詞も結論は「人間は蛆虫に食べられている腐った死体を持ち合せながら、豪華な金銀紗でそれを隠して喜んでいる」という点である。

　皮肉屋としての反面、彼はスパイとして公夫人を観察する。二人の最初の出会いで彼はアプリコットを献上し、庭師が早く利益を出そうと馬糞の中で熟させた果物だと話す。彼は馬供給係としてスパイになる決意をした時、「それなら俺の堕落は馬糞から生じてくるわけだ」と自分の姿を冷淡に描いているが、利益を上げる為に馬糞の中で果実を熟させた庭師は彼自身の姿となる。そして果実を夢中で食べる夫人を見て妊娠を疑う。

　闇夜の悲鳴を探りうろついている途中、アントニオに問い詰められると

> Now all the court's asleep, I thought the devil
> Had least to do here; I came to say my prayers —　　(II iii 26-7)

彼は devil という語を頻繁に使う。フェルディナンド公は devil 以上、金貨も devil、スパイは「非常に狡猾で見分け難い悪魔 (very quaint invisible devil)」(I i) である。悪魔はまた「あらゆる罪を上手く飾り立て」、「時には説教もし」(I i)、「女のコルセットにぶら下って楽しむ」(II ii)。こうした悪魔への言及の後、「皆が眠っている時悪魔は何もすることが無いだろうから祈りに来た」の台詞が生む強烈な皮肉と黒いユーモアは彼の皮肉屋の面を際立たせている。そしてアントニオの落した書類から公夫人の出産を知り雇い主に報告する、「これが昇進する手段なのだ」。

　次の仕事は公夫人の夫が誰かを探り出すことである。アントニオの不正経理を話す夫人を「巧妙だ (cunning)」と傍白する (III ii)。アントニオが解雇され退去した後、彼は夫人にアントニオを絶讃する「彼は優れた宮廷人、誠実な兵士、自己の過小評価を厭わしく過大評価を悪魔的だと考え、その知恵は自分を誇示するより裁く方を喜び、胸は完璧さで満ちているがそれを喋ることなどしない」。生れの卑しさより徳の方が大切だと強調する。このアントニオ称讃をボソラの本心と取るか偽りと観るかは評者の作品解釈の仕方に依る (注5)。彼の目

的は彼女の夫が誰かを探り出すことであり、夫人のアントニオ解雇をcunningと観ている。また彼の続く台詞

>　　Let me show you what a most unvalu'd jewel
>　　You have, in a wanton humour, thrown away,　　（Ⅲ ii 248-9）

にはunvalu'd［評価出来ない程の：価値の無い］の地口があり、この後の「移り気な貴族を頼る位ならバミュダ海峡迄泳ぐ方がいい」には嘘がある。彼はアントニオを称讃して夫人の信頼を得ようと計り、成功する。夫人は彼に「その立派な人が夫である」こと、「三人の子供を得た」ことを打ち明け、これに対するボソラの反応は興味深い

>　　Do I not dream? can this ambitious age
>　　Have so much goodness in't, as to prefer
>　　A man merely for worth, without these shadows
>　　Of wealth, and painted honour? possible?　　（Ⅲ ii 276-9）

この驚きの後彼は夫人の行為を褒め、「これが手本となって財産を持たぬ娘も金持ちの夫を持つ出世(raise)を期待するようになるだろう」と続くが、そこにはraise［出世させる：(猥雑に)］の地口や、昇進、持参金、戦利品、売却用紋章等の表現のみで「愛情」という語は現れない。ここには彼の物欲と昇進欲、猥雑さがあり皇族の手先となって殺人を犯し厳しい刑を受けたにもかかわらず報われず再びスパイとして雇われている自分と、立派な人物という理由だけで公爵夫人の夫になるアントニオを対比しての羨望と嫉妬がある。更に彼は「この秘密を心の内にしまっておく」と夫人に嘘を付く。

　彼は一層公夫人の信頼を得る為、夫人が夫を追っていく時の偽装を提案する

>　　I would wish your grace to feign a pilgrimage
>　　To our Lady of Loretto, ….
>　　　　　　　　　　　　　so may you depart
>　　Your country with more honour, and your flight
>　　Will seem a princely progress,　　（Ⅲ ii 307-11）

カリオラは「こうした宗教を弄ぶこと」、「虚偽の巡礼」に反対するが、公夫人は彼の提案に従う。ボソラは公夫人をその領地から遠ざけかつ宗教を逃走の隠れ蓑にさせることで、夫人の名誉と社会的地位を貶め穢そうと計る。

この場の彼の最後の独白で再び「悪魔」が現れ、悪魔がキルトで作った鉄床即ちあらゆる罪の型を打ち付けるが打撃も感じず音も出さない鉄床に自分を譬える。雇い主に報告する点に関しては

> O, this base quality
> Of intelligencer! why, every quality i'th' world
> Prefers but gain or commendation:
> Now, for this act I am certain to be rais'd,　　　（Ⅲ ii 327-30)

スパイの卑しさを認識してはいるが、この時点で彼が優先させるのは「昇進」である。

　公夫人の虚偽の巡礼、宗教を「太陽と嵐から身を守る頭巾」にしたことは枢機卿を激怒させ、彼女の領土没収と逃亡地からの追放を行う。ボソラは兄達からの和解の手紙を届けるが、彼女はそこに偽りを見出し拒絶する。

　次に彼が公夫人を捕えに登場した時、彼は仮面を着けている（注6）。そして先のアントニオ称讃に反して彼を「卑しい下層の男、家柄も力も無い男」と貶し、彼など忘れるよう忠告する。そしてこれがこの時点での真のアントニオ観である。彼はフェルディナンドの手先として公夫人を捕えるのだが、ここで彼が仮面を着けていることは重要である。彼は貪欲、残虐高慢であると同時に勇敢で鬱病に毒される長所も持ち、報酬と昇進を目標に進むが金貨を悪魔と見なし、常に自己に距離を置き客観的に観る皮肉な冷静さも持っている。彼は公夫人が自分の提案に従った為総てを奪われ追放される姿を見、かつ兄達の手紙の中に「バラの花を敷き詰めた落し穴」を見抜き毅然として対処するのを見た。この姿が彼に与えた影響、それが仮面であり、彼自身はまだ気付いていないのだが、彼の内に起った変容の印となっている。

　更に捕われて幽閉された公夫人が不幸に忍従で耐える姿、夫と子供の死体を見せられ悲しみの中で死を願う姿を見たボソラの

> Come, be of comfort, I will save your life.　　（Ⅳ i 86)

この短い台詞は、悪の手先として報酬の為に公夫人を迫害する一方で、彼女に対し人間として抱く同情が彼の意識に漠然と浮び上り、相反する感情の交錯に戸惑う姿を示している。これはボソラにとって非常に重要な瞬間であり、彼が変容する転換点と成っている。公夫人の「星を呪うことも出来る」、「世界を呪

って最初の混沌へ戻すことも出来る」という怒りに対し彼は

  Look you, the stars shine still: — （IV i 100）

一瞬皮肉な冷笑で応じるが、これはまた人間のどんな苦悩も不動の宇宙の前ではいかに些細な詰らぬものであるかという、宇宙の冷たい無関心を示す一般論となっている。しかし彼の心は公夫人の方に傾き、フェルディナンドに残虐行為の中止を申し出る

  Faith, end here:

  And go no farther in your cruelty — （IV i 117-8）

そして、もう一度彼女に会わねばならぬ時は「絶対に私自身の姿のままでは駄目だ」と言う。公夫人を捕える時点で仮面を着け正体を隠した心情が、ここでははっきり認識されて言葉になっており、「もう止めるように」の願いと共に彼が公夫人に対して冷淡では居られず、相反する感情の対立の経験を経て事件に傾倒し巻き込まれていく第一歩となっている。この四幕一場は、ボソラが悪の手先として昇進と報酬を期待する一方で夫人への同情は否定し難いのみならず彼の心に徐々に浸透していくという反対感情の対立に見舞われ、彼の精神にとっての分岐点を成す重要な場となっている。

 公夫人の前で八人の狂人達の唄と対話と踊りの後ボソラは老人に扮して登場し(IV ii)、夫人の「私は誰なのか」という自己のアイデンティティの問いに、その美しい姿も「単なる薬箱」、この肉体とは「僅かの未加工ミルク、奇怪な練り粉」という外観と実体についての一般論の後、まず「墓堀人」として、次に死の執行人達が棺とベルを持参した時には「ベルマン」としての役を演じる。ベルマンとは刑の執行前夜死刑囚を訪れ、人は死すべきものであることを説教してその眠っている魂を目覚めさせ破滅から救う人である。ボソラはフェルディナンドに、今度公夫人の所へ私を行かせる時は

  The business shall be comfort. （IV i 137）

と求めたが、ここで彼はベルマンとして、「この世と天の間に望むことは何も無い」、「魂が地獄で感じる最大の苦しみは死ねないことである」と死を望む公夫人に向かい、残酷な意味での「安楽」をもたらすのであり、相反する行為の一体化となっている。

 ボソラはフェルディナンドに雇われた時、相手の好意に対し「忘恩とならぬ

様どんな悪事もせねばならない」と一種悪人なりの誠実さ完璧さを志向しており、これを基盤に総てのものに距離を置いて冷淡に見詰める皮肉屋として行動する。しかし人間が人間に対して行う限りない残酷さ、可能な限りの獣性と、それに高貴に耐える忍従の強さというこの世の神秘を見た時、無関心から係り合いへと変容していく。

　公夫人と子供達とザンチが絞殺された後、彼はフェルディナンドに「憐れみ」を期待する

but here begin your pity —
Shows the children strangled.

　　　　　Alas, how have these offended?　　　　　　　（Ⅳ ii 257-8）

　　　　　Fix your eye here: — ….
Do you not weep?　　（260）

しかしフェルディナンドが示すのは「お前は取り乱した私と無実の彼女の間に立ち、剣を振り上げて異議を唱えるべきだったのに、ひどい悪事を上手くやったものだ」という責任転嫁と地獄の罰の脅しと報酬の拒否であり、ボソラは

I stand like one

　　　　　That long hath ta'en a sweet and golden dream:
　　　　　I am angry with myself, now that I wake.　　（Ⅳ ii 323-5）

ここで彼の心の方向は決定する。また「忘恩」を避ける為に悪事を実行したことが、報酬の拒否という忘恩に遭って、誤りだったことを知る

　　　　　And though I loath'd the evil, yet I lov'd
　　　　　You that did counsel it; and rather sought
　　　　　To appear a true servant, than an honest man.　　（Ⅳ ii 331-3）

彼はここでも冷淡にこれまでの自己の生き方を分析し、悪事は嫌悪するが恩人には悪人であっても報いたいという二律背反を認識する冷静さを持つ。続く独白で「偽りの名誉の破棄(off my painted honour)」と「良心の平安(my peace of conscience)」に言及し、そして公夫人が一瞬意識を取り戻した時

　　　　　Return, fair soul, from darkness, and lead mine
　　　　　Out of this sensible hell:　　　　　　　　　（Ⅳ ii 342-3）

>   her eye opes,
> And heaven in it seems to ope, that late was shut,
>   To take me up to mercy.　　　　　　　　(347-9)

この彼の言葉は公夫人の蘇りを願うのと同時に、ないしそれ以上に、自己の魂の救済を求めており、公夫人の再生と同時に自己の再生が大きな焦点となっている。

　公夫人の死で彼は自己の「罪の自覚 (guilty conscience)」と彼女の「神聖な清浄さ (sacred innocence)」を対比させ、涙と共に自問自答する

>   where were
> These penitent fountains while she was living?
> O, they were frozen up!　　　　　　　　　　(IV ii 364-6)

そして、ひどく破綻した自分のestate［立場：地位：運］にもかかわらず、悲惨な公夫人の死体を前にこの破滅に値する役を演じる決意をする。彼は総てから一歩退き、事件の部外者として単に嫌味や当て擦りを言い責任を逃れていた皮肉屋の態度を捨て、利害関係からではなく彼が正義と思うことの為に事件に自ら進んで係り合い恐怖に巻き込まれていくのであり、それによって彼は悪の手先、人間嫌いの皮肉な傍観者から真の悲劇の主人公へと変容する。

　第四幕で公夫人が死んだ後の第五幕を「単なる冗長」とする見方がある（注7)。しかしこの作品ではボソラが最も重要な人物であり、一幕一場22行で登場しこの世の不可解な神秘の中で自己を模索し発見して真実に目覚め、公夫人とアントニオ、枢機卿、フェルナンドの死に立ち会いつつ真実を発見し、その発見を自らの死で贖う真の悲劇の主人公と言えるのであって、第五幕はこうした彼の姿を描いている。

　彼はフェルディナンドの狂った姿を見て驚く一方、悪の手先の役を演じて枢機卿のアントニオ殺害指示に同意する。また卿の恋人ジュリアが自分に抱く恋心を利用して卿を見張らせる。彼は目的達成の為に悪人を演じ相手を騙し利用して、アイロニーの仕掛人、芝居の演出家になる。これはかつて悪人に指示され動かされた立場とは完全な逆転である。彼はアントニオに味方して復讐の手伝いをする計画だが、枢機卿のボソラ暗殺計画を耳にし、闇夜の中でアントニ

オを自分に向けられた刺客と思って殺す(V iv)。それと知ったボソラは「我々は単に星の打つテニスボールと同じで、彼等の好きな方向に飛ばされるに過ぎない」と嘆じる。彼は再びこの世の神秘、善を行おうという人間の意志さえ天の力の前では全く無力であることに直面する。そして彼は、公夫人にベルマンとして逆説的な安楽をもたらしたのと同様、アントニオに対しても苦しまずに素早く胸が裂けるようにと公夫人の死を知らせることで、アントニオの求める「死の恩恵」を与える。

　この悲惨な過ちで、ボソラは完全に主人公として独立する。先に彼は傍白で、枢機卿を悪役を演じる手本にする

　　　　'Tis his cunning: I must follow his example;　（V ii 149）

と言ったが、報酬も地位も捨てて助ける決意をしたアントニオを誤って殺した今

　　　　　　　O direful misprision!
　　　I will not imitate things glorious,
　　　No more than base: I'll be mine own example.　（V iv 80-2）

Misprision［間違い：評価のし損ない］の地口を使い、人真似はやめる決意をして「忠実な召使(true servant)」から「真正な人間(honest man)」へと変容する。

　次の登場で彼は腐敗を美しく飾り外観を実体と見せる虚偽の態度を捨て、総てに責任を取る一個人としてその関心は利得や昇進、報酬ではなく、生と死、善と悪となる。枢機卿に貴男を殺しに来たと直言した彼は、助命を乞う枢機卿の叫びに、その偉大さも外観に過ぎなかったと真の正体を見抜き、彼を刺す。しかし狂ったフェルディナンドに枢機卿もボソラも刺され、ボソラは狂人を刺し返す。フェルディナンドは妹に呼び掛けつつ死に、枢機卿は「わしが見捨てられ、思い出されることが無いように」と自己否定しつつ死ぬ。この二人の姿をボソラは見届ける。彼はこの惨事を公夫人の為、アントニオの為、ジュリアの為の復讐だとし

　　　　　　and lastly, for myself,
　　　That was an actor in the main of all
　　　Much 'gainst mine own good nature, yet i'th'end
　　　Neglected.　　　　　　　　　　　　　（V v 84-7）

死の直前に心の奥に潜んで見えなかった自己の性質、世間を嘲笑し罵り皮肉な目で見る外観を装っていた時は彼自身も知らなかった真実の自己の姿 mine own good nature に気付く。

アントニオの死については「霧の中だ (In a mist)、どういうことか判らない―芝居の中で見る様な間違いだ」と言い、続けて

      O, this gloomy world!
  In what a shadow, or deep pit of darkness,
  Doth womanish and fearful mankind live! (V v 100-2)

深い悲観論の中で死ぬが、これは彼が公夫人の死の前に唄う挽歌の一節

   Their life a general mist of error,
   Their death a hideous storm of terror. (IV ii 188-9)

と共に、彼が経験する宇宙の神秘、悪を滅ぼすと同時に善も美も滅ぼす力、不可解な霧 (mist) と結合する。

『マルフィ公夫人』は、枢機卿とフェルディナンド公のマキャベリアン流策士で実利主義者達と、公夫人とアントニオの有限の物質世界を超越して精神を至高のものとする人々の二つの対極的世界を描き出し、双方共にその広さと深さにおいて耐え難い程強烈であり、人間の知力を超えた世界であり、この両者の争いは共倒れの結果を生む。この作品を厚く覆っているのは暗澹たるメランコリーと深刻な苦々しい幻滅観であり、フェルディナンドはこの世を「犬小屋 (dog-kennel)」と観、公夫人は「うんざりする劇場 (tedious theatre)」と称しているが、全体に深く浸透しているこのムードを確立し作品全体を支配しているのはボソラであり、特に彼の死直前の台詞はこのムードを的確に強調している。

この作品では総ての人がメランコリーである。枢機卿は melancholy churchman、アントニオは君主と共に追放された件で鬱病を重くし (feeding my melancholy)、捕われた公夫人の melancholy は奇妙な侮蔑の念で身を固めており、法王の sick Of a deep melancholy は狂人の奇態によって治癒された。フェルディナンドの狼狂は鬱の気質 (Such melancholy humour) が原因である。そしてボソラの激しい鬱病 (foul melancholy) は彼の長所を毒するし、職を得ることが出来た時には「もう似合わない鬱病の真似 (this out-of-fashion melancholy)」は止める。また「見せ

掛けの名誉」に対する悲観論を述べるボソラに向かって枢機卿は「そんな憂鬱など悪魔にくれてやれ (Throw to the devil Thy melancholy)」と言う。

　憂鬱の深く浸透する二つの世界にあってボソラは出世欲の為には平然と悪事を行うマキャベリアンであるが、そうした自分自身と自己の弄する策略や狡猾さを心という鏡に反映させ、熟視、熟考、思索しそして公然ないし風刺、嘲笑、皮肉で表現するという客観的視点を持つ内省的マキャベリアンである。彼は枢機卿とフェルディナンドの手先となって公夫人をスパイし捕え死に至らしめる。この過程で彼が目撃するのは、悪党達が考え出す精神的肉体的拷問と倒錯し歪んだ無数の残酷さ、そしてその苦痛苦悶に対する公夫人の黙許と堅忍持久の強さである。悪への加担と公夫人に抱く憐みと称讃、この二律背反の感情を経て彼は次第に傍観者から行動する当事者へと変容し、彼女を捕える時は仮面を着けて顔を隠さざるを得ず、ベルマンとして彼女に逆説的に「安楽」をもたらす。彼の方向転換を決定的にするのはフェルディナンドの裏切りであり、彼は幻想を捨てて現実を皮肉と嘲笑を以ってではなく純粋な心で見つめ、真理を発見し、涙と後悔へ、邪の矯正へと向かい事件の中心に身を投じる。

　彼が公夫人の亡霊を見た時「単に憂鬱の所産だ (nothing but my melancholy)」のmelancholyは、世を拗ねた皮肉屋の外観上のものではなく、この世の神秘と暗黒の中で生きる人間への同情から生まれた真のmelancholyであり、これは命を賭けて救おうとしたアントニオを誤って殺した時増幅する。人間は神のテニスボールであり、実体として感知し得ないが強い浸透力を持つ名状し難い霧の中の不確かさ、曖昧さ、それによって人間がその意志とは全く無関係に左右される人生の皮肉、暗澹たる幻滅感に至る。彼は自分自身を手本とし責任ある個人として悪に対決して狂った悪人から致命傷を受けるが、これは単なる事故であり、アントニオの過ちによる殺害同様計り知れない人生の神秘の一つ、霧 (mist) である。この無効性、空、定義し難い虚空な無限のmistの中で人間が「女々しく恐れおののいて生きている」この世界は、真にgloomy worldである。しかしこうした世界の中でボソラは皮肉な傍観者として生き続けることが出来ず、責任ある個人として火中に身を投じた結果は善を救うことも出来ず、かつ彼自身の偶発的な死を招いたのだが、正義、善、真理と思えるものの為に行動せざるを得なかった。この世界がどのようなものであるにしろ、最も重要なことは

自己認識である。

　個人と社会両方に罪と潔白、病と健康、邪と善等が混沌と重複しあい、明確な区分は不可能であり、更に個人はより大きな力に左右され、他人の運命はおろか自己の運命さえ支配しようと試みても完全に無駄である。こうした宇宙の神秘の中でボソラは悪の便利な道具、憂鬱を装った悪党、思索するマキャベリアンから徐々に、遅すぎて効果は発揮出来なかったが、後悔、同情、憐憫の情を抱き自己認識に至るのである。

注

1　J. Lord : *'The Duchess of Malfi:* "the Spirit of Greatness" and "of Woman" '. *Studies in English Literature* Vol. 16, 1976.
　　J. McElroy : *'The White Devil, Woman Beware Women*, and The Limitation of Rationalist Criticism'. *Studies in English Literature* Vol. 19, 1979.
2　F. L. Lucas ed. : *The Duchess of Malfi*, Introduction. Chatto & Windus, 1958.
3　McD. Emslie : 'Motives in *Malfi*". *Essays in Criticism* Vol. 9, 1959.
4　F. L. Lucas, op. cit.
　　McD. Emslie, op. cit.
　　J. R. Brown ed. : *The Duchess of Malfi*, Introduction. Revels Plays. Methuen, 1969. 引用はこの版による。
　　J. Calderwood : *'The Duchess of Malfi*: Styles of Ceremony'. *Essays in Criticism* Vol. 2, 1962.
5　H. Priceは appearance と解釈する ('The Function of Imagery in Webster'. *PMLA* Vol. 70, 1955)。他方、J. Lord (op. cit.) や C. G. Thayer ('The Ambiguity of Bosola'. *Studies in Philology* Vol. 56, 1957)、 また A. Allison ('Ethical Themes in *The Duchess of Malfi*". *Studies in English Literature* Vol.4, 1964) は本心からの台詞と考えている。
6　ここで彼が仮面を着けているか否か、またそのト書きに関して異なる解釈があり、F. Lucas (op. cit.) は肯定し、J. Brown (op. cit.) は否定している。
7　F. Lucas、A. Allison等。

第 七 章

『復讐者の悲劇』 C・ターナー
―― 殺人の代償：復讐

　The Revenger's Tragedy の創作年は1605年頃と推定されているが作者を断定する充分な証拠が無く、Cyril Tourneur (1575?-1626) か Thomas Middleton (1570?-1627) とされているが (注1)、この作品の文体、主題、モチーフ、語句等がターナー作と断定出来る The Atheist's Tragedy (1609) とミドルトンの作品 Women Beware Women (1621?) のどちらにより近いかの考察がなされている。

　作品の評価も現代に入って時間と共に推移し、T. S. Eliot (注2) の「人生そのものへの嫌悪と恐怖」、「シニシズムと人間性への吐き気と憎悪」を表す作品と見なす方向から、U. Ellis-Fermor (注3) は「宇宙的悪に対する作者の本能的な認知」を示すと評し、S. Schoenbaum (注4) や L. Salinger (注5) 等は作品が道徳的意図を持つと確信し作者を中世道徳を尊重するモラリストと見なす客観的評価へと転じている。

　主人公ヴィンダイスは、恋人が公爵の誘惑を拒否した為殺されて以来九年間、書斎に飾った恋人の骸骨を復讐心の砥石として復讐のチャンスを待った。彼は公爵とその一族の悪、彼の受けた個人的悪のみならず支配者の悪徳が社会全体に及ぼす悪も含めて、その矯正を願っている。だが恋人の死と公爵一族の色欲と悪事、燃え上がる恨みと復讐心、長い苦悩と忍従は彼を宗教心のある善良な男から歪んだ視点を持つ皮肉屋へと変容させ、その歪みは彼の思想や人格を圧倒するに至る。幕開き49行の彼の独白はその様相を如実に示している。まず公爵一族への呪いは姦通、私生児、欲望、発情、贅沢、消費等欲望と姦通の語で溢れ、「富と美に潜む腐敗と死の象徴」である恋人の骸骨を手にして語るのは、公爵の誘惑の拒否とその結果の死という恋人の「徳」ではなく、男を誘惑する

彼女の「美しさ」である

> That the uprightest man (if such there be
> That sin but seven times a day) broke custom,
> And made up eight with looking after her. （Ⅰ i 23-5）

彼が恋人に抱いた最初の純粋な愛情は、心痛と恨みの九年間を経て、女性全体また人間全体への皮肉な冷笑に変じている。彼にとって「美」とは心の浄化の源泉ではなく、男を誘惑し堕落させる娼婦であり、このマイナス面を徹底的に追究して「美」の「醜悪さ」を暴露していく。貪欲な金貸しの息子がキス一回の為に相続財産を総て散財する等、どの程度男を誘惑出来るかで美を評価し、恋人の美しさに溺れた自分に小言を言う(Ⅲ v)程である。次に彼はVindiceという名前そのもの、人殺しの当然の報いである「復讐」に裁きの時を守るよう求める、「人殺しが報いを受けないなどと誰が思おうか」。そして「復讐」は今迄ずっと誠実に契約を守ってきたのだから当然今回も例外の筈は無く、公爵への復讐は成功すると確信する。彼の魂は復讐に献身し、完全に縛られている。そして恋人の肉のない骸骨と逸楽飽食で太った裕福な貴族達を対比させ、「地位は低くとも賢い者の方が立派だ」と独白を終える。

　彼は公爵の地位獲得という権力欲は持たないし、彼の怒りの的は独裁や暴政ではない。サティリストとして非難の的は偏に乱倫と色欲のみである。恋人の死が公爵の色欲に起因した結果、彼の心はそれに対する憎悪と復讐で満ち、彼の徳とは貞節のみを意味し、真善美総てが乱倫に結び付いてそれらへの正常な感覚は失われている。ヴィンダイスは、彼自身が非難する宮廷同様、色欲嫌悪の強迫観念でこの上なく歪んでいる。彼の抱く悪の矯正の願いはこの嫌悪に比べると遥かに脆弱であり、この世を腐敗、不義、乱倫、獣性等マイナス面からのみ見て、美や善と正常な関係を持つことが出来ず、魂は完全にそのバランスを失っている。

　この作品のテーマは「計略者が自分の罠にはまる (The biter bit)」（注6）の皮肉な法則であり、公爵を筆頭に、次期公爵の就任を急ぐ皇太子ルソーシオ、兄の破滅を願う第二王子スーパーヴァキオ、同じく皇太子の死を図る公爵夫人の連れ子アンビシオーソ、公爵夫人と姦通する公爵の私生児スプーリオ達が次々に自らの罠にはまって自滅していくサブプロットの中で、ヴィンダイスは公爵

と皇太子を殺して復讐を遂げる。冒頭の独白で彼は「復讐、人殺しが受けるべき代償 (Vengeance, thou murder's quit-rent)」と言い、「人殺しはどんな固い殻も破って顔を出す」と繰り返す。そして彼自身も一人の人間として biter-bit の法則の例外ではあり得ないのだが、彼の歪んだ精神から生れる自己認識の欠如と自信過剰の為に自らを破滅に追い込むという最終的アイロニーが冒頭に潜んでおり、その自信過剰は「地位は低くとも賢い者はより立派だ」の独白最後の言葉に潜在している。

　彼は善良な面を完全に失っている訳ではない。「父の死後、死んでいるべきなのに生きている如く」感じており (I i)、また暗闇での姦通は誰にも判らないが「人間総てを見通すあの永遠の目は別だ」(I iii) 等の短い台詞の中に、父の死で受けた真のメランコリーや絶対的な神の存在を消極的にではあるが示す。しかしその憎悪と復讐心、人間の見方、徳の位置付け、自己評価等の点で彼の魂は冒頭から均衡を失い、その基準は腐敗している。

　欲望に溢れた皇太子がパンダーを探していると弟ヒポリートから聞いたヴィンダイスは、即座に決意する「一度だけその悪党に変装し、お誂え向きの男、時代の子になろう」。色欲に乱れる社会を憤り風刺する男がパンダーに変装するアイロニー、「乱倫の時代の子」になる強烈なアイロニーがある。彼は、宮廷の女神でありかつ情婦の中の情婦である「厚顔」に恥じらいで赤くなる顔の代りに大理石の額を要求し、「恥じらい」を書生っぽ、昔の処女、愚直な内気と呼び、Grace the bawd〔女衒公夫人〕以外に grace〔美徳〕という語を耳にしないと罵る。彼の「一度だけ」や「厚顔」を求める願いは真の願いではなく、更に彼の口から溢れ出る恥じらいや淑やかさへの軽蔑冷笑と共に、既に彼の身に付いた思考や視点を再認識し強化する為のものである。パンダーへの変装は外観は変装であるが内面は彼の本心そのものであり、その本心の認定である。一瞬の快楽の為に一生を破滅させる男こそ狂っており狂人は狂っていない、「感覚が狂っているのは我々で彼等は狂人の服を着ているに過ぎない」に対し、弟は「その通りだ、そして公正に言えば我々は服も狂人用だ」(III v) の対話は、パンダーの変装がヴィンダイスにとって外観のみならず実体でもあることを示している。彼はこの変装によって色欲、姦通、近親相姦への思いをより自由に表現出来る。彼の頭の良さ特に表現力、説得力への自信は、その歪んだ執拗な思想と相俟っ

て姦通への強烈な、グロテスクではあるが鮮明な描写となって溢れ出るが、彼自身皇太子にその望む女を誘惑する為に「私の頭は余人の思いも及ばぬ作り話で膨れ上がり、それを力説し、喋りながら息絶える」つもりだと献身と自信を示す。

　色欲への憎悪はその反動として純潔への強烈な憧憬となり、彼はそれを母と妹に求める (I iii)。女が他人を即座に信用する軽薄さや「妻とは単にベッドと食事の為のもの」等サティリストとして女性への皮肉な軽蔑は母と妹にも向けられるが、「貞節」への希求だけは彼の色欲への屈折した思いの為に一層強く、母と妹は完全に潔白であると信じる、ないし信じたいと切望する。皇太子がパンダーとしての彼に取持ちを依頼する女が妹カスティーザだと知った時、彼は傍白で O, my sister, my sister! と絶句する。皇太子の「彼女の取持ち役としてお前を私に紹介したのは彼女の兄ヒポリートだ、奴の単純さを笑ってやろう」に応じた彼の笑いは家族への屈辱の追討ちで引きつっており、更に、カスティーザが応じない時は贈物で母親から攻め落とせと命じる皇太子の「女衒は今の世と固く同盟を結び、母親の四分の三を占領している」に対して彼は「残り四分の一はお任せ下さい」と機知を示すが、悪徳公爵一族のたった一人を相手にしてパンダーの役を懸命に演じつつ、彼はその邪悪の壮大さに圧倒され、ショック、不安、驚愕、当惑に揺さ振られ挫折と敗北を味わっている。

　ヴィンダイスは独白で自分を「潔白な悪人 (innocent villain)」と称し、家族を侮辱する皇太子の殺害を剣に誓うが、この時点で彼の心を大きく占めるのは母と妹であり

　　　　It would not prove the meanest policy
　　　　In this disguise to try the faith of both;　　　　(I iii 176-7)

他の男が試みて成功するかもしれない恐ろしい仕事をむしろ自分でやる方を選ぶ。彼は二人が時代の悪に犯されていないと信じ、信じたいと切望している。「良い結果を期待し、天国の私の場所を二人の強さの賭ける」のだが、それでもサティリストとして眼前に提示された問題を徹底的に追求し事実を白日の下に曝さねば気がすまない。母と妹が悪に堕ちる可能性を探る彼は完全な皮肉屋、風刺家である。

二人のテストの場 (II i) は彼が抱く種々の欲求の葛藤の点でクライマックスを成す。カスティーザは皇太子の恋文を持参したパンダーに平手打ちを与えて立去る。彼が妹の貞節を喜ぶ台詞

  It is the sweetest <u>box</u> that e'er my <u>nose</u> came nigh,
  The finest <u>drawn-work cuff</u> that e'er was worn! (II i 41-2)

ここで box ［香の箱：一突き］、nose ［鼻：（猥）突起］、drawn-work ［かがり細工の：顔を歪める］、cuff ［カフス：殴打］等の猥雑な地口に心の歪みがある。次に「母をしつこく説きつける」時は母の貧しさを集中攻撃し、「正しく」この世を理解して次期支配者の為に娘の友人「貞節」を追い払うよう勧める。母は、「世界中の富」を以ってしても全く自然の道に外れた仕事を娘にさせることは出来ないと拒否すると、彼は言う

  No, but a thousand <u>angels</u> can;
  Men have no power, <u>angels</u> must work you to't. (II i 86-7)

この angel ［天使：金貨］の地口は月並な遊びであるが、それを「世界中の富」と対比させ、かつ信頼と慈愛の源である母を堕落させる手段として天使と金貨に言及して、この上なく病的なユーモアを醸し出す。彼は娘の胸、目、唇、身体全体から得られる地位、馬車、召使、快楽を並べ立て、娘の為に苦労してきた母親が苦労のごく一部の恩返しを娘にさせることの正当性を説く。貧しさを突かれて屈しそうな母を見て傍白「負けないでくれ、これ程すぐにとは！ (Not, I hope, already!)」の驚きと当惑があり、母が母でなくなることを思うと気力が鈍り更なる前進は恐ろしい、しかし傍白で

  That woman is all male, whom none can <u>enter</u>. (II i 112)

諺「どんな女も征服できる (All women may be won)」（注7）を基にして enter ［飼い馴らす：（猥）入れる］の地口を使って敢えて前進する。母が自分の娘を売り親としての道を外れて獣以下になることの不安と恐怖、逆に母も女である以上誘惑され得るしその力が自分に有るという皮肉屋の冷徹さと自信が激しく争い、結局不安と恐れは冷徹さと自信に道を譲る。彼は人類の知恵の結晶、諺をマイナスに裏返して使って悪の正当性の保証とし、娘の fall ［堕落：（猥）倒身］で母親が lifts up one's head ［頭角を現す：元気を回復する：自信を持つ］ように説き、再び

'Tis no shame to be bad, because 'tis common. 　（Ⅱ i 118）

の警句を使う。母が「そこに慰めがある」と遂に金貨に魅了され受け取るのを見て、全能の天に「その見えない手で私の目玉をひっくり返し私自身を見えなくしてください」と願う。彼の心情はひどく複雑であり、母が誘惑されないことへの切望、徹底的に仮面を剥ぎ取りいかに醜くとも事実を暴露せざるを得ないサティリストとしての性向、母も女なら誘惑出来る筈だとサイアレンの美声に譬えた雄弁力への自信、この三者が魂の中で錯雑たる争いを繰り広げる。

　彼は再び妹の誘惑を試み、「貞節」を天国の乞食と呼び、貞節を失って得られる宝石、逸楽、地位、御馳走、松明の下での宴会、跪く臣下や嘆願者達等を描写し、短命な美を守る孤独な女と金持ち男から高価な胸衣や髪飾りを「貞節」で買い取る平凡な容姿の女を対比させ、「真珠を失くして探し回っても無くなってしまえば誰も大騒ぎしない」とここでも警句を使って貞節を守る愚かさを述べる。彼は妹の貞節を願いつつ全力で誘惑し雄弁術の勝利を得たいと望む。妹は軽蔑の言葉を残して去り、彼は妹を天空で翼を打ち鳴らす天使の「水晶の喝采」に値すると称讚する一方、娘の説得を誓う母への怒りから、天にこの世の破滅を、大地にその上を歩む悪の撲滅を求め、「創世以前から女と金は男を捕える釣針だ」と女性への嫌悪と侮蔑で終わる。

　この誘惑の場は、肉親が純潔であることの切なる願い、テストを進める不安と恐怖、獣以下になる母を見て盲目を願う祈り、妹の清浄を讚える天使の喝采、罪に報いる天の鞭等彼の善なる面が短い台詞で示される一方、「どんな女も征服出来る」の諺を支柱に自己の説得力に自信を持ち、貧困の錐で母を刺してangel［天使：金貨］で征服し、悪を警句で正当化し、宮廷の快楽を並べ立てて魔力を持つ言葉を駆使して誘惑を試みるのであり、善と悪が想像を絶して対立し争いあう。サティリストとして徹底的にこの世の悪を追求して仮面を剥ぎ事実を暴露させざるを得ず、全力で二人の正体に探りを入れる。暴露の欲求と説得力の自信、二人が純金であることの希求、母のメッキが剥げていくショックの複雑な交錯がリアルに描かれ、彼の精神の苦悩のクライマックスとなっている。

　彼の苦悩は皇太子に誘惑の結果を問われる次の場（Ⅱ ii）に続く。彼女は絶対に承知しないと告げつつ、傍白「だが今頃はどうなっていることか。O, the mother, the mother!」は、皇太子の的が妹だと知った時のO, my sister, my sister! に呼応し

て不安と恐怖を示す。彼は皇太子に嘘をつくことも母の堕落を話して母を辱めることも共に「命を火脹れに傷付ける」板挟みの中で事実を話す、すぐ皇太子を殺してやるのだから。母の約束に喜んで退場する相手を背後から刺したい怒りを押え

  I'll pierce him to his face;

  He shall die looking upon me: (II ii 92-3)

Biter-bitのテーマと結び付くこの台詞はback-biter［陰口をきく：背後から噛み付く］の卑劣な臆病者ではなく正当に闘う意思表示だが、後に公爵と皇太子を刺す時この騎士道志向は、彼の人格的歪みの為に醜く変形している。そして「乞食が権力者を殺さねば彼等は神になってしまう」と皇太子殺しを権力増大の阻止として正当化する。

 母を邪悪と呼ぶ罪を天に詫びつつ妹の陥落を恐れる中で、公爵夫人と私生児の姦通の報せがあり、また皇太子は妹の所へ案内を求めてくる。こうした色欲に狂う宮廷の中で彼は追い詰められるが、咄嗟に私生児の姦通を皇太子に告げ、皇太子は父公爵の額に生える角に激怒して剣を抜いて父の寝室に乱入する。切羽詰った機転で皇太子の関心を妹から私生児に向け窮地を脱したヴィンダイスが、余裕を取り戻してhorn-royal［立派な角：間抜けな王］の地口を言い、怒り狂う皇太子を「二人が絡み合っている所」、「二人が重なっている所」を捕えて殺すようにと更に怒りへ駆り立てていく姿は悪魔的である。しかし寝室に居たのは公爵と公夫人で私生児は居らず、皇太子は捕われる。ヴィンダイスの計画は思った以上に成功したが、「皇太子が公爵を殺していたら私の剣の労が省けたのに」と残念がりつつこっそりと逃げ出す。この件で彼はback-biterにならない意思や母を罵る許しを神に求める一方、状況に支配されて窮地に追い込まれたものの、敵達を上手く同士討ちさせることは出来なかったにしろ咄嗟の機転で私生児の件を上手く利用し妹を救うことが出来た。今や彼は敵に支配されつつ敵を支配出来る立場にもなり、説得力のみならず機転の速さ利口さにも自信を持ち始め、妹の貞節への願いと妹を救えた喜びは純正であるものの、同時に復讐と悪事の邪悪な喜びの味も知るに至る。

 次に彼が登場する公爵殺害の場(III v)は、多くの評者（注8）が作品のクライ

マックスと見なしている。皇太子を怒りへ駆り立て妹の救出に満足して混乱の中を逃げ出した彼は、今はパンダーとして公爵に女の取持ちを依頼され、完全な復讐計画を立てて歓喜している。彼の立場は以前と完全に逆転しており、パンダーとして皇太子に支配され動かされ窮地に追い込まれて相手の手中にあるコマの一つに過ぎなかった彼は、今や逆に支配権を握り完璧な計画を立てて、後は計画通り役者達を動かして演出すればいい。

彼は恋人の骸骨を公爵にあてがう女に仕立て、唇に毒を塗り公爵を毒殺する計画である。骸骨を手にした彼の演説「人間の美、栄華、悪事、努力、欲望、高慢等あらゆる営みの帰する所それが骸骨である」は作品中最も評者の注意を集めており、欲望も富もその享受は一瞬で結局は死に至るという人生の無意味さを示すが、それは死後の世界に思いを寄せる宗教的瞑想とは無関係で、彼の示す死は「無」、人間行動総ての「無効性」であり、唯一の現実は骸骨だという人生の把握である。色欲とそれが社会を腐食する力への呪いと洞察力は類のない強さと深さ、正確さを持つが、思考の歪みは如何ともしがたい。演説の後

  Now to my tragic business; look you, brother,
  I have not fashion'd this only for show
  And useless property; no, it shall bear a part
  E'en in it own revenge.　　　　　　　　(III v 99-102)

この tragic business ［悲惨な仕事：悲劇の所作］、fashion'd、show、property、bear a part 等芝居用語の使用と、これに続く弟への「後ろへ下っていろ」、「香を焚け」、「松明を持って来い」等の指示は、彼が演出家であり状況の支配者であることを浮彫にしている。

欲望に溢れた公爵は女にキスをし毒を飲んだことを知る。唇、舌、歯が毒に腐食され苦しむ公爵にヴィンダイスは「毒を食べた者が毒に食べられている」と biter-bit のテーマを示してパンダーの変装を捨て、「お前なのか、悪党奴」と彼の正体を知った公爵に

    'Tis I, 'tis Vindice, 'tis I.　　　(III v 168)

と繰り返す。彼は悪人に罪を後悔させる意図など無く、back-biter の卑怯者にならないとの正義感は忘れられ、敵に復讐者が誰なのかを思い知らせる快感、優越感を心ゆくまで味わっている。彼の復讐への思いは公爵を単に毒殺するだけ

では満足せず、公夫人と私生児の密会を公爵に見せてその魂を癌細胞の様に傷付けのたうち回らせる為に、騒がぬよう舌を剣で刺し、見るまいと閉じる目をこじ開ける。公爵は、妻と私生児の愛の言葉と自分への嫌悪と侮蔑の会話を聞きつつ死ぬ

   Duke. I cannot brook —   [*Dies.*]
   Vind.   The brook is turn'd to blood.　(III v 222)

彼はbrook［耐える：小川］の地口で遊びつつ、恋人を毒殺した公爵に毒で復讐し、名乗りを上げて悪事の報いを知らせる、そこまでの彼は正当化出来るにしても、毒で侵されている舌を刺し目をこじ開けて妻と息子の近親相姦を見せるヴィンダイスの復讐は、色欲への嫌悪が彼に与えた人格的歪みそのものの露呈であり、皇太子を唆して姦通の場へ駆り立てた時の喜びがこの場に至って公爵を肉体的かつ精神的打撃で苦しみを長引かせつつ殺すことへのサディスティックな快楽へと増幅している。彼はこの復讐を殺された恋人の為に魂の苦悩の内に行うのではなく、その残酷さを楽しみ地口を弄んで死を容赦なく嘲る。これは彼が罵る色欲にも通じる「血への欲望」であり、乱倫に耽る人々同様彼も血の欲望に浸っている。公爵登場の直前

   Now nine years' vengeance crowd into a minute!　(III v 123)

の1行は彼の積年の恨みの重さを示してはいるが、これも彼の復讐行為を償うことは無い。彼は公爵殺害を

   When the bad bleeds, then is the tragedy good.　(III v 205)

芝居の演出家としてtragedy［大犯罪：悲劇］、good［正当な：成功した］の地口で自己弁護し、その行為の実体には盲目である。

　次にヴィンダイスは皇太子に雇われるが(IV ii)、変装を捨て本人として皇太子に仕える心の準備としてその目的を図りかねているものの、公爵殺害に成功した彼は「皇太子を敬うのは殺す為だ」と悪の為に善を行うマキャベリアンの術策で臨む。皇太子は、カスティーザの誘惑と母親の買収事件総ての責任をパンダーに転嫁し、家族を辱めたパンダーを殺すようヴィンダイスに忠告する。敵の目的を知った彼は再び状況の完全な支配者となる。皇太子「奴は宝石でお前の妹の堕落を図った」、ヴィン「そんな事をした奴は必ず殺してやる」と続く

一連の対話(IV ii 133-62)で、皇太子の嘘を見抜いている彼にとって、「殺してやる」のは眼前の皇太子であると同時にパンダーに扮していた自分自身のことでもあり、結末を暗示する皮肉かつユーモラスではあるが強烈なbiter-bitのアイロニーを構成する。退場時の皇太子の傍白「抜け目無く(wisely)運んでやったぞ、深遠な計略(Deep policy)で奴等を担いでやる」は更に皇太子をアイロニーの犠牲者にしてその愚かさを示すと同時に、ヴィンダイスの有利な立場を強調する。

　彼は皇太子の罠にはまった愚者の役を余裕を持って演じる。皇太子の嘘に「天は耳を持たず、雷は総て浪費されてしまったのか」と傍白で天に罰を求め、雷鳴が響いた時それを自分の行為に対する神の承認と解釈する。彼は短くはあるがしばしば天の正義の存在、悪に報いる神の鞭に言及し罪には神が罰を下すことを願い、皇太子殺しの計画を「権力者を殺さねば彼等は神になってしまう」と正当化したが、これは権力者が神になることを阻止する義務と権利が自分にあることの消極的表現であった。しかし今彼が状況を支配する立場になり総て計画通り運べると確信した時、罪人に罰を下す権利さえ自分に備わっていると尊大にも思い込み、自分を神の代理人、正義の鞭と見なして、その行為思考が他の人々の溺れる色欲同様非道な醜いものであることを認識しない。自信と喜びと活力に溢れる彼は、パンダーが公爵を殺し服を取り替えて逃走したと思わせる妙案を思い付く。

　母を改心させる場(IV iv)で、彼は母が人間の道に戻ることを望んではいるが誘惑の場の激しい内的葛藤は変質し、公爵殺害の成功からくる自信に溢れている。あの誘惑者が息子だったと知った母との対話

  Grat.   O no,
    No tongue but yours could have bewitch'd me so.
  Vind. O nimble in damnation, quick in tune;
    There is no devil could strike fire so soon.
    I am confuted in a word.   (IV iv 32-6)

彼の説得力を責める母の言葉は逆説的には称讃の言葉であり、ヴィンダイスも母の素早い変心を皮肉る台詞の中でその称讃を是認し喜んでいる。涙を流して悔い息子の許しを得た母は

```
    Grat.  I'll give you this, that one I never knew
           Plead better for, and 'gainst, the devil than you.
    Vind.  You make me proud on't.           ( IV iv 87-9 )
```
　彼の説得力に対する逆説的な喜びはここで明白に表現され、善悪どちらの為の説得であれ意に介さず、むしろ悪魔に良かれと行う弁舌はその困難さゆえに成功には一層大きな喜びを見出している。

　母の改心の後彼は皇太子を欺き殺す喜びに没頭し、成功から生れる自信は神の代理人としての自認を深め、機知を誇って他者を愚とみる傲慢さを持ち、自己の罪を無実の人に転嫁して笑う真の悪党へと堕落の道を走り落ちていく。

　公爵に対する正当な復讐の範疇を超えた残虐行為をサディスティックに喜んだ彼は、妹の凌辱を計りパンダーに責任転嫁した皇太子に対しても冷笑を浮かべつつ復讐していく。彼は皇太子の到着を待ちつつ（V i）、このチャンス、「彼に私の復讐を知らせ、父公爵の死体を見せてその死に様を教え、父親の胸越しに彼を刺す最も甘美なチャンス」を逃がしたら気が狂ってしまう、それ程彼は敵に自分の計略の巧みさを誇示したいと望み、殺害を甘美なものとして味わっている。そして再び彼の演出通り、パンダーの服を着た公爵の死体という舞台装置を中心に、皇太子の前で彼は死体を更に刺す残酷な芝居をし、皇太子の台詞と彼の傍白からここでもアイロニーが連続する。特に、死体が父親だと知った皇太子「もう父は冷たく硬直している、どの位経ったか誰が知ろうか」、ヴィン（傍）「おや、私が知っているよ」には彼の冷酷さと押し殺した哄笑が響き渡る。疑いを避ける為に人を呼ぶように指示した後の傍白

```
    Thus much by wit a deep revenger can,
    When murder's known, to be the clearest man.   ( V i 92-3 )
```
この尊大な台詞のwit, deepは、アイロニーの犠牲者とも知らず傍白した皇太子の「抜目無く(wisely)やったぞ、深遠な計略(Deep policy)で奴等を担いでやる」と呼応しかつての皇太子対ヴィンダイスの関係は、今ヴィンダイス対神の構図となる。

　貴族1が公爵の行動の事実を述べた為死刑を宣告されると、ヴィンダイスは「事実を述べて処刑される時は誰でも嘘をつくものだ」とその愚かさを軽蔑して処刑を是認する一方、この復讐は完璧で「貧弱な知力の者には理解の及ばない」

ものだと弟に囁き、貴族の「必ず時が人殺しの正体を暴露させるものだ」に対し、「それならそいつは馬鹿だ」とせせら笑い、かつて「人殺しは必ず露見し罰を受ける」と彼自身繰り返した真理を忘れ

   Strike one strain more, and then we crown our wit. (V i 170)

殺害を音楽に譬えつつ退場する。恋人の死、母と妹への侮辱に対する彼の怒りは、復讐の為に機知に富んだ巧妙な計画を立てて実行していくことへの変質的な喜びに変わり、雄弁術の自信は自己の賢さへの誇りと他者の愚かさへの嘲笑へと歪んでいる。

 皇太子の公爵就任を祝う仮面舞踏会(V iii)で彼も仮面を着けて踊り、鳴り響く雷鳴に

   Mark, thunder! Dost know thy cue, thou big-voic'd cryer?
   Dukes' groans are thunder's watchwords.   (V iii 42-3)

高慢にも自分を神の代理人、正義の鞭と見なす彼は雷さえ自分の演出する芝居の役者の一人だと考え、そのcue[出番の切っ掛け：役割]を指示する。新公爵を刺し退場際に

   No power is angry when the lustful die;
   When thunder claps, heaven likes the tragedy. (V iii 46-7)

Clap[雷が鳴る：拍手喝采する]、tragedy[惨事：悲劇]の地口を続けて殺害を天の喜ぶ行為と考える。

 彼は貴族4を新公爵の殺害者に仕立てて死刑に追いやる時傍白する「私の復讐のもう一人の餌食だ、私のことが奴の口から漏れることはない」。彼は新公爵殺害の罪を他人に転嫁し無実の者を死に至らしめて保身の術を計り、事実の暴露を防いでその機知を誇る。彼は瀕死の新公爵に告げる

   Vind. [*Whispering in his ear*] Now thou'lt not prate on't, 'twas
     Vindice murder'd thee, —
   Luss. O!
   Vind. — murder'd thy father, —
   Luss.   O! [*Dies*.]
   Vind.   — and I am he. (V iii 78-9)

ここでも彼は新公爵に悪事を後悔させることなど望まず、自分の巧みな計略と

見事な成功を敵が知らずに死ぬことに耐えられない。自分の優れた機知を知らせ勝利の凱歌を挙げ甘美な優越感を味わうチャンスを逃すことは出来ない。

　彼は悪魔的創意工夫、その異様で面白い種々の計略の価値を充分観賞して楽しみ、頭の良さに陽気にはしゃぎ、完璧で絶妙な手配と準備に無限の誇りと喜びを感じて有頂天になり自己の行為の本質、敵の乱倫を遥かに凌いで肥大化した「血への欲望」に完全に盲目であるばかりか、自己を神の代理人として残虐行為を正義と見なし、官能的喜びを持って自分の罪を他に転嫁し無実の人の死も皮肉な愚弄の傍白と悪魔的冷笑で平然と見過ごす。冒頭から歪んでいた彼は今や人間性を失い、血を求める厚顔の「時代の子」、変質した倒錯者となってこの悪の時代を先導するに至る。

　『復讐者の悲劇』というタイトルとは逆に五幕三場128行で終わるこの作品の95行目迄ヴィンダイスの復讐は総て成功していくが、最後の僅か30行余の中でbiter-bitの法則のテーマが大団円となってヴィンダイスをその歯牙にかける。
　老貴族アントニオ、彼の若い妻も皇太子によって凌辱されて自殺し、今彼はヴィンダイスによって公爵に推薦されているのだが、彼は言う「老公爵がどの様に殺されたのかこの上なく訝しい (most to wonder)、それは未だかつて無いやり方 (strangeliest) で運ばれたのだ、こんなことは聞いたことも無い」。こうした最上級の不審の言葉は、創意工夫と甘い勝利に酔うヴィンダイスにとって母の言葉同様裏返しの最上級の称讃となり、その利口者は誰なのか言わずにはいられない

　　　All for your grace's good. We may be bold to speak it
　　　now; 'twas somewhat witty carried, though we say it.
　　　'Twas we two murdered him.　　　　　　　　（Ⅴ iii 96-8 ）

彼は事実を述べるだろう無実の貴族を死に追いやり、新公爵の確実な死を確認した上で自分の名を知らせて事実を喋る舌を巧みに封じてきたが、今彼自らが人殺しを喋りたてる。最終的に弁論の自信は彼を欺き、彼自身の台詞「人殺しを名乗る者は馬鹿だ」は彼をアイロニーの犠牲者にする。それは自己を神の鞭と考え善の為なら悪事も許されるという歪んだ自信と誤信の結果である。
　捕われたヴィンダイスは復讐の成功に満足し、「自分が自分の敵になった時が

死ぬ時だ、…殺人はいつかその正体を暴露するものだ」と真理に立ち戻る。しかし自分で自分を欺いたこと、自信過剰の余り沈黙出来ず、「事実を述べて罰せられる時は皆嘘をつく」というマイナス真理を忘れて自分の罪を喋ったこと等への後悔、内省、自己嫌悪等は全く無く、そこから哲学は生れてこない。彼の関心は、自分がset［死ぬ：沈む］ことは公爵のson［息子：sun］と同じだという自尊心と、頭の良さや計略への変ることのない自信と喜びである

> This murder might have slept in tongueless brass,
> But for ourselves, and the world died an ass. (V iii 113-4)

> And, if we list, we could have nobles clipp'd,
> And go for less than beggars;   (121-2)

無知な世間を愚者と見なし、nobles［貴族達：金貨］、clipp'd［頭を刎ねる：金を削り取る］等の地口で、彼は自己の敗北さえ勝利だと考える愚かな自己欺瞞に陥り、巧妙な演出家気取りを棄てきれない。「母は改心し、妹は誠実で本当に満足だ」と短く肉親の潔白を喜ぶ気持ちは残っているものの、最後に再び「公爵一族」の後を追って死ぬことに自己満足を示す。彼の死の享受には、残酷な殺人への後悔や神の裁きへの畏怖等は皆無である。

ヴィンダイスは雄弁に「時代」を描き出す—「貞節」は馬鹿な田舎の乞食女、夜中の近親相姦は朝には服と仮面に隠され、処女は一晩で娼婦のリスト入りし、母親は金で娘を売り、男は一瞬の快楽の為に伝来の土地を売ったり追剥ぎをして裁かれ、女は飢えた子供を無視して香油と美服で男を誘う。「言葉が溢れ出ますね」と褒める弟に彼は「未だ浅薄、貧弱、控え目すぎる」と、いかに言葉を尽してもこの汚濁の時代は表現しきれないと言う。その中で彼は「一度だけ」パンダーに扮し「時代の子」になろうと言う。しかし彼は必然的に自分の時代を逃れえず、更に九年間の苦悩の歪みを持っている。そして復讐は節度を外れて変質的喜びに変じ、「血の欲望」に駆られて悪を楽しむ倒錯者となり、まさに彼が呪っていた時代を代表する冷笑的悪党になる。「総ての人間の営みは骸骨に帰する」、「殺人は必ず暴露する」と事実を繰り返し強調しながら、彼も時代の悪に没頭し喜びを見出した。彼の支配権が神の手に移り裁きが下った時も自信

過剰と自己能力への称讃は余りに大きいので、自己発見を阻止してしまう。彼は絶妙な機知に溢れる計略とその実行と成功に酔い、自己欺瞞のまま赤裸々な自己の本質を発見出来ずに去るゆえに、真の悲劇の主人公ではない。これはヴィンダイス（復讐）という名の主人公として当然の結果でもある。

サティリストとして、彼の悪や乱倫への洞察力はこの上なく深く鋭く、的確、完璧であり、欲望の中に潜む堕落、徳を不浄にする不義等への明確な認識を持ち、その正確で綿密な描写と非難攻撃の強さ鮮明さは類が無く、冷徹に外観の表皮を剥いで人間行為のグロテスクな実体を暴露する。しかし余りにそこに没頭して心の均衡を失い、苦々しさとシニシズムで歪んでいる為、この世を「負」の面から見ることしか出来ず、愛や美、貞節は即座に誘惑、不倫、堕落に直結し、諺や警句を裏返しに使う。この歪みは自尊心、誇り、傲慢によって倒錯、変態に至り、自己満足と自己欺瞞の中で死に、魂の苦悩と内的葛藤は不可能であってその結果自己発見には程遠く、真の悲劇的人物とは成り得ない。

二人の悪の公爵を殺したヴィンダイスが新公爵に推したアントニオは、事実を知り彼を捕えて言う「老公爵の様な老人を殺したお前は私を殺すこともあろう」。アントニオは彼を「時代の悪」の代表として社会浄化の為に正義の裁きを行うのではなく、自分を殺す危険人物として個人的視点から処刑するのであり、彼もまた自己中心主義者である。Foakes（注9）の述べる通りこの作品には「成就はしなかったが潜在する善」とか「償いや再生の動き」は無い。残るのはbiter-bitの法則という病的なアイロニーと、この時代のみならずあらゆる時代と社会に存在する人間の醜悪な一面の鮮明な描写であるという苦い思いである。

注

1　R. V. Holdsworth : *Three Jacobean Revenge Tragedies*. Macmillan, 1990.
2　*Elizabethan Dramatists*. Faber & Faber, 1962.
3　*The Jacobean Drama*. Methuen, 1969.
4　*Middleton's Tragedies*. Gordian Press, 1970.
5　*Dramatic Form in Shakespeare and the Jacobeans*. Cambridge U. P., 1986.
6　Tilley, B429 "To bite the biter".
7　Tilley, W681.
8　R. A. Foakes ed. : *The Revenger's Tragedy*, Introduction. Revels Plays. Manchester U.P., 1990他．引用はこの版による．

9 ibid.

第 八 章

『女よ女に用心せよ』 T・ミドルトン
── 腐敗の中の美

　Thomas Middleton (1580?-1627)はオックスフォード大学に在籍したが学位を得た記録はない。17歳頃から韻文散文等を公表し、22歳頃ウェブスター等との共作戯曲で初めて報酬を得、その後も幾つか共同で作品を書いた。ロンドンの生活を背景に人々の葛藤を生き生きと描いた喜劇 *A Trick to Catch the Old One* (1612) 等があるが、後に彼の関心は悲喜劇や悲劇へ移り、悲劇 *Women Beware Women* (1621?)、政治風刺劇 *A Game at Chess* (1624)が有名で、悲劇 *The Changeling* (1622)は William Rowley (?-1625?)との共作である。

　『女よ女に用心せよ』は女性達を主人公にして、貴族と町人の混合した社会を扱っている。ウェブスターの『マルフィ公夫人』では未亡人マルフィ公夫人が貴族社会の厳しい掟と兄達の名誉心に反逆し敗北する。ターナー作とされる『復讐者の悲劇』は貴族の息子ヴィンダイスが恋人を死に至らしめた色欲と乱倫の公爵一族に復讐する中で殺人鬼となって破滅する。ミドルトンの『女よ女に用心せよ』では身分の上下を問わず道徳的に矛盾した腐敗社会が描かれており、悲劇的なのは個人ではなく社会全体である。

　フロレンス公爵、貴婦人リビアとその兄ファブリシオと弟ヒポリト、貴族ガルディアノ達は皆中年で豊かな経験と知力を持ち世間を熟知しているが、その利点を自己の欲望を満たす為にのみ活用する人々で、彼等がこの社会と社会道徳を形成し支配している。ファブリシオの娘イザベラと若い町人レアンティオは老成円熟した大人達の計略に操られて精神的肉体的に堕落していく。他方ヴェニスから外国人として入ってきた純真な若い女ビアンカは孤立無援の中で公爵に凌辱された後、心を内に向けずに悪の外界に順応して自己の利益、快楽、主張を満たし、自己の悪を他人の罪や運命に転嫁して責任を回避する知恵を学

び、その結果自己発見、真理の発見は完全に阻止される。凌辱の苦悩を直視しない為苦悩がもたらす真理に開眼せず、死に直面しても自己、人間、宇宙の真理に盲目のままである。個人を圧倒する社会悪の悲劇をビアンカを中心に解明する。

　仲買人レアンティオがヴェニスからビアンカと駈落ちしてフロレンスの自宅に戻る (I i)。彼は20代と若いが自国フロレンスの社会環境と無縁ではあり得ず、道徳的矛盾を身に付けている。母にビアンカを紹介する最初の言葉はthe most unvalued'st purchase ［値を付けられない程高価な：無価値な］買物（注1）である。ビアンカはヴェニスの裕福な家柄の娘であるが両親を欺いて駈落ちしてきた。彼は彼女を盗んだ罪を自覚する一方で、それを「権力者が常に出世の手段とする立派な盗み」と称し、彼女は今迄犯された盗みの中で「最高の盗品(best piece of theft)」であり、その罪は「結婚により天から承認された」と断定する。フロレンス社会の歪みが彼個人の視点を通して描かれ、女の商品化は後に金銭、財産、貴重品、召使、豪邸等物質偏重のテーマへと展開する。「盗み」はnoble ［貴族］の常であるゆえに ［高尚だ］とし、その罪は結婚で償われたとして「平穏で穢れない愛(our quiet innocent loves)」を主張する彼は、自己の悪事を他人の不道徳を口実に正当化し言いくるめる自己欺瞞者である。作者はまず町人の中に浸透している社会悪を彼個人の問題であるかの如く提示している。レアンティオは罪に対し無感覚ではないが、罪を言い紛らし、言い逃れ、見掛け倒しの理由で正当化する。

　母親は世慣れた経験者の目で冷静な警告する「お前の稼ぎでは自分一人さえ生活がやっとだったし、私が死んでも遺産など無い、このお嬢さんに生れに相応しい生活をさせるどんな力がお前にあるのだね」。美しい妻に有頂天になっている息子への現実的で冷酷な忠告で経験者の力と未熟者の弱さが対比される。その為にも彼は新婚の甘い生活を中断して仕事に出ねばならず、その間「聖者にさえ取り付く誘惑の悪魔」から最上級の宝である美しい妻を守る方法として家の中に彼女をしっかり閉じ込め母を見張り番にする計画は、彼を利己的で無神経な小心翼々たる守銭奴にする。しかしビアンカは公爵に見初められ幽閉状態を嫌って宮廷に去った後(III ii)、彼は夫という立場の絶え間ない嫉妬、恐怖、

費用と心配事を嘆き、独身者の平穏と心の安らぎを羨む。

　他方貴族達は騙しあいで若者の結婚を計っている (I ii)。ガルディアノは後見している甥、金持だが阿呆のウォードとイザベラの結婚を期待している。馬鹿な甥を金貨で飾ってとにかく結婚させることが世間体を気にする後見人としての願いであり果すべき勤めでもある、と欺瞞を美服で飾る。彼は一途に富と寵愛、豊かさと昇進、充分な甘い成果を追求しその出世欲物欲は強烈で、阿呆を金貨で飾るなど悪ではない。更に彼は商人の妻ビアンカに一目惚れした公爵を満足させる一助となる

　　　'Twould prove but too much worth in wealth and favour
　　　To those should work his peace.　　　　　　　　(II ii 22-3)
それに成功すると機知を誇り
　　　How prettily the poor fool was beguiled,
　　　How unexpectedly: it's a witty age.　　　　(II ii 395-6)
彼はこの社会での peace、wit がいかなるものかを定義している。しかし彼はイザベラと叔父ヒポリトの親密さは知っていたが、そこに潜む邪悪な関係を見抜く程賢くはなかった。他方貴族ファブリシオは父親の権力で娘を馬鹿だが資産家のウォードと結婚させる決意である。後見人と父親二人が求めるのは若者達の愛情ある家庭ではなく、自分達の得る利得である。

　後見人と父親二人の間にあって、ファブリシオの妹リビアは39歳の、二人の夫と死別した、経験豊かでヴァイタリティのある頭の良い女である。結婚について意見を求められて彼女は「二人が会って考えるべきで、父親でも愛情は強制出来ない」と良識ある才女として登場する (I ii)。が同時に彼女は「機知(wit)」を誇り、「私は女盛りなのだから wise であって当然だ」と主張する。この誇りは愚者への軽蔑、冷笑、嫌悪となり彼等を愚弄するに至る。

　リビアの本性が暴露されるのは弟ヒポリトが姪イザベラへの愛を告白した時で (II i)、その対応は彼女を道徳的に歪んだ社会の代表者とし、利益の為に子供の結婚を企てる男達を幼稚な存在にする。彼女は弟の近親相姦を「予想外で (strange)」、「不自然で (unkindly)」、「恐ろしく (fearful)」、「邪悪で (evilly)」あると称し、人の目は「肉親で無い者 (stranger)」に向けられるべきで、貴男は世間の

非難を受けて当然だと叱責し、この叱責は真理と正義から出たもので、厳し過ぎると思うなら神の恩寵と徳を犯すことだと諫めた後、恋にやつれる美男の弟への「憐れみ (pity)」から「危険を犯しても味方しよう」と彼に援助を約束し、自分の命と同じ位愛している弟に「官能が望む甘美な果実」を与えること、「それが私には出来る (This I can do)」と断言する。「私はフロレンスのどんな処女にも巧妙な手助けをしてやれるし、私の強力な説得でどんな馬術家も落馬する」とその知力説得力を誇り、「何の為かは言いませんよ、立派なことではないから (not handsome)」と悪の自覚も示す。「これ以上の禁じられたことをした人も貴男が最初ではない」は「娘を盗んだのは自分が最初ではない」と若い町人が他人の悪を自分の罪の言訳にしたのと同次元にある。彼女は医者となって薬を処方し、このひどく致命的で恥に類する疫病に常ならざる治療を行おうと豪語し、「総ては私の手中にあるのだから、成功は一層の名誉になる」。彼女は弟への「愛 (love)」と「同情 (pity)」から弟と姪の恋を成就させる決意だが、そこにはパンダーという醜悪な行為を love と pity で隠蔽し言いくるめる狡猾さと同時に、機知を働かせる喜び、善悪の区別無く機知によって人々を操作する喜びと、機知を研ぎかつ試すチャンスを絶対に見逃さない貪欲さがある。彼女は実利的物的利益など念頭に無く、知的ゲームへの限りない喜びで行動する。近親相姦は strange、unkind、evilly で神の恩寵に反する致命的病と明確に認識しつつ、この難病の治療に挑戦することをやめられず、困難である程意欲は掻き立てられ、「機知を総動員して (I must bestir my wits)」の成功はより大きな名誉となる。

　彼女の頭脳明晰さは自己分析にも示され、自己を冷静に判断し自分に幻想など抱かない

> I am the fondest where I once affect,
> The carefull'st of their healths, and of their ease forsooth,　　(Ⅱ i 65-6)

今弟への love と pity から慎みや自分のことを考える余地は無く、「自分の誠実さ」も無視してしまう、それが「私の欠点」だ。

　彼女の治療法とは「嘘」で、姪に「貴女は貴女の母とスペイン公爵の不倫の子で、私達と血縁関係はない」と嘘の秘密を pity と kindness を装う偽善で打ち明け、従って父ではない人の命じる結婚は自由に諾否出来る

> as you see occasion

>   For your advantage; the best wits will do't.　　　(Ⅱ i 114-5)
>
>   And what a largeness in your will and liberty,
>   To take, or to reject, or to do both?　　　　　(160-1)

彼女は何気なくしかし巧妙に付け加えた上記引用の各々最後の部分が持つ効果を確信しつつ、この秘密を「深く愛している叔父と呼んでいる人」にも漏らさないように、とショックを受けているイザベラにヒポリトとの愛を思い出させ、傍白で「娘を破滅させるこれ以上の技巧は無い」と知力への満足と悪の自覚を示す。彼女は機知と共に役者としての能力も持ち、姪の味方として pity と kindness の芝居をするが、この演技は彼女の意識にも上らない程自然なもので、策略を胸に秘め、結婚を強いられる姪に心から同情する役を演じることが出来る。かつ姪には、お互い他人だが今迄通り血縁者を「演じるように」教示する。

　リビアの世界意識は明快で、この世は賢者と愚者から成り、またこの世で真実や美質等が受ける高い評価も認識している。しかし賢者である彼女の知力尊重は愚者への軽蔑となり、知力を最大限に働かせて愚者、未熟者、未経験者を友人を気取って自由に操り善悪を問わず自分の望む方向へ動かしていく知的ゲームの面白さと魅力は、世俗的な真理や徳への尊重を遥かに凌ぐもので、ゲームが困難な程闘争意欲は燃え上がり I will venture hard と挑んでいく。近親相姦という最も非難さるべき罪（注2）の手助けをすることは最高の知力と演技、技巧と秘密の困難を伴うゆえに無限の興味を掻き立て、成功は最高の名誉となる。経験者の目から見れば姪を愛する弟以上に禁じられた関係を持つ者は沢山居るし、大騒ぎする程のことではない。彼女の眼前にあるのは「この世」、「俗世」であり「理想郷」でも「来世」でもなく、その腐敗堕落は異常だがそこに示される彼女の無限の活力と生気はそれなりに魅力がある。

　ヒポリトはこの恋が「神の定めたものではなく、天はそれを禁じている」ことを知っており、むしろ沈黙で心身を消耗させ、世間に知られる位なら硬直死したほうがいい、とそれがもたらす不名誉や家柄への汚名を自覚して沈黙を誓う。しかしイザベラから遠ざかろうとはせず、昼夜「鎖の様に」一緒に居て様々なことを論じ合い、彼女に憂鬱の理由を問われて「血縁を犯す罪人の神を恐れ

ぬ言葉」と知りつつ沈黙の誓いを破って恋を打ち明ける (I ii)。彼女は即座に彼を拒否するものの、リビアの虚言に騙されて、分別、美点、判断力そのものと思えるヒポリトの恋を受け入れた時 (II i)、彼はこの変化を「名付けようのない、異様な、長年の旅先でも出会ったことの無い、初めての魔法、阿片、媚薬」で理解を超えるものだと称するが、その理由をそれ以上には探求せずに欲望を満たす方を選び、彼女とウォードとの結婚を認める

> It is the only veil wit can devise
> To keep our acts hid from sin-piercing eyes.　　　(II i 237-8)

彼が口にする分別や判断力とは欲望を理性に優先させ、罪を見抜く神の目を欺く為の知恵、分別であり、その汚れた愛の中で姪を「人生の安寧 (my life's peace)」(III iii) と呼ぶ。

　他方ヒポリトは姉リビアと町人レアンティオとの恋を知り、姉の為に高貴な男を再婚相手に選んだという公爵の嘘を信じて、皮肉にも「我が家柄の永遠の名誉」を守る為レアンティオを殺す (IV ii)。彼の理念は恋を公言する町人への怒りに示される

> Put case one must be vicious, as I know myself
> Monstrously guilty, there's a blind time made for 't;
> He might use only that, 'twere conscionable ——
> Art, silence, closeness, subtlety, and darkness
> Are fit for such a business;　　　　　　　(IV ii 4-8)

邪悪も法則に従って行えば良心的だと考える道徳的歪みと言い紛らし、社会全体に蔓延している堕落を彼は的確に表現し、その手段にも精通している。姉は弟の邪恋を援助する時「自分の誠実さより弟の心の安らぎを求める姉など居ない」と love と pity を示したが、弟は公爵が姉の為に取り決めた遥かに有利な再婚を目指して、「ひどく不憫に思う姉への愛情」から町人の恋人を殺す時「どんな弟も姉の昇進の為に私以上のことはやらないだろう」と言う。姉はパンダー役を、弟は殺人者の役を共に医者として病気を治療するという pity と love で粉飾し美服で包む。恋人を殺された怒りでリビアが彼の邪恋を暴露した時、彼は悪の手段の一つだが彼自身誓いを破った沈黙に再度言及し姉の死を願う、「墓の中の沈黙が彼女の舌を永久に縛ってくれていたら」。彼の恋はその成就も維持も

全く他人任せのもので、彼自身の積極的な責任ある行動を伴わず、この結果に「姉への愛が私のもの（イザベラ）を惨めにしてしまった」とその自己矛盾に一瞬目を向けるが、イザベラの態度が拒否から愛に変った時同様、それ以上の内面的探求は無い。

　この社会の支配者公爵も55歳で経験豊かな権力者だが、それを活用する場は「社会全体の公益だ」と信じる市民を裏切って、一目惚れした人妻を凌辱する場(II ii)においてである。抵抗する女に彼は尊敬と名誉を装い、甘い愛の言葉と暴力の脅しを巧みに混用し、夫と恋人両方を持つよう薦め、支配者の力を誇示して町人の貧しさを突き、公爵の愛人として富、名誉、栄光、心の平穏を得て賢い女になれば母もお前の機知を誉めるだろう、と説得する。こうして得た甘い不倫の生活を弟枢機卿に厳しく非難されると(IV i)、公爵は良心の呵責に打たれて祈る「これ以上女を不法に(unlawfully)囲っておくなら懺悔が最も必要な時に出来なくなりますように」。この魂の浄化を、彼は女の夫を殺した後結婚することで得ようとする、「夫を殺してから彼女を法的に(lawfully)私のものにすれば、この罪と恐怖は無くなるのだ」。人妻を娼婦に囲う不法な罪を、lawful love, lawful wifeに転じる為の奇怪な論法であり、枢機卿はこれを「余りに狡猾な(too cunning)」術策と非難するが(IV iii)、公爵の歪みは、娘を盗んだことは結婚によって天から承認されるとする町人の理論とここでも一致する。
　経験に富み、知恵と判断力、思慮分別がある者達の支配するこの社会は、各々の権力知力財力を、邪悪な罪を不正行為として明確に自覚しつつ、あくまでも個人の利得と欲望の為に悪用し、歪みや不法や悪を豊かな機知と演技によって巧妙に潔白、正、法的だと言い逃れる社会、才気とヴァイタリティに溢れて鮮やかだが歪んだ見掛け倒しの理論で黒を白と、悪を善と証明する社会、倫理的詭弁を精巧に練り上げて自己の邪悪を弁護し正当化する社会である。

　イザベラはこの社会の一員として未だ若く未熟である。父の強いるウォードとの結婚は彼女の歎く通り「惨めで」「乙女心を引き裂くもの」である(I ii)。また彼女は叔父の愛の告白を即座に拒否し彼との親しみに溢れた対話と決別する「愛そのものであるべき血縁者の血が欲望と混合した時、愛の誠実はどうなるの

か」。しかしこの純真な娘はリビアの嘘を信じてヒポリトと愛を誓い(II i)、かつウォードとの結婚を受諾する「もっとひどい阿呆でも喜んで受け入れよう、ひどければひどい程良い」。リビアの巧妙な言葉「結婚も拒否もその両方も可能だ」、「賢者は利益を根拠に事を行う」等に彼女は完全に操られ、「私生児という本当の自分を知った」と思った時最も自分を見失っているのだが、叔母の善意の同情心に感謝して阿呆との結婚を恋人との密会の隠れ蓑に利用する。この悪に染まった時彼女も機知と演技を活用する。

ウォードもイザベラを商品として品定めするが(III iv)、彼女が「この様に売買され、ひっくり返してじろじろ見られる」地獄の拷問に耐えるのも彼を利用して得られる利益の為であり、彼に気に入られようとする演技と傍白の地口で嫌悪と侮蔑を示す。ボール遊びで球を上手く受け取れるかの問いに「一回のgame［競技：(卑)］で私のlap［ひざ掛け：(卑)］の中にtwo［ボール二個：男二人］を受けたこともあるわ」。彼女もまた自分の欲望達成の為に人を欺く技巧演技を利用し、夫が馬鹿で吐気を催すゆえに恋人を持つことは許されると悪を正当化する。

ヒポリトが本当に叔父だと知った時彼女は「これ程残酷に欺かれて生命と魂と名誉の錯乱に陥れられた娘がいるだろうか」と純潔を汚された自己憐憫に陥り

     Oh shame and horror!
 In that small distance from yon man to me
  Lies sin enough to make a whole world perish. (IV ii 133-5)

互いに相手を見て恋に落ちた二人の目は「宗教を毒するもの」であり、この邪恋に悔恨と恐怖と恥の叫びを発するが、ウォードへの裏切りと欺きへの言及や後悔は全く無い。

 この社会に16歳のビアンカは両親も財産も捨て夫の愛だけを頼りに異国人としてやって来た。社会や階級の掟、習慣、価値観を無視して愛に生きる点に彼女のロマンチックな未熟さと同時に強さがある。彼女は夫と義母の再会の喜びを黙って聴き観察して、最初の台詞は彼女の性格を示している。貧困を強調する義母に「望みを叶えた女には欠乏など無く」

Heaven send a quiet peace with this man's love,　　（Ⅰ i 127）

義母の運がどんなものであれそれを今後自分の運とする決意である。彼女は穢れなく純真で、良く観察し考慮し、夫と母に献身的に尽くす温順さを持ち、慎み深く愛想のいい魅力的な若く美しい娘である。生家での裕福な生活とは異なるがこの貧しい家で自分の地位を占め、娘そして妻として上手くやっていき quiet peace を維持していく決意である。この若く純粋で富よりも愛に生きるロマンチックで未経験な夢見る状態のビアンカと、毎日の切り詰めた生活に彼女が順応出来るかと現実的な心配をする母が鮮明に対比され、かつ母は、女というものが必然的に求める贅沢、気紛れ、欲望に言及して知らずしてビアンカの未来を予言する。

　母はまず「他人同士(strangers)」が「親しく出会った時(at a kind meeting)」のキスをした後、「家族の一員(your nearness)」として二度目のキスをしてビアンカの立場を明示する。彼女はこの町と住人総てに stranger である。第一に「他国の」者で血縁者ではなく、第二に「不案内な、不慣れな」者で、第三に「妙な、勝手の違う」違和感がある。この状態から彼女は kind、nearness へと変容せねばならない。Kind は kin と同様「同種族の」人、「家族、親族」、そして「自然で親しみのある」、「愛情を抱いた、友好的な」状態であり、nearness も距離的近さから感情的「親しみ」更に「近親」まで含むが、これはビアンカ「白」がこの社会の色に染まることでもある。街を知る第一歩として彼女はフロレンスの高貴な人々の行列を見（Ⅰ iii）、「あのハンサムな紳士」は55歳の公爵だと知って知恵と判断力で最高の方だろうと推測する。

　この時ビアンカに一目惚れした公爵の為に、リビアは再びパンダーとなって公爵の姦通の手助けをする（Ⅱ ii）。これもまた機知を働かせ人を操る面白いゲームで、もし失敗したら「狡猾のお店(shop in cunning)」は諦めて閉店するつもりである。今回彼女が演じるのは、温雅で孤独な初老の未亡人、暇潰しと食事を共にする友人が必要で、親切だが少々気紛れで身勝手な、金持の貴婦人である。ここで再び stranger と kin の多様な類義語が頻繁に繰り返され、ビアンカの立場とリビアの偽りの kindness が強調される。

　リビアはまず母親を呼出して疎遠を叱る

> You make yourself so strange, never come at us,
> And yet so near a neighbour, and so unkind. (II ii 140-1)

彼女は母親を引き止め家に帰さないつもりで、「他人は誰も居ない (no strangers) し、身内も同じ (kind friends) だから一週間、一ヶ月でも泊まっていきなさい」。ついに母は、息子から家に閉じ込めておくよう命じられているビアンカが一人で留守番していることを白状し、リビアの unkind, not friendly の叱責に「彼女は stranger なので」と言訳する。リビアは「部外者を歓待すること (entertaining strangers) が courtesy［礼儀：親切］ではないか」と問い詰め、母はビアンカを呼びにやらざるを得ない。息子達には経験ある忠告をした母も、リビアの巧妙な説得を前に赤子も同様騙され、ビアンカは誘き出される。

リビアは異国人ビアンカを歓迎し、ガルディアノを紹介する「貴女をここへ呼ぶよう望んだ彼の配慮と同情の念に対し知合いになって彼に報いてやってください」。この親切な紳士はビアンカが stranger なので奥様の邸内を案内すると言い、彼女を公爵の潜む階上へと連れて行く「もし私の service ［(案内の)：(パンダーの) 勤め］を受けて下さるなら、私には最高の名誉です」。しかしそれは公爵からの昇進と礼金である。ビアンカはリビアとガルディアノの言葉の一義的意味だけしか理解出来ない。彼女は親切な貴婦人と丁重な紳士に感謝し、破滅への階段を皮肉にも降りていくのではなく登って行く。

公爵に襲われたビアンカの抵抗は弱々しすぎるとし、そこに彼女の本質的不純を観て最初の純真さは見掛け倒しだとする評者も居る (注3)。しかし55歳の最高支配者公爵を前に新参者で世間知らずの未熟な16歳の娘に何が出来ようか。それを考慮すれば彼女の抵抗は充分強力だと言える。公爵に抱きすくめられその不意打ちに喘ぎつつ発する「名誉を裏切るもの」、「更なる危機」、「何という窮地」等公爵の誘惑と脅しの合間の短い叫びを経てやっと会話が出来る、「愛はもう夫に与えてある、夫と恋人両方を持つなど二重の害悪で、さもなくば宗教など無いことになる」と神に徳を守る力を求める。しかし悪事に長ける公爵にとって彼女の徳や宗教など無に等しく、抵抗は一層欲望を募らせ、最後に彼女の窮乏生活、覚束ない財産、不健康で劣悪な生活と公爵の恋人としての富、名誉、栄光、心の平穏を対比させて彼女の虚栄心と物欲に訴えて勝利を収める。道徳的善は純粋であっても脆く容易に崩壊してしまう。ビアンカが凌辱される

様子は、階下で母とチェスをするリビアの地口に皮肉に暗示される ― the game［チェス：(卑)］、sure stroke［確実な一手：(卑)］、pawn［歩の駒：人質］、check and mate［王手詰め：逃げ場が無い］、white king［白い王の駒：純白のビアンカ］、black king［黒い王の駒：悪徳公爵］、blind mate［利点に気付かない駒：盲目の人］。かつゲームの一義的意味しか理解出来ない母を欺き愚弄冷笑して悦に入っているリビアの姿が鮮明に浮き上る。

　ビアンカが再登場した時、完全に変身し別人になっている。悲嘆に暮れ恥に打ちのめされ公爵の凌辱に諦め従う女ではなく、落ち着いて彼の悪に積極的に染まっていこうとする皮肉な態度で傍白する

> Now bless me from a blasting; I saw that now
> Fearful for any woman's eye to look on.　　　　　(II ii 420-1)

世間知らずの無垢でロマンティックなビアンカは今や開眼し社会全体がいかなるものか知る。それは「疫病を伝染させる霧」と植物に寄生し枯らす「ベト病」に汚染された世界であるが

> Yet since mine honour's <u>leprous</u>, why should I
> Preserve that <u>fair</u> that caused the <u>leprosy</u>?
> Come <u>poison</u> all at once.　　　　　　　　(II ii 424-6)

彼女はleprous［ライ病のかさぶたで覆われた：汚れた］、fair［美しさ：純潔］、leprosy［ライ病：堕落］、poison［毒：悪徳］等の地口を使って、肉体の純潔を失うと同時に魂の純白も失う、というよりその代償として精神的道徳的腐敗と邪悪を手に入れてこの社会に入る免疫を得、自らの意思でそこで生きる決意をする。Strangerとしての自分を歓迎してくれた紳士と貴婦人がkind friendsの演技と言葉で欺いたことを悟り、それがこの社会だと知る。そのショックは両親も故郷も捨てた彼女の強さの方に作用する。彼女は友愛の歓迎の美しいヴェールを着け、「落ち着いた顔で演じられた裏切り (smooth-browed treachery)」に対して言う

> I thank thy treachery, sin and I'm acquainted,
> No couple greater.　　　　　　　　　　　(II ii 440-1)

この社会で孤立していた彼女はsinという親友を見つけ、機知と演技を最大限に働かせる決意である。しかし彼女は白から黒への逆転、貞節な妻から娼婦への

変身の決意を見事に押し隠し、自分を完全にコントロールして平静を装い、何事も無かった振りをして以前の自分を演じる。リビアは「あんなに生気があり良い兆候だ」と鋭く事実を見抜くが、母は全く気付かない。事件前と同じkind、friendly、courteous等の語を使いつつ皮肉な第二の意味を込めたビアンカの台詞は彼女の成長を示す。全部見たのかと問う母に答える

> That have I, Mother,
> The Monument and all. I'm so beholding
> To this kind, honest, courteous gentleman,
> You'd little think it, Mother, showed me all,   (II ii 450-3)

「総て見た」の自覚は今までの盲目状態の認識であり、以後彼女はsinを親友にして人間を更に注意深く観察し相手の策略に対し盲目にならぬよう用心するのだが、結果としてかつての美徳、良心、罪の結果と神の裁きには目を閉ざしてしまう。

食堂へ誘うリビアに言う

> Thanks, virtuous lady.
> [*Aside to Livia*] Y' are a damned bawd. [*Aloud*] I'll
> follow you forsooth;   (II ii 464-5)

virtuousやfollow［後から行く：先例に従う］の地口と「すぐに(forsooth)」等の皮肉をもって彼女は今や露骨に鋭い機知でリビアに挑戦する。しかし「厭わしい取持ち女」と罵られたリビアは平然と定義する「あれは単に不慣れの為で、不安定に揺れる女の誠実心が誘惑の大波を受け、過敏な慎みが船酔いしているだけで長続きしない、罪の最初の一口は苦いが二度目からは美酒になる」。女の誠実さの実体、慣れの効用そしてビアンカの将来を的確に把握し、リラックスして完全な支配権を行使している。

なぜビアンカは自己の屈辱に内的苦悩をせず、先例に倣い罪と結託するのか。なぜ彼女は公爵の暴虐を大声で非難しないのか。なぜならこの社会はその様なことをしても無駄な社会だからである。公爵自身説明して言う「友人に高い地位を与えてやると彼は手に入れた権力を使って恩人を破滅させる」。声高に公爵を非難すればそれは彼女自身の破滅をもたらす。そしてこの作品はその様な社会の悲劇を描いており、個人の悲劇ではない。腐敗した社会にstrangerとして入

ってきたビアンカがいかに足掻き、目を内に向けて苦悩し歎き、天に救いを求めても、社会悪の根強さ壮大さはあまりに強いので撲滅、浄化など不可能であり、彼女個人の悲劇もその他多くの女達の悲劇同様何ら特異なものではなく単に一例にすぎない。この作品が示すのは、社会のライ病つまり肉体的精神的腐敗をもたらすベト病が純白な若い女をいかに汚染し犯し堕落させるかという、個人を圧する社会悪の巨大さである。この社会の中でビアンカが社会の中心人物達と同様道徳的詭弁で他人と共に自己も欺き、友好の言葉と芝居で裏切りをする機知と演技力を獲得していく過程が以後示される。悪の自覚から目を背け逃れる為に、堕落を運命や他人に転嫁して自己の責任を回避して彼女はそれなりの「平穏(peace)」を得るが、この peace は自己発見を阻害する皮肉な平穏でありその盲目のまま死に至らしめる。

　貧しい自宅に戻ったビアンカは(III ii)、生家で親しみまた宮廷で見た高価な家具調度品のドロンワークしたクッションカバー、透かし細工のレース、香水を振りまく瓶、銀製の水差し等生々しい具体例を挙げてその欠如と貧困を母に歎いてみせ、「運命が私と貴女の息子を結び付けたからといってなぜ貧乏な生活をする必要があるのか」と駈落ちの責任を運命に転嫁し、かつて喜んで受け入れた境遇を拒絶する。帰宅した夫には「宮廷近くの心地良い家」や「伊達男達を見る目の保養」を要求し、心は公爵と華麗な快楽に移っている。「お前だけを見ていたい」と言う夫に、総てを見てしまった彼女は反論する「溺愛は貪欲同様見苦しい、心を感動させる最高の物でもそれだけ見ていたら飽きがくる、目の喜びは見る対象が変化することであり、私は間違っていないでしょう」。彼女の論は正しいのだがその底流にあるのは貧しさと不甲斐ない夫への不満、苛立ち、軽蔑でそれを論理的詭弁を弄して言いくるめる wit を修得した。彼女は夫のキスも馬鹿げた物、鳩の嘴のつつき合い、怠惰な愚行で毎年沢山の病気がキスで伝染し French curtsy ［フランス風礼儀：梅毒］もその一つだと拒絶する。母は息子を「他所を疫病から救ってその病を自宅へ持ち込んだ」様だと称するが、まさにビアンカはライ病となって人を操る術を身に着け、厳しく監禁する夫は健全な理性を失っていると、宴会への招待状を受けて公爵の元へ走り去る。

　宴会の場(III iii)でビアンカは公爵の娼婦として堂々と対話し機知を示し人々を評価して、単なる賢い女のみならずフロレンスの栄光、最高の美と輝きとな

ってリビアを凌いでいる。彼女は夫を「恨みを抱くが公然と挑む勇気の無い男」と言い、乾杯の酒を飲まないと keep me dry［喉が渇く：情が無くなる］と洒落を言い公爵から「暖と湿気の女神ヴィナスにそんなことはさせられない」と機知を誉められ、イザベラと阿呆の結婚には同情を示すものの「彼女が手綱を握って夫を自由に操るだろう」と推測し、ウォードが踊る無様な姿は妻を不貞へ追いやるのもだと予告して、リビアを「取持ち女」と罵った彼女が今や「姦淫」を笑いの種にしてその機知で公爵から性病の源キスを喜んで受ける。夫レアンティオさえ「地獄の罪がお前にそんな知恵を与えたのだ」と呪いつつ機知を認めざるを得ない。宴会場の大勢の人々の中で彼女が完全にこの社会の価値観を身に着け社会に順応している姿が鮮やかに描かれている。

　貧しいが貞節な妻から豪華な公爵の愛人への運命の変転、「用心深く気を配り束縛こそ安全だと考える両親には思いも及ばない生活」に彼女自身も内省の目を向けるが、その冷静な反省も一瞬のことで、厳しく女を閉じ込める不当性、その為に失われた人生の一部への損害感を娼婦となったことへの言訳とする。「束縛は放浪への思いを育てる」のは確かだが、両親そして夫による監禁同様の生活が今の放蕩の原因だと自己弁護し責任を放棄する。

　かつての夫と妻の対話 (IV i 47-105) は厭わしい皮肉に溢れている。公爵はビアンカを奪った見返りにレアンティオにルーアン守備隊長の地位を与え (III iii)、彼はこれを「汚物で育った緑の野菜 (sallet growing upon a dunghill)」と称して「卑しい売春から生れた出世」と認識しつつ、「予想以上だ」の喜び、Half merry and half mad の奇怪な心情で受けるが、昇進も利得も総て罪、情欲、売春から生れるのだと一般論で自己弁護する。盗品を公爵に盗まれて知った「彼女の両親の悲しみ」の実感も束の間で、人生の宝ビアンカの喪失は来世の罰を現世で受ける如く耐え難いが、宮廷からの美女の奪回は地獄からの魂の救済同様不可能で、妻の罪も自分の恥も「受入れねばならぬ (I must like)」のなら、心身の健康に最高の道は彼女を憎むことだと理詰めの理論で憎しみに辿り着き、二人の愛の証人神々が「彼女が先に誓いを破ったと証言してくれる」と憎しみを妻の不貞に帰するのに神に言及する。彼の怒りと悲しみは理解し得るにしろ、自己の堕落の責任から目を背け、妻や他人の悪事をその口実にする姿は醜悪である。

　この夫と妻を比較する時、ビアンカの方が自己の生き方に自信と確信を持っ

て遥かに強い。彼女は公爵の愛人の地位を掌握し楽しんで平静さを身に付け、人々を観察しリラックスして冗談も言えるのに反し、夫は妻を売って得た地位や盗品を盗まれた盗人の自分に自己憐憫し、意志の力で妻への憎しみを掻き立てつつ彼女を失う苦悩に心身を消耗させ、かつリビアの愛と財産を受け入れて (III iii) 意識的に彼女を「愛することにする (I'll love)」のは妻への当て付けでもある。彼は裏切り者の妻を思い切れず「ひどく見たい」とその豪邸へ来、二人は激しい皮肉を言い合うがここでも具体的な物品の列挙があり美服、立派な上着、総裏付きコート、銀布製スリッパ、上品なブーツ、二頭立て馬車と金の拍車等愛だけの貧しい生活では不可能だった物的裕福さ、愛を性欲に売り渡して得た華麗な品々が強調される

> *Bian.* We both thrive best asunder.
> *Lean.* 　　　　　　　　Y'are a whore.
> *Bian.* Fear nothing, sir.
> *Lean.* 　　　　　　An impudent spiteful strumpet.
> *Bian.* Oh sir, you give me thanks for your captainship; （IV i 61-3）

夫は妻を娼婦、女郎と叫んでしまうが、ビアンカはかつてのリビア同様全く動じないばかりか彼にその立場を再認識させる点でリビアを凌いでいる。夫は相手を苛立たせようと恋人リビアの手紙を見せるが、妻は驚きを隠し平静を装って彼の幸せを祝ってやり、復讐の嵐の予告には「天気が変ると皆言っていた」と嘲る。しかし彼が立去ると卑しい成上り者と罵り、公爵に訴える「私は平穏がほしい (I love peace)」。夫との以前の quiet peace は公爵の凌辱によって失われ、今やその公爵に夫の殺害を求めて得られる peace へと変容している。

　愛人の夫殺しと結婚で姦通を正当化する公爵の方法を、枢機卿は「結婚の名誉をライ病と邪悪 (leprosy and foulness) で穢すもの」、「酔っ払いが神の怒りを鎮める為に献ずる嘔吐だ」と非難する (IV iii)。ビアンカは卿が宗教で一番大切な慈悲を欠いていると反論する「神は罪を悔いた者をお喜びになる、悪女が善を求めて退けられるなら慈悲は何処に在るのか」。夫に詭弁を弄した彼女は今や枢機卿に宗教の基本を説教する。ここでも彼女の言葉そのものは正しいのだが、その内容は夫殺しと結婚による姦通の正当化である。そしてここでも彼女は公爵にその wit を誉められ、キスを受ける。

結婚祝いの芝居上演前に (V ii)、公爵は妻と枢機卿の麗しい仲直りを切望し、卿は和解を申し出る。ビアンカはそのキスを受けつつ傍白する「こんなことで私の目を晦ますことは出来ないよ (this shall not blind me)」。凌辱以来彼女は常に目を見開き観察して人の内心を探り相手の先手を取るよう機知を働かせている。「非難する者は追い払うべきで彼の愛情など求めてはいけない」、「どんな信仰厚い人も生身の人間の弱さを持っている」等、彼女は自分の罪の自覚と同時に人間の本質も充分理解している点で教師達を凌ぎ、リビアの自慢した機知、策略、経験を活用する。

　ビアンカの成長と対照的に、確固たる経験者知恵者達の世界が崩壊する原因はこの社会の代表者リビアである。リビアは宴会で町人レアンティオに心を奪われ、love と pity の圧倒的強さを前に、かつて弟に示した「一旦愛したら彼の健康と寛ぎに全力を挙げ」、「慎みや自分を忘れてしまう」という自己分析やイザベラへの忠告「女性を破滅させるのは無思慮無分別だ」をアイロニーにして、自己とその社会を崩壊させる。39歳の彼女が20代の若い男に恋して最初の思いは彼の愛を買うに充分な「財産」であり、自分は彼が思う程年寄りではないが怠っていた化粧をすぐ始めようという現実直視の具体策である。未だ妻との別れを悲しむレアンティオに彼女は憐れみ、忠告、保護、平穏な眠りを約束し、彼の貧しさを突くのは公爵と同じであるが、無視されると傍白して

　　　Where's my discretion now, my skill, my judgment?
　　　I'm cunning in all arts but my own love.　　　(III iii 312-3)

冷静さを取り戻すが恋の力には勝てず、やっと妻を憎む決意をした彼に再び富、小姓と従僕、競争馬、種々の快楽を約束し、代償に「変ることのない愛 (your heart of constant stuff)」を求め、「思い切り愛してくれれば充分な物を上げますよ」に対し「それなら思い切り愛して充分な物を貰おう」と愛情の売買契約は成立し彼女は満足する。しかし heart of constant stuff など不可能でこれは changeable stuff［見方で色の変る光沢ある絹：心変り］を裏にはらむことや金銭による愛がいかなるものか等を容易に見抜く筈の彼女の豊かな経験と冷静な知恵は恋の為に完全に麻痺し盲目となって、しっかり目を見開いているビアンカと対照を成す。

ヒポリトがレアンティオを殺した時(IV ii)彼女は完全に理性分別を失い激怒し、かつて自分の生命と同じ位愛した美男の弟を今や奇形の怪物、悪党と呼んでその逮捕を求め、理由を問う弟に叫ぶ「理由だって、そんな冗談には地獄も笑うだろう、我々のより正当な恋(our more lawful loves)を破滅させてもいい理由があるのかい、お前達の隠していた邪悪な欲望を叩き潰していけない訳があるのかい」。ビアンカを公爵にあてがうパンダーの役を勤め彼女の夫を愛人にしたその恋を近親相姦と比較して more lawful と言うアイロニーの中で、弟と姪の邪恋を暴露する。その結果リビアは恋人を殺害したヒポリトに対し、ガルディアノは甥の妻に選んだイザベラとヒポリトの裏切りに対し、イザベラは嘘で欺いたリビアに対し、それぞれ復讐を誓い、本心を隠して結婚祝いの芝居上演の計画の中で互いに罠を仕掛けあう。
　リビアは恋人が死んだ悲嘆の余り、後悔の演技をするのに今や非常な努力が要る。ガルディアノは彼女に悲しみを出来る限り偽り隠すよう注意せざるを得ないし、彼女は懸命に努力してその幾分かの成果として弟達に暴露の許しを乞うが、激怒を抑えるひどい骨折りや悲しみを隠蔽する苦しみと困難を独白して演技の衰えを歎く。
　他方イザベラは世界を破滅させる恥、近親相姦を促した叔母の裏切りに対し、その生命を取る為に同じ位残酷な謀略を憐れみなど抱かずに実行する決意で、かつてのリビアの憐れみや術策を皮肉り、後悔してみせる叔母を見て「私も偽ることが出来る」と傍白しつつ叔母を許す。彼女も教師から同じような策略を偽装を用いて実行することを学び、「地位を与えてくれた恩人を破滅させる」社会の人間として成人となっている。
　罠を仕掛けあう劇中劇(V ii)で、妖精（イザベラ）がジュノー（リビア）に、二人の男への愛情から生れる争いを憐れみにより解決し平穏を与えて欲しいと願いジュノーが承諾するプロットは、レアンティオが娘を盗んだ罪の中で「平穏で穢れない愛(quiet innocent love)」と言い、ヒポリトが近親相姦の中で恋人を「人生の安寧(my life's peace)」と呼び、リビアが裏切りを隠して pity と love を連発し、ビアンカが夫の死で「安らぎ(peace)」を得る等の道徳的矛盾を総合的に象徴し、この社会での love、pity、peace の意味を定義する。
　妖精イザベラは嘆願の中で毒の香を焚くが、その効果を見ることなくジュノー

が投げた燃える金に当って死ぬ。毒の香を吸ったリビアは姪の計略を知り

  My subtlety is sped, her art has quitted me;

  My own ambition pulls me down to ruin.   [*Dies*]　（Ⅴ ⅱ 132-3）

自己の誇った機知や巧妙狡猾な術策が覆されその狡猾さを学んだ姪イザベラの成長と勝利を認め、そしてジュノー役を演じる高慢さと同時にまさしく縁結びの神ジュノーを気取って弟と姪を、公爵と人妻を取り持ったこと、更に知力に任せて愚者を操った功名心をも含むその野心ゆえに破滅を招いたことを悟る。しかし彼女はこうした因果応報に言及するものの、改悛や死後の世界への畏怖は微塵も無い。

　悪を行うにも法則があると定義したヒポリトは毒矢に打たれ苦しみつつ、死を芝居か本物か理解しかねる舞台上の観客に、イザベラを指して「死んでいる、私はそれ以上に呪われている」と肉体の死以上に恐ろしい魂の穢れに言及し、社会に蔓延する「情欲」と「道徳の忘却」が人々を「無」に帰せしめるという社会全体の悲劇性を把握するのだが、次には互いに仕掛けた罠の単なる説明となり、最後に「罪を犯した知恵ある者は破滅に陥るのだ」とやはり因果応報を述べ、番兵の槍に身を投げて自殺する。姪への恋を怪物の如き罪と知りつつ欲望を理性に先行させ、他力本願で恋の成就を求めた彼は、死の直前の悪の認識も一瞬の閃き以上には進まず、その自殺は毒の苦しみから逃れる為で、イザベラと来世で魂の一体化を求めてのものではない。

　公爵夫人となったビアンカは、フロレンス人同志の復讐の輪の外に居て、枢機卿毒殺の計画を胸に秘めつつ祝杯を受け、完璧に幸せな花嫁を演じているが彼女の関心は劇中劇でも人々の死でもなく、準備した毒杯で枢機卿が倒れるのをじりじりして待つ。しかし毒杯は間違って公爵が飲み倒れた時「卑劣な者が受ける呪い」を知り、梅毒の源キスをして公爵の唇から毒を吸い死を求める「貴男の死後一分も生き残ったことに当惑して」。毒は彼女の顔を奇形にする

  But my deformity in spirit's more foul —

  A blemished face best fits a leprous soul. （Ⅴ ⅱ 204-5）

かつて凌辱を受けた結果sinと固い友情を結び精神の奇形と死を受け入れ、「毒」に呼び掛けた台詞

> Yet since mine honour's leprous, why should I
> Preserve that fair that caused the leprosy?
> Come poison all at once.　　　　　　(II ii 424-6)

は、今や毒を吸い肉体の奇形と死を受け入れる言葉となってイメージは完結する。彼女は死の寸前魂の歪みに目を向け、それが肉体の奇形より醜いことに気付くのだが、すぐに「歪んだ顔が堕落した魂に相応しい」と魂を肉体のレベルに貶め、内面へ向けた目は即座に周囲の人々、彼女にとってのstrangersに向けられ、悪意を持つstrangersに憐れみは求めず、毒の残りをあおる。公爵との死別で前夫に与えた結婚の絆切断の悲しみを悟るが、それもリビアと言う女の責任であり、魂や名誉に何の感情も抱かずに「女が女に仕掛ける致命的罠 (deadly snares That women set for women)」、「女にとって女程恐ろしい敵はいない (Like our own sex, we have no enemy)」という恨みとなり、死と共に滅びる名誉、地位、美、野心これ等を生きて享受出来ないことへの諦めと無念さを示すが、最後にその口惜しさを愛に死ぬことで自らを慰める

> Yet this my gladness is, that I remove,
> Tasting the same death in a cup of love.　　　[*Dies*]　(V ii 220-1)

ビアンカは公爵による凌辱、利己的な夫への嫌悪そして物欲と名誉心等から公爵の情婦になったし、公爵も欲望から彼女を手に入れたが、二人とも結局深く愛し合うようになる。公爵は彼女をフロレンスの栄光と呼び、不安の種である夫を殺して彼女に平穏な環境を与え、結婚によって法に適った妻であり公爵夫人にする。彼女は枢機卿を殺す為の毒が公爵を殺したと知った瞬間から「呪われた間違い」を呪い破滅を求めて自ら毒をあおるが、それは彼女にとっては「愛の杯 (cup of love)」であり、夫の後を追って天国（地獄）での魂の一体化を喜びとしている。しかし愛がいかに深くともレアンティオの昇進同様「汚物で育った緑の野菜 (sallet growing upon a dunghill)」であり、彼女が愛の為に生命を捨てるその男とは最初に彼女の純潔を穢した男である、という強烈な皮肉がある。

枢機卿の結びの言葉「この破滅は罪がいかなるものかを痛ましく示している、欲望に支配される王の支配は長く続かない」は因果応報だけで積極的再建の意欲は無く、彼の他に生き残ったのは財産目当てで娘に結婚を強いた父、町人の母、逃走したウォード等であり、彼等が多くの死によって自己を見詰め直し自

己探求して良心の鞭に懊悩し自己発見に至ることはあり得ず、社会の再生も望めないのであり、再び欲望と金銭と昇進の為に知恵を働かせ、若者や新参者を利用し堕落させる繰り返しとなるのは明白である。

　この作品の恐怖は人々が嘘、裏切り、姦通、パンダー、誘惑、近親相姦等をはっきり悪と認識しつつ、知恵と演技により愛、同情、憐れみ、友情等の美服で包んで実行する点である。経験を積んだ知恵ある者にとりロマンチックな夢見るビアンカは何色にも染め得る絶好の餌食であり、結婚を強制されつつ恋に悩むイザベラもほんの一押しで悪の社会へ引きずり込める好餌であって、それはひどく興味ある知的ゲームであり成功は名誉と昇進と物的利益をもたらす。しかし未熟者達が現実社会に目覚めてその実体を知った時彼等もその社会に順応し成長して、更なる知恵を身に付け悪の教師に復讐する。

　彼等は皆何度か自己を見つめ真理発見のチャンスに近づくが、それは束の間に過ぎず深い内省へと向かわない。それを阻むのは常に自己の罪を他人の悪へと転嫁し自己の行動に対する責任を回避しようとする努力、自己の邪悪さから徹底的に目を背けようとする努力である。悪と自覚しつつ悪を行う者にとって、心の懊悩は余りに醜悪なので死に直面してさえ直視出来ず他人にその罪を被せざるを得ない為、自己発見は不可能で自己、人間、宇宙とは何かについて盲目のままである。この社会は個人が苦悩を通して自己に開眼しその偉大な真理発見の代償として死を受け入れるという悲劇の体現ではなく、他人の悪を口実に自己の悪徳を弁護し、機知によって悪を善と言いくるめて他人と共に自己さえ欺きつつ悪を行うゲームに没頭し、次の世代に引き継がれて更なる悪を生むという悪循環の中で再生の芽も希望も無い、これが現実の世界かもしれないという社会悪の悲観的な悲劇である。

注

1　J. R. Mulryne ed. : *Women Beware Women*. Revels Plays, Manchester U. P., 1988.　引用はこの版による。
2　K. B. レーダー著、西村克彦他訳『死刑物語』。原書房、1989。
3　S. Schoenbaum : *Middleton's Tragedies*. Gordian, 1970.

第 九 章

『チェインジリング』 T・ミドルトン、W・ロウリー
── 外と内の変容

    The Changeling (1622) を共作した Thomas Middleton (1580?-1627) と William Rowley (?-1625?) の分担は次のようである（注1）

I	i, ⅱ	ロウリー
II	i, ii	ミドルトン
III	i, ii	
III	ⅲ	ロウリー
III	iv	ミドルトン
IV	i, ii	
IV	ⅲ	ロウリー
V	i, ii	ミドルトン
V	iii	ロウリー

（□はサブプロット）

  プロットは、アリカント城主ヴェルマンデロの娘ベアトリスが、アロンゾと婚約した五日後にアルセメロと恋に落ち、召使で醜男ドゥフロレスに婚約者を殺させる。ドゥフロレスは秘かにしかし強烈にベアトリスに欲望を抱いており、殺しの報酬として彼女の肉体を要求し目的を遂げる。その為ベアトリスはアルセメロと結婚するが初夜の勤めを侍女に代行させて夫を欺き、侍女も殺す。しかしアルセメロは事実を発見し、ベアトリスとドゥフロレスは罪を告白して死ぬ悲劇である。サブプロットとして、アリビウスの経営する狂人と阿呆の精神病院があり、彼の妻イザベラと助手ロリオの居る病院へイザベラの愛を得ようとアントニオとフランシスカスが各々阿呆と狂人に扮して入院してくるが、恋は失敗に帰する喜劇である。両プロットを結ぶのはアントニオとフランシスカ

スが城主ヴェルマンデロの配下の者であること、ヴェルマンデロが娘の結婚祝いの余興に狂人達の仮面舞踏をアリビウスに依頼することの二点である。
　このサブプロットは多くの評者から激しく非難され、例えばU. E-Fermor（注2）は「これを削除しても何ら損傷は無く、悲劇はこの上なく引き締まりかつ冷酷なものとなる」とし、S. Schoenbaum（注3）は幾つか欠点を挙げた後、「最後の汚点は喜劇的なアンダープロットでこれは愚劣で冗長である」と観る。こうした多くの拒否反応の一方でR. Ornstein（注4）はサブプロットを完全に肯定も否定もせずに言う「サブプロットはメインプロットを戯画化する幕間の道化狂言」であるが必ずしも「その本質に無関係とか無関連という訳ではない」、しかし両プロットは「有機的に統一されていない」し、サブプロットは「メインへの邪魔を正当化する程重要な貢献もしていない」、しかしサブが無いと「メインの悲劇的焦点は狭くなり重みも失う」。W. Empson（注5）は初めて両プロットの統一性に言及し、T. B. Tomlinsonn（注6）は城の立派な外観（公的な面）に対し、欲望と殺人の行われる内側（私的な面）が即ち精神病院であり、サブプロットは城の内側を具現化したものだと論じている。1980年代にはT. McAlindonやM. Lomax等が両プロットの有機的関連性について論じている（注7）。
　精神病院 (madhouse) の場は I ii、III iii、IV iii の三つの場のみで総てロウリーの作である。ミドルトンが *Women Beware Women* (1621) の女主人公ビアンカと同様ベアトリスの堕落していく心理状態をシェイクスピアに優るとも劣らない鋭さと正確さで描き出す悲劇を、狂人阿呆の喜劇でロウリーが台無しにしているとして、サブプロットを非難する評者の鞭はロウリーに当てられている。しかしこれは事実作品中に組み込まれているのであり、全体2,198行の内717行三分の一を占めているのであって、これを無視し削除することは作品解釈の上で大きな損傷となることは明らかである。
　タイトルと成っているchangelingは17世紀には「気の変り易い人、浮気者」そして「白痴、阿呆」の意味があり、この作品では阿呆に扮するアントニオがthe changelingである。当論文では正気の悲劇メインプロットと狂気の喜劇サブプロットの関連性を「変容 (transformation)」と「歪形奇形 (deformity)」のテーマを中心に考察し、作品の悲劇性とこのタイトルの意味を探求する。

一幕一場、交易商で堅物の貴族アルセメロはたった二度出会っただけのベアトリスへの恋を独白し (I love her beauties)、その愛を教会への信仰、奉献と見なして彼女の美しさを内面の徳と同一視する。友人ジャスペリーノは順風に乗った交易船の出航を勧めるが、アルセメロは「ある隠れた病 (some hidden malady)」を理由に、「最善の判断 (my best judgment)」によって出航を中止する。友人は女に無関心だったアルセメロの「宗旨変え (chang'd your orisons)」に驚き、ベアトリスにキスするアルセメロを見て廃れることの無い「メディアの法」が変って (chang'd) しまったと、アルセメロのchangeがいかに唐突な思いがけないものであるかを示す。ベアトリスは彼の性急な愛の告白に対して「思慮分別 (judgment)」に従うよう繰り返し忠告し、また強い支配力を持つ父に背けば父の愛は呪いに変る (transform) ことを知りつつ、五日前のアロンゾとの婚約を後悔してアルセメロこそ自分に運命付けられた男性だと確信し、「崇める人を変える (change my saint)」かもしれない不安を経て、最高の愛を彼に捧げる決意への変容が傍白で示される。城主ヴェルマンデロは結婚式にアルセメロも招待するが、その式が恋するベアトリスの結婚と知って意気消沈して立去る彼を、城主は「すぐに気分を変えず (Not chang'd so soon)」留まるよう引き止めつつ、義理の息子となるアロンゾを褒め称え、どんな他の男とも「取り替えたくない (would not change him)」と強調する。

　他方ベアトリスは醜い召使ドゥフロレスの伝える用件を「無用な戯言」と叱責し、彼を毒トカゲ、命取りの毒、毒蛇と罵り、激しい嫌悪を労を惜しまず本人に伝える。これに対しドゥフロレスは、彼女の怒りを買うだけにしろ常に後を付けてあらゆる機会に彼女を見て楽しむ決意である。彼女の落した手袋を拾い渡そうとして「差し出がましいでしゃばり」と蔑まれてもう片方も投げつけられた時、癇癪と共に手に入った愛の印の手袋を持っての台詞「俺の指を彼女のsockets［手袋：（猥）穴］に突っ込む (thrust)」の猥雑さ、「俺を憎んでいるのは知っているが愛さずにはいられない」激しい情念、「他に何も手に入らないにしろ、俺はI'll have my will［意思を通して：欲望を叶えて］やる」決意等に、彼のベアトリスに対する欲望とそれを遂げようとする執拗な意思がhidden maladyとして示される。彼は恋にロマンティックな夢など抱かず欲望のみに焦点を当てるリアリストであり、顔の醜さは内面の醜悪さと一致する。

外観は正常に見えるこの社会は、その薄い表皮を一皮むけばbest judgmentを主張しつつそれは口先だけの外観で、ストイックな禁欲から女性への一目惚れへ、婚約者から新しい恋人への信じ難い性急なchange、徳の道を外れたchangeがあり、かつベアトリスの召使に対する本能的な嫌悪、それと知りつつ愛さずにはいられず望みは絶対叶えようと誓うドゥフロレスの欲望があり、恋が原因のこの変容と欲望は狂気と歪形を示す異常な社会である。
　一幕二場の精神病院では、若い美人イザベラを妻に持つ嫉妬深い夫で院長のアリビウスと、彼の額の角や単純さを地口遊びでからかう機知のある助手ロリオが患者を看ているが、院内には阿呆 (fools) と狂人 (madmen) 二種類の人間が居るだけで、両方とも鞭の支配下にあり、一方は悪党になる程の知恵も無く、他方は阿呆程の不埒もしない。狂人と阿呆は別々の棟に、かつ病気の程度に従って分類され、狂人は院長が、阿呆はロリオが担当し、費用も食費洗濯代等項目別に徴収している。ここへアントニオがイザベラに近づく為に「阿呆に扮して (change to a fool)」入院してくる。ロリオは、時間と手段を任せてくれれば彼の知力分別を「多いに」は無理だが今以上に高められると保証し、どのクラスに入れるかテストして「馬鹿のお前が賢いことを証明してやる、さもなきゃ俺が馬鹿ということになる」と充分自信を見せる。精神病院という異常に思える社会の実体は総てが分類され管理され治療されるという正常な秩序立った社会である。

　一幕一場と二場の関連性は第一に外観は正常だが実体は狂気の世界と一見異常に見えて内実は秩序と正気の世界の対比である。細部に関しても類似と対比がある。妻の浮気を恐れるアリビウス「自分の指輪でも人に貸したらそれは着用している人のものだ」、ロリオ「指輪をそこらに放っておけば他の奴がそれに突きを入れますよ (will be thrusting into't)」は必然的にドフロレスの手袋と共鳴してドゥフロレスとロリオの類似を示す。ベアトリスのjudgmentの反復は阿呆の治療に関して連発されるwit、wise、discretionと呼応し、ベアトリスやアルセメロの恋ゆえの内的精神的changeがアントニオの阿呆の変装と言う外的視覚的changeで具象化される。ロリオの「foolのお前がwiseだと証明してみせる」は二つの社会における外観と実体の暴露を予告している。またロリオはテストで

「悪党の前後に阿呆が居ると阿呆は何人で悪党は何人だ?」の問いに答えられないアントニオの為に、アントニオ・アリビウス・ロリオの順で実際に立ってみせる。ロリオは自分を阿呆と言いつつ院長を悪党に仕立てて馬鹿にしている道化の悪党であるが、この視覚化された三人の配列はアロンゾ・ベアトリス・アルセメロの関係でもあり、真中に立つベアトリスの悪と三人の将来の予告となる。

　ベアトリスは立派な男を恋人に選んだ自分の判断力 (judgment) に言及し (II i)、「判断力のある目で (with the eyes of judgment)」愛人を選んだ自己の「知的眼力 (intellectual eyesight)」を自画自賛する。その一方でドゥフロレスへの嫌悪はいかんともしがたく、彼を不吉な醜い顔の男、蟇蛙の住む澱んだ水溜り、責め苦、最も厭わしい者と果しなく罵り、「この男を見ると必ず何か災いが近付いて来るようで危険を覚える」。この理性対本能の対立で彼女は意識的に本能を無視して理性を重視し、多くの言葉を弄してそれを称讃し、自分は judgment によって事を決する知的な人間だと自己満足している。他方ドゥフロレスは自己の醜さを自覚し嫌悪されていると知りつつ「彼女を見ずにはいられない」し、もっと酷い奴が幸運に恵まれている事実もあり、チャンスが訪れる迄どんな嵐にも耐える決意である。この場はベアトリスの知的眼力に対する幼稚で愚かな喜びと自己満足自画自賛の一方で本能的な嫌悪と恐怖への軽視が対比され、ドゥフロレスの側では激しい恋と欲望を抱きつつ冷静な自己認識と状況判断そして嵐に耐えてチャンスを待つ忍耐が描かれ、二人の奥深い対比となっている。

　ベアトリスとアルセメロの密会の場 (II ii) で、アロンゾとの決闘を申し出る恋人をベアトリスは引き止め、「血腥い犯罪はもっと醜い顔に相応しい」と言い「はたとある人物を思い付き (now I think on one)」、その術策に心を奪われた彼女は早々にアルセメロを退場させる。密会の場は僅か45行だが33行目から彼女の関心は恋人から離れてドゥフロレスに向く。賢いという自尊心を持つ彼女の計画は知的洞察力で深く熟慮したものではなく単なる思い付きに過ぎない。退場の際アルセメロは彼女の美しさと賢さを褒め、再び外観と内面を一体視する。彼女も醜い行為は醜い人間に相応しいと単純に考え、ドゥフロレスを利用する為の最初の誘惑は彼の顔への言及であり、醜い顔は男に相応しく、奉仕と決意

と男らしさを示すものだと褒めそやし、彼の奉仕の申し出を「貧窮 (his wants, his need)」による金銭目当てだと決めてかかり、逃走費用を含めた「多額の報酬を約束して (Thy reward shall be precious)」アロンゾ殺しを命じる。彼が喜んで承知した時彼女は「これで二人の厭わしい男を追い払える」と自分の素晴らしい計画に大喜びで退場する。

しかしドゥフロレスは先の恋人達の密会を盗み見ており、彼女が婚約者と恋人両方を上手く扱うには法を犯さざるを得ない将来を見抜き、一度堕落したら際限がなくなるゆえにその分け前に与れるチャンスの到来を察知する。そしてベアトリスの態度の急変に有頂天で喜ぶものの、この機会を利用する狡猾さや冷静さも失わず、彼女の考えとは全く別物の「貴重な褒美 (precious reward)」を目当てに喜んで人殺しの仕事を引き受け、独白で「この腕に抱いた彼女の身体、俺の髭をまさぐる彼女の指、快楽の中でこの醜い顔を褒める彼女の言葉」を想像して忘我の域に達し、彼の内外両面の醜悪さが強調される。

ベアトリスは確かに最初はドゥフロレスを上手く操ってアイロニーの手綱を握っているが、殺人の依頼を打ち明けた時点で主導権はドゥフロレスの手に移り、ベアトリスが示してきた自画自賛の幼稚な愚かさとドゥフロレスの冷静さと執拗さ、そしてrewardに対する二人の思惑の天と地の差の前に勝敗の結果は明白である。

ドゥフロレスはアロンゾを殺し(III ii)、ベアトリスに報告する(III iv)。その報告前にベアトリスは、努力が実って恋人アルセメロが父の好意を得つつあることを知恵ある者の勝利として自讃する。ドゥフロレスは彼女のこの浅薄な賢さの表皮を剥ぎ取り深遠なる愚かさの実体を暴露して彼女に認識させねばならない。彼が殺しの証拠としてアロンゾの指輪を着けたままの指、「指輪に指を突っ込む」を反響させる指を見せた時、「ひどい！お前は一体何をしたの？」と叫ぶ彼女に彼は呆れ返り、「切断した指は人間を丸ごと殺す以上のものなのか？」と殺人の本質を示す。彼女が報酬 (reward) として提案するその300ダカットの価値の指輪と金貨3,000フロリン、いやその倍額の金貨や宝石を彼は給料、労賃と見なして拒絶し、彼の要求が理解出来ず (I'm in a labyrinth)「お前がとても慎み深くてはっきり金額が言えないなら紙に書いてくるように」とさえ誤解する彼女に、彼は実力行使でキスしようとする。身分の差を理由にキスを拒絶された

彼ははっきり説明せねばならない「金貨が欲しくない訳ではないが、俺にとって富は快楽の二の次だ (wealth after the heels of pleasure)」。彼女はドゥフロレスの正体をやっと察知し始める

  Why, 'tis impossible thou canst be so wicked,

  Or shelter such a cunning cruelty,

  To make his death the murderer of my honour!　　（III iv 120-2）

この台詞は主要なテーマの一つ「私の名誉 (my honour)」が初めて登場する点で重要である。T. B. Tomlinson（注8）はこの台詞を「ベアトリスの徳に対する深い関心を示すもので、完全に誠実な台詞」と観ているがこれは誤った解釈であろう。なぜならベアトリスはアロンゾ殺しを思い付きドゥフロレスに実行させた時 my honour と言う語は一度も使わない。命令通り殺人が行われ、ドゥフロレスの実体が判ってきた時初めてこの語を使い繰り返す。彼女が名誉を主張し自己を守ろうとするのは人殺しの汚名からではなくドゥフロレスの邪淫からであり、殺人には良心の呵責を感じない一方でドゥフロレスの肉体の要求を「狡猾な残酷さ (cunning cruelty)」だと非難する。彼女の my honour はこの語の真の意味を失い歪曲した醜い意味へと変容している。

 そして彼女が主張しようとする語は総て彼に反論され利用される。「お前の大胆で毒のある言葉を With any modesty［穏当に］許すことなど出来ない」は、「血に浸った女が［慎み］などと言うのか」と逆襲され、身分の差等の外観は内面の「良心に目を向ければ俺は貴女と同等 (your equal) だ、あの行為の生みの親である貴女は平穏と潔白から追放され俺と一体に (one with me) なったのだ」と拒否される。「お前だって、醜い悪党め (foul villain)?」、「そうですよ、美しい殺し屋さん (my fair murd'ress)」は彼女の外観イコール実態とする単純思考と、両者は別物だとする彼の現実把握の差を鋭く抉り出す。「貴女は貞女 (maid) だと主張しても愛の対象を変えたことで娼婦 (whore) に変じており、言う事を聞かないなら総てを暴露する」と脅す一方、彼自身は生命など何とも思っていないし、生命と愛で自分を拒絶する女は死と恥辱で「俺の相棒 (my partner) にしてやる」と彼は生命よりも彼女との快楽を優先させる。従って再び総ての財産を差し出し、無一文でも honour をもって結婚させて欲しいという彼女の嘆願が聞き入れられる筈も無く、彼女は彼の欲望に屈せざるを得ない。彼女は彼の実態が

外観よりも遥かに醜い悪党、マムシであり、彼女の賢さなど全く及ばない狡猾さ (cunning) を持つことを知り、慎み、平穏、純真、名誉の世界から殺人者、娼婦、恥の世界へ転落し、ドゥフロレスと equal、one with him、his partner となる。

　殺しの場(III ii)とベアトリスが娼婦へchangeする場(III iv)の間にある精神病院の場(III iii)は悲劇の流れを邪魔している感があるが、それがここに存在する理由は何か。ここで初登場する院長の若く美しい妻イザベラはサブプロットのみならず作品全体を通して観客の視点を担うに値する人物である。アリビウスは留守中妻の浮気を恐れて院内に監禁してロリオに見張りを命じ、イザベラはそれを very wise と皮肉る、「院内には阿呆と狂人しか居ないのだから」。ロリオの「院外にもそれしか居ませんよ」は正常に見える世界に潜む狂気と暗愚という外観と実体を風刺する。監禁状態を少しでも楽しむ意欲と積極性を示すイザベラにロリオは狂人（に扮した）フランシスカス、肉体（外観）は健全だが脳（実体）は無い狂人を「哀れを催す楽しみ (pitiful delight)」として見せ（注9）、これは「最も分別のある狂人 (discreetest madman)」、「利口な狂人 (understanding madman)」だと保証する。即ちフランシスカスそのものが正常の下に「潜む狂気 (hidden malady)」を持つ外の世界の逆説的な視覚化である。フランシスカスの愛の言葉にイザベラは「余りに哀れで笑えない」とロリオの pitiful delight を否定し、「彼の良識は乱れている (His conscience is unquiet)、立派な紳士 (proper gentleman) なのに」はメインプロットの人物達への評でもある。

　次に登場する阿呆に扮したアントニオは騒ぎ出した狂人達を鎮めにロリオが退場するや口調を変えて「この変化 (change) に驚かないで…、この阿呆の姿は恋の為で、その魔力が私を変装 (transform) させたのです」と恋の持つ知力と神秘力、心を射る恋の矢、目的の女性へと導く力を力説し、「阿呆の外観 (outward follies)」を無視して「内なる恋心 (love within)」を見るように願う。この性急で激しい恋の告白に対するイザベラの反応は「立派な阿呆 (fine fool)」、「お喋りな阿呆」、「図々しい阿呆 (forward fool)」、「その上博学でもある (Profound, withal)」と言う冷静かつ皮肉な評価であり、紳士だと判る迄阿呆の服を着ているようにと彼の実体に疑問を抱くと共に、阿呆の服装で真剣な恋を打ち明けることの不釣合い、異様さに反発し、外観と実体の乖離の醜さを指摘している。

　ロリオは二階から二人の様子を見てアントニオの変装を知る。イザベラの「恐

れ(fear)を抱かず大胆すぎる」という警告にアントニオはfearなど否定し、「こんな変装 (deformity) は私に不釣合いなのです」と自分の恋に夢中である一方、ロリオの「角、角が生えるぞ」の傍白がある。突然現れた鳥や獣の仮面を着けた狂人達をイザベラは「我々二人を引き離すに足る恐怖 (fear)」と受け止め、アントニオは再びno fearsと応じる。先にロリオはアントニオがwiseだと証明してみせると言ったが、イザベラはフランシスカスの時と同様アントニオの阿呆の変装が本当に外観だけなのか疑問視している。また「狂人は幻覚に従って悲しければ泣き陽気になれば笑い、幻想の趣くままに自分を鳥や獣と思って歌い、吠え、喚く」この仮面を着けた狂人達の姿は、M. C. Bradbrook（注10）が論じるように「人間に内在する獣性を示し、悪を象徴して」おり、理性の支配を放棄した放縦な欲望を暗示している。その恐怖を否定するアントニオの愚かさと対照的にイザベラの用心深い注意力がある。イザベラはロリオに「この阿呆は驚く程wittyだ」とアントニオの恋の告白を皮肉るものの、「女の美は罪を引き寄せる」という原則に違わず自分の美しさに惹かれたこの騎士と共に恋の冒険に乗り出すつもりである。これは嫉妬深い夫に外出も社交も禁じられた女の正常な反応であると共に、ベアトリスの美しさと恋と罪を裏付けている。

　ロリオはアントニオの変装とイザベラとの恋を知った時、ドゥフロレスがアロンゾ・ベアトリス・アルセメロの関係を知った時と同様に反応し、亭主・イザベラ・アントニオの配列の中で亭主が生やす角を見、その分け前に与れるチャンスを察知してイザベラにキスしようとする。浮気が露見しキスを強いられたイザベラは、ドゥフロレスを支配しようと思いつつ彼の支配下に置かれ娼婦に転じるベアトリスとは全く逆に、ロリオを脅す「喋るな、黙ってないとアントニオにお前の喉を切らせるよ、彼は絶対に断らないよ」。ロリオは分け前を貰う条件で彼女が夫を騙す手助けをすると申し出ており、イザベラは彼を完全に支配下に置く。

　ベアトリス対ドゥフロレスの関係で二人の知的格差が甚だしいのに反し、イザベラ対ロリオは知的レベルでイコールであり、かつ互いに相手の知力や頭の回転の速さを認めている。ロリオは監禁されたイザベラに「ご主人と私がお役に立てる」と言うが、彼女はこの二人を「院内の二種の人間と同じ狂人と阿呆」と見なしており、他方ロリオも、監禁された怒りで「貴女は半分狂っているか

ら、あと半分は阿呆になればいい」と応じて一種の機知合戦をする。またイザベラはアントニオの無防備な恋の告白「キスしたい赤い頬のリンゴ」に対し「それは巨人が見張っている」と龍ラドンが守る金のリンゴとの関連でロリオの監視を警告する。アントニオの no fears には、戻ってきたロリオを見て「でも large one 大きな［恐れ：人］が来る、my man［召使が：おや、お前］」と地口で巧妙に両者に対応する。イザベラはロリオの実体を的確に把握しているゆえに、浮気を知られても落着いてロリオを圧倒し支配出来る。

院長アリビウスは城主から結婚祝いの余興に狂人達の仮面舞踏を依頼され、作法も形式も外れた、突飛で狂った踊りを計画する。彼の練り上げるこの踊りは、幻想に従って笑い叫ぶ狂人達を更に意図的に放縦へと導き、理性によって支配され純化されるべき人間の獣性を解き放つのだが、しかしそれは鞭の下で管理されており、一見正常で理性的社会に内在する狂気を風刺しその実体を視覚化したもので、この余興を結婚祝いに招くことは二つの世界の具象と抽象両レベルでの融合である。また彼は既に前金を受け取り、更なる報酬(reward)が期待出来る。イザベラは「阿呆と狂人は大切な商品だ」と治療は外観にすぎず実際は彼等を商品として利用し利益を上げている病院の実態を暴露するが、これはベアトリスが考える殺人の報酬とドゥフロレスが意味する褒美の差への皮肉となる。

悲劇の流れを一見阻止するこの精神病院の場は、メインプロットの恋が原因の変容 (transformation) とその結果である殺人や娼婦等の歪形(deformity)を、狂人と阿呆の変装という具象的な形をとって解説しているだけではない。院内に監禁されたイザベラの正常さ、冷静な判断 (judgment) とそれによって外観を剥ぎ取り実体を提示する知的眼力 (intellectual eyesight)、ロリオを即座に圧倒する力等によって狂気の世界の秩序を証明し、ベアトリスとの対比を深いアイロニーで示す。かつ阿呆に変装した紳士が実体は賢い (wise) のか、分別ある狂人 (discreetest madman) は狂っているのかいないのか等の問いは、外の世界も阿呆と狂人のみだと言う提言や結婚祝いの気狂いダンスと共に、両方の世界が渾然一体であることを示している。

結婚式後、ベアトリスは夫との初夜を切り抜ける方策を探している(IV i)。彼

女にとって今や災いとなっている夫の明晰な理解力 (understanding) と判断力 (judgment) の前で、罪が露見し恥と成る恐怖に思い煩いここでも名誉 (honour) に固執するが、ドゥフロレスへの判断を誤ったことからの教訓は得ておらず、高い自己評価の自信はなお健在で、熟練した賭博師の前で偽のサイコロを振る巧妙な技巧を探して偶然夫の戸棚に中に「妊娠か否か知る薬」とその症状を記した本を見付け、これで試されたらその症状を演じて秘薬の持主を欺くことが出来る自信を持ち、「処女か否か知る薬」では侍女の姿を見て「ある計画を思い付く (A trick comes in my mind)」。これはドゥフロレスの利用を思い付いたのと同じ熟慮の無い軽薄な思い付きであり、ここでもまた金貨を過信して侍女の本性を誤解する (misjudge) のも同じである。彼女は侍女に処女が抱く初夜の恐怖 (fears) を繰り返すが、この fears は my honour と同様 deformity へと変容しており、仮面を着けた狂人達の悪の象徴に対するイザベラの fears の対極にある。初夜は恐怖ではなく喜びだと言う侍女を彼女は「顔を赤らめることを忘れた」慎みのない女だと非難して見せる一方、その恐怖を引き受けてくれる処女に 1,000 ダカットの礼金を約束し、「金貨など名誉を賭けている時は二の次にすぎない」の傍白は、ドゥフロレスが金貨より快楽を優先させたこととの関連で、彼女にとって honour の重要性が示される。初夜の喜びと金貨両方を得ようと身替りを申し出た侍女に、処女確認の薬を試飲させて自分の名誉の確認を得てから、実行に取り掛かる「その喜びを失うのは悲しいが、さもなくば総てを失うのだから」。ドゥフロレスの情婦と成ったベアトリスは未だに自己の知力を過信し名誉の汚れにも盲目で、処女の恐怖を装って侍女を騙しかつ彼女自身高く評価しているアルセメロを身替り花嫁で欺き操れると思う、その愚かさと狂気の場となっている。

　アルセメロは初夜を暗闇の中で過ごしたいという妻の申出を慎み深い恐怖 (modest fears) と解釈し、またベアトリスとドゥフロレスの密会のニュースを知らせる友人ジャスペリーノに激怒してベアトリスを貞節の神殿と称して外観の美は内面の徳と一致すると固く信じている。更に疑惑解明の為彼女に処女確認の薬を飲ませ、その症状を上手く偽装したベアトリスを天の息の如く純正だと称讃して完全に欺かれる (IV ii)。ベアトリスはドゥフロレスを殺人の道具に使うことに成功し、ここでもまた難局を切抜ける為に侍女を利用して夫を欺くこ

とに成功したが、この二人の本性もmisjudgeしていた。

　ベアトリスは身替り花嫁が予定の時間を過ぎても戻らずひどい恐怖を抱く (V i)。このメインプロットの継続を再びサブプロット (IV iii) が中断する。イザベラとロリオが読む狂人フランシスカスの恋文は阿呆アントニオの恋の告白同様、恋に狂った者の外観と実体の提示で「この狂気の変装 (this counterfeit cover) を脱ぎ捨て、貴女の最高の良識 (best judgment) の前に私の恋を露呈する」ことで狂気の癒しを求める。ロリオはイザベラに阿呆と狂人の病（恋）の治療を委ね、「そのskill［療法：浮気］を実行に移すなら三分の一の利益を要求する」と地口を使い、その表面の意味でイザベラは治療を引受け「もしfall［失敗し］たら…」、「俺は奥さんの上に［倒れる］」を経て、阿呆と気狂いのdeal with［扱い］方をロリオは［秘かに関係する］と解する地口が続く。イザベラはこうした機知合戦を拒否して適切で正当な解釈をするよう求め、ベアトリスのjudgmentへの風刺となる。この風刺を更に強調するのがアリビウスの台詞で「狂人達の踊りは呆けていればいる程気に入られる、どんな無作法な振舞いも御婦人達を怖がらせはしない」。狂人達の理性を無視した仮面舞踏はベアトリスの恐れを知らぬ狂った行為と一体化する。

　その踊りを指導するロリオ「ここでhonour［お辞儀］だ」、御辞儀をしつつアントニオ「これが［名誉］かい？ honour［お辞儀：名誉］はお尻を曲げるのかい？」、ロリオ「そうだ、閣下や地主がやるように低くだ、そこからhonourは堅苦しく硬直するようになったのだ、次はcaper［跳躍］だ」、アントニオ「honour［お辞儀：名誉］の後はcaper［跳躍：狂態］か」の対話もベアトリスの奇形と化したmy honourをお尻を曲げるお辞儀で視覚化し、そこに執着する彼女の硬直性と狂態への厳しい風刺となっている。

　狂女に扮したイザベラはアントニオに恋の迷路 (labyrinth) を出る手掛りを与えようとするが、彼は彼女の変装を「狂った奇形の道化 (wild unshapen antic)」と罵り、怒ったイザベラが「見張りの嫉妬深い目を欺く (beguile) ための変装がこんな風に報われる (rewarded) とは！」と服を脱ぎ捨てた時初めてアントニオは彼女だと判り、Dearest beauty! と呼び掛けるが時既に遅く、イザベラは外観の内にある実態を把握出来ないアントニオには阿呆の服が似合っていると、彼の

愚かさを決定付ける。アントニオ自身が恋の力で阿呆に変装 (transform) し、恋の知力、心を射る矢等を力説し、outward follies と love within を彼女に訴え彼女はそれに応じたのに、アントニオには実体を見抜く judgment、eyesight が無く、彼自身が wild unshapen antic である。これはベアトリスの演技に騙され外観の美は内面の徳を示すと信じているアルセメロへの風刺でもある。イザベラは、ベアトリスがドゥフロレスの reward を見抜けずにいる labyrinth、夫の処女テストに対する欺き (beguile) 等のテーマを反響させつつ、「美しいのは私の服だけだった」とベアトリスの beauty の外観と実体を具象化し、かつ恋人アントニオを捨てて夫への名誉を守りベアトリスへの更なる風刺となる。

　ロリオがアントニオとフランシスカス各々に、恋敵を追払えばイザベラが手に入ると唆す場は、イザベラが恋の遊びを放棄している今、ベアトリスがドゥフロレスを使って邪魔な婚約者を抹殺し恋人を手に入れたことへの喜劇的風刺である。各々の思いを秘めて、アリビウスとイザベラとロリオが見守る晴れ舞台へのリハーサルの踊り、アントニオとフランシスカスを含む阿呆と狂人達が鳥や獣の仮面 (masks) を着けた踊りは人間に内在する獣性、悪の視覚化の総括であり、これで精神病院の場は終る。

　メインプロットの重要な流れを邪魔するかに見える病院の三つの場は、恋の為に殺人へ、娼婦へと change していく人間の愚かさと狂気、そして正常と思える世界に潜む異常さを具象化、視覚化、戯画化して風刺し皮肉って厚みと深みを与えてその恐怖を増幅させる重要な働きを担っている。

　ベアトリスは侍女が身替り花嫁として快楽に時間を忘れていることに激怒する (Ⅴⅰ)。その怒りは侍女の欲望を見抜く洞察力の無い自分に向けるべきであるのに、侍女を my honour、my peace を無視する売春婦 (strumpet)、娼婦 (whore) と蔑み、かつこの秘密を知る以上生かしてはおけない。彼女はドゥフロレスに助言を求め、火事を出して家人を起こし混乱の中で侍女を殺すという彼の計画を聴き、「今やお前を愛さざるを得ない、私の名誉の為に (for my honour) そんなに注意深く手段を講じてくれるのだから」。彼にとって彼女の名誉など問題ではなく、「二人の安全、我々の快楽とその継続の為だ」との言明にも関わらず、彼女は立ち働く彼の姿に感激する

How heartily he serves me! His face loathes one,
But look upon his care, who would not love him?
The east is not more beauteous than his service.　　(Ⅴ i 70-2)

未だに彼女は彼の本性を理解しておらず、my honourのみが先行し、彼の醜い顔に恐怖を抱くのはもはや彼女ではなく他の人々であり、彼は醜悪から美へ、「差し出がましい出しゃばり (officious forwardness)」から「愛するに値する男 (man worth loving)」、「必要欠くべからざる男 (wondrous necessary man)」へと変容している。アルセメロは花嫁が身替りだったとは知らず火事騒ぎの中ベアトリスを最上の宝物、最愛の人と呼んで彼女の身を気遣い、ベアトリスは死んだ侍女に偽りの涙を流して見せ、火事の発見と消火二重の手柄に対してドゥフロレスに報酬 (reward) を与えるよう求めて、幾重にも父と夫を欺き、ドゥフロレスは独白でその報酬を嘲笑する。

　次の五幕二場で初めてメインとサブプロットの人物達が出会うが、この場の出会いは単に視覚的な接点であり、次の深層の抽象的接点への導入となっている。アロンゾ殺しの犯人を捜す城主ヴェルマンデロの元にアリビウスとイザベラが、院内に偽の阿呆と狂人が居ると報告に来る。報告は夫が行い妻は無言だが「運よくこの発見をしたのは彼女である」。イザベラは一度は恋人にするつもりだったアントニオの変装を夫に知らせかつ殺人の容疑者として城主に訴え出て、恋の狂気や不貞の罪を犯すことなく正気の世界に踏み止まり、彼女の愛を得ようと決闘する決意のアントニオとフランシスカスはアイロニーの犠牲者と成っている。

　ついにアルセメロはベアトリスとドゥフロレスの密会を目撃して(Ⅴ iii)不義の証拠をつかみ、「醜い仮面 (black mask) の常用は顔そのものも醜いと思わせてしまう」とドゥフロレスの内外両面の奇形を指摘して狂人達の着けたmasksの恐怖を反響させ、友人ジャスペリーノは二人の関係を「腐敗しきった癌」と称する。アルセメロとベアトリスの対決は「お前は貞節か (Are you honest?)」の問いで始まり、彼女は笑って潔白を主張するが、「その笑いも涙も総て偽善でお前は娼婦 (whore) だ」と断言されると、「その単語の恐ろしい響きは美を損なって奇形にし (blasts a beauty to deformity)、美を醜く打ちのめしてしまう (strikes it ugly)」と抗議して侍女へのstrumpet、whoreの独白の罵りに反して夫の前では気

品ある振りをし、「貴男が私への愛を失ったground［理由：地面］を私の穢れない徳 (My spotless virtue) は tread on［踏み消す：歩む］ことが出来る」と自己のdeformityから目を背け、表層に過ぎない潔白、美、徳にしがみつき主張する。アルセメロは「その狡猾な顔を隠す仮面 (visor O'er that cunning face)」を剥ぎ取り彼女の実態を暴露して、ドゥフロレスのblack mask同様再び仮面をつけた狂人達の理性を放棄し欲望のままに行動する姿を反響させ、今やドゥフロレスが「お前の腕を支える者、お前の唇が崇める者、お前の欲望を満たす悪魔、お前の姦通相手」だと二人の一体となった姿 (one with him) を赤裸々に暴いていく。ついにベアトリスは更に恐ろしい殺人を告白せざるを得ないのだが、「貴男への愛が私を残酷な人殺しにした」、愛ゆえの殺しであると殺人を正当化しようとする「ドゥフロレス、その毒、蛇、憎むべき者、殺人に利用するのに最も相応しい男」にアロンゾを殺させたのは「貴男を私のものとして確保する為だった」。アルセメロは最初から I love her beauties と言い、常に彼女の美しさを知恵、慎み、貞節と結び付けて外観と実体を同一視していたが、今やその美は「完全に歪曲してしまった (thou art all deform'd)」と彼女の内的醜悪さを悟る。しかしベアトリスは「忘れないで、貴男の為にやったのです、もっと大きな危険でも喜んで犯したろう」と理性、自制を無視し欲望のままに行動する完全な狂気へと変容している。

欲望に狂うドゥフロレスのパートナーとなったこの内的精神的deformityの姿は、阿呆に扮した外観だけのアントニオのmine own deformityの単純さと、表層的にも深層的にも恐怖の対比を成す。

アルセメロは彼女を城内の小部屋に閉じ込めるが、これも精神病院に監禁されたイザベラとの対比でベアトリスのdeformityの強烈さを浮彫にする。次に彼はドゥフロレスとの対決で、妻が人殺しを「お前達二人の死、いやmuch more than that［それ以上に］はっきりと自白した」と告げ、相手の「いやそんなに［沢山］じゃない、唯一つ彼女は娼婦だということさ」の嘲笑に、「盲人は美しい顔の聖人とお前達をどうやって区別したらいいのか？」と隠れた疫病 (hidden malady) を察知する洞察力 (eyesight) の無力を歎き、二人を外観で人を欺く「狡猾な悪魔 (cunning devils)」、外観と実体の乖離が生む醜悪な悪魔と呼び、彼も妻と同じ部屋に閉じ込める。二人の狂人は監禁され、正常な世界と精神病院が錯

綜し混沌たる状況となる。

　アリビウスとイザベラ、殺人容疑者アントニオとフランシスカスの四人を連れて登場したヴェルマンデロと、ベアトリスとドゥフロレスの実体を知ったアルセメロとの対話で、メインとサブ両プロットが深層面で決定的に結合する

> Ver. Beseech you hear me; these two have been disguis'd
> 　　 E'er since the deed was done.
> Als. 　　　　　　　　　　I have two other
> 　　 That were more closs disguis'd than your two could be,
> 　　 E'er since the deed was done. 　　　　　　(V iii 126-9)

外的変装と内的精神的変装がここでmore closs disguis'dと直接対比され、二人の表現は同一であるが「その行為」の天と地の差により、両者共にその外観で人を欺くものであるにしろ、deformityの質の違いと後者の引き起こす恐怖の壮大さを包含して、disguise、deformityのテーマに決定的な判定が下っている。

　ドゥフロレスは剣で刺したベアトリスを抱いて登場し、走り寄る父を彼女は阻止して「自分を穢れた血として下水道に流してしまうように」と自己放棄し、「彼への嫌悪感はこの結果を予言していたのに、それを信じなかった」と判断力より直感が正しかったことを悟り、「私の名誉 (Mine honour)は彼と共に地に落ち、私の生命も彼と共に倒れる」と彼と一体であることを認め、「生きることが恥である時、それは死ぬ時である」と最後までmy honourに固執する。

　ドゥフロレスは「アロンゾを殺して彼女の愛を手に入れ、彼女の処女という名誉の賞品が俺の報酬だった (her honour's prize Was my reward)、人生に感謝するのはその快楽 (that pleasure)だけだ」と断言する。彼女の名誉など歯牙にも掛けなかった彼が最後にこうした意味でher honourに言及するのは最悪の皮肉である。彼女と遠く離れたくないので死を急ぐようベアトリスを促し、自らを刺して死ぬ。ドゥフロレスは最初から最後迄彼女との快楽を人生唯一の目的とし財宝や生命より優先させた、その言葉通り快楽を他の男の為には「一滴も残さず飲みつくした」後彼女と共に死ぬ。その姿は醜く狂ってはいるがその強烈さと一貫性はこのtransformationの世界において一種偉大とも言えるものである。

　二人の死後changeが包括される。美女は醜い娼婦に、従順な召使は極悪の罪人にchangeし、アントニオはちょっとした阿呆から「ひどい馬鹿 (great fool)」

に、フランシスカスは多少とも正気な男から「正真正銘の狂人 (stark mad)」に変容しており、美女と召使のchangeは変装した二人のchange、即ちgreat foolとstark madにより具象化されている。

　メインとサブ両プロットは道徳的、心理的様々なテーマが対比、風刺、戯画等多様なレベルにおいて呼応し反響し合い時に一体化して、悲劇の幅と広さ、重みと深みを増幅させている。特に主人公が最後迄固執するmy honourはそれ等を象徴する興味あるテーマである。病院内のアリビウスとロリオにとって狂人を癒し阿呆を少しでもwittyにすることが「苦労に報いる名誉 (honour to our pains)」であり、イザベラにとって恋人の労を無視しないことが「寛大さにとって名誉なこと (honour to my baunties)」である。ヴェルマンデロは殺人の疑いを掛けられ「名誉が問われること (mine honour is in question)」を心配し、家名が人殺しの一族として天の記録に永遠に残るのはdishonourである。ドゥフロレスにとって恋する女性の命令に従うことは「奉仕する名誉 (honour of a service)」であり、こうした視点のhonourは正常な意味を持っている。

　しかしベアトリスのmy honourは全く立脚点が異なる。彼女が初めてmy honourを口にするのはドゥフロレスに婚約者を殺させ、その報酬として肉体を要求された時である。父は殺人の容疑さえhonourに関わるものと見なしたが、彼女にとって殺人は良心に触れるものではない。これは彼女の愚かさ、彼女自身には見抜けない彼女の「隠れた狂気 (hidden malady)」からきている。自分は判断力、知的洞察力を持っていると自惚れて子供じみた喜びを感じるその愚かさで、醜い人間は醜い行為に相応しいと単純に思い込み、恋人を得る為には婚約者を消すという図式で行動するのであり、「殺人」を単なる言葉として認識するだけである。従ってドゥフロレスが証拠の指を見せた時初めてその生々しい物体に驚く。そして彼の事細かな説明で「殺人」の実体が、それを覆っていた厚い表皮を一枚ずつ剥ぎ取られて彼女の愚鈍な頭脳に浸透していく。しかし彼女は最後迄殺人をmy honourと関連させないし、婚約者から愛人への心変りは一種の娼婦であること、殺人の指示によって恥そのものであるドゥフロレスと心身共に一体となったこと等を覚る判断力は持っていない。紳士として生れたドゥフロレスが召使の身分に甘んじ、人間の本性を知る恐ろしい程のリアリストであり、

恋を肉欲のみと断じるのに反し、ベアトリスは城主の御嬢様で美しく若くて未経験なロマンチストで、彼女がmy honourと称するものは、現実の世界には盲目で自己しか目に入らず、理性を無視して欲望のままに動く人間の歪んだhonourである。この歪みは順次提示されていく。殺人後ドゥフロレスに総ての財産を差し出して夫の床へ「処女のまま行かせて (go to bed with honour)」欲しいと嘆願し、処女でないことが夫に露見するのを恥としてそれを隠蔽する術策を弄し、身替り花嫁に払う金貨もhonourを賭けた時は二の次だとする。ドゥフロレスが金貨より快楽を優先させ追求したのと同じ情熱でhonourに執着する。この歪んだmy honourはサブプロットのhonour［名誉：尻を曲げたお辞儀］と、そのあとに続くcaper［跳躍：狂態］の地口で強烈に視覚化され戯画化されている。更に身替り花嫁として快楽に耽る侍女はmy honourを無視していると激怒し、ドゥフロレスが忙しく立ち働くのは快楽の為だと言明するにもかかわらずfor my honourだと信じる。そして最後にMy honour fell with himと名誉の崩壊をドゥフロレスに帰して自己の責任を覚らず、恥は死であるとして快楽を生命に優先させたドゥフロレスと融合する。具体的に彼女のhonourとは美しいこと、下品な言葉を使わず、処女であり、控えめで尻軽でなく、男女の問題には顔を赤らめ、金銭のことは口にせず、初夜を恐れる等外観上の上品さだがこれ等総てを彼女は犯している。彼女は金貨や生命よりmy honourを優先させたが、知的な洞察力 (intellectual eyesight) でhonourを見据えることは出来なかったのであり、それはドゥフロレスの快楽と醜さの点で同レベルにあり二人は完全なパートナーである。彼女の軽薄でロマンチックな表層的美、徳、慎み、潔白、貞節、正直等美徳を表す語は総てmy honourと同様deformityに変じている。ドゥフロレスは命令された殺人の後「貴女は平穏 (peace) と潔白 (innocency) から追放された」と言いつつ、「恋の苦悩をキスで癒すのは慈悲(charity)、正義(Justice)だ」と主張しまた「身をゆだねることが心の安らぎ (peace) だ」と説く、この正常と歪みの二重の視点はベアトリスのdeformityをより深く裏付ける。彼女は自分を下水道に流すべき穢れた血だとの認識には至ったものの、歪んだmy honour観を抱き続け、恥は死に値すると考えるのみで、最後迄真実の自己に開眼しなかったことがベアトリスの真の悲劇である。彼女の求めた許しに対して人々は返事をせず、その死を悼む言葉も無く、単に「美女が醜い娼婦に変容した (Here's beauty chang'd To ugly whoredom)」と述べるアルスメロの冷静なコメントは完全に正当なものである。

注

1 N. W. Bawcutt ed. : *The Changeling*, Introduction. Revels Plays. Manchester U. P., 1958. 引用はこの版による。
2 *The Jacobean Drama*. Methuen, 1969.
3 *Middleton's Tragedies*. Gordian, 1970.
4 *The Moral Vision of Jacobean Tragedy*. Univ. of Wisconsin Press, 1965.
5 R. V. Holdsworth ed. : *Three Jacobean Revenge Tragedies*. Macmillan, 1990. Extract from Some Versions of Pastral, 1935.
6 *A Study of Elizabethan and Jacobean Tragedy*. Cambridge, 1964.
7 T. McAlindon : *English Renaissance Tragedy*. Macmillan, 1988.
  M. Lomax : *Stage images and traditions: Shakespeare to Ford*. Cambridge, 1987.
8 ibid.
9 当時精神病院へ行って狂人を見物することは娯楽の一つであった (N. W. Bawcutt, ibid.)。
10 *Themes and Conventions of Elizabethan Tragedy*. Cambridge, 1964.

第 十 章

『チェスの勝負』　　T・ミドルトン
── 17世紀初頭のイングランド

　*A Game at Chess*は1624年に書かれた政治風刺劇であり、ここから17世紀初頭のイングランドについて考察する。

　中世においてカトリック修道会は「労働と祈り」を旨とした。しかし反宗教改革の時代になると、修道士が世俗社会に入って現世的事業に携わりそれを勢力拡大の為に活用すること、一般庶民の宗教的教導の為に説教、教理問答、布教などに力を入れること等へと変容する。その状況の中で、1534年8月パリでイグナティウス・ロヨラ、フランシスコ・ザビエル等七人が「清貧」、「貞潔」、「聖地エルサレム巡礼」の誓願を立ててイエズス会が誕生し、1540年ローマ教皇パウロ三世により修道会として公認された。

　イエズス会の主な特色は次のようなものである
1) 上長に対する服従：特にローマ教皇への絶対的服従義務があり、どのような犠牲も顧みずに教皇の命令に服し、イエズス会の目的達成の為に身を捨てる。
2) 戦闘的な集団意志：彼等はキリストを最高司令官、自らをキリストの精鋭兵士、異教の地を戦場と見なして団結する。
3) 教練：目的達成の為に入会希望者には健康、志操、知性、情熱など厳格な審査と選抜を行い、長期にわたる厳しい訓練を課する。
4) 海外布教の重視と実践：あらゆる異教の悪魔に支配される人類を救済し神の民とする為に世界の果て迄進出し布教する。

　他方15世紀半ばから末にかけてのポルトガルとスペインの海外図版拡大事業において、両国はローマ教皇を巻き込んで異教世界を二分割して征服する事業を展開する。この世界制覇の争いの中で、両国は1494年の条約により各々の支

配領域を定めた。かつその侵略行為を正当化する為、両国共に「霊魂の救済」という崇高な目的を掲げ、その具現化がイエズス会の宣教師となった。イエズス会は上記の思想をポルトガルとスペインの世界制覇の意図の下に実践に移していくが、当然国家利害に拘束され、宣教師達も単なるボランティア集団ではなく国家事業の一環として組織されることになった。

　世界各地に派遣されたイエズス修道会宣教師達は、布教活動や状況をローマの本部に報告する義務があった。これは本来、遠方の会員と首脳陣との絆や結束強化の為であったが、しだいに情報収集の方に比重が移る。本部は布教地の情報を収集して問題を分析しその解決策を指示するが、この情報収集は布教戦略には欠かすことの出来ない重要性を持ち、各地域の地形、実権把握者、政情、住民や社会の特質など細かく具体的な報告が必要であった（注1）。このように国家と宗教の野望が相互に相手を利用しつつ世界征服を試みたのである。

　17世紀初頭のイングランドにおける宗教的状況として、プロテスタント・アングリカン教会派であるイングランド人は、カトリック、スペイン、そしてイエズス会に強烈な反感を抱いていた。歴史的に、1534年ヘンリー八世は離婚問題でローマ教皇と絶縁し、アングリカン教会を創設してその首長となった。同じ年の1534年にスペイン人イグナティウス・ロヨラ(1491-1556)はイエズス修道会を創設した。その当初の目的はイスラム教他の異教徒の改宗であったが、やがて反宗教改革の中心的機関となり、カトリック教の戦士という役割を担った。策略的イエズス会は自分達の会派を絶対体制に組織してあらゆる王国を自由に支配するかの如く「大君主国 (grand monarchy)」とも呼んでいた。

　1570年、時の教皇はエリザベス一世を破門し、彼女の臣下であるカトリック信者が女王への忠誠の誓いを破っても精神的罪は免除されるとした。1588年スペインのアルマダ艦隊との戦いでイングランドは勝利を得たものの、1605年の議事堂爆破とジェイムズ一世とその議員の殺害を企てたカトリック教徒の陰謀いわゆるガイ・フォークス事件が起こり、この件にイエズス会神父ヘンリー・ガーネットが絡んでいた。また1606年と1607年の二回、時の教皇はイングランド人カトリック教徒がジェイムズ一世に忠誠の誓いをすることを禁じた。

　1613年ジェイムズ一世の娘エリザベスは、ドイツ帝国内ライン川沿岸の選帝

公でプロテスタントのフレデリック五世と結婚したが、フレデリック五世はスペインに支持されている神聖ローマ帝国皇帝フェルディナンド一世と対立し、苦境に立たされる。他方、ジェイムズ一世の息子チャールズは、フランスのルイ十三世の妹ヘンリエッタ・マリアとの結婚の可能性があったが、1613年駐英スペイン大使となったゴンドマー公は、ジェイムズ一世が義理の息子フレデリック五世を援助することでドイツ・プロテスタントに味方することに反対し、また皇太子チャールズが莫大な持参金をもたらすスペイン王女ドンナ・マリアと結婚することを勧めた。ジェイムズ一世は、チャールズとスペイン王女の結婚によりドイツのフレデリック五世夫妻援助に対するスペインの同意を得ようと考える一方、スペインはカトリックの強烈な支持者として、ジェイムズ一世にドイツ問題から手を引かせかつイングランドの中にカトリックの特権を拡大させようとした。

　ゴンドマー公は1622年の帰国の際、王子チャールズにゴンドマー公が要求したら何時であれスペインを訪問することを約束させ、両王家の結婚とチャールズのカトリック改宗さえ考えるに至っていた。1623年初頭チャールズと友人バッキンガム公は秘かにマドリッドへ出発し、国民を仰天させる。二人はスペイン宮廷で大歓迎を受けかつ結婚の約束が結ばれるが、しかし二人にとって自分達の立場が必ずしも安全とは感じられず、また結婚の条件は全く受け入れ難いものであることが明白になり、二人は帰国する。当然フレデリック五世とドイツ・プロテスタントへの支持も得られず、バッキンガム公はスペイン支持から反スペインに変り、チャールズの強い意向もあってスペインとの結婚は無効となり、フランスとの結婚へと向かうことになる。

　こうした複雑多岐にわたる政治的宗教的状況の中で、イングランド・プロテスタントはスペインとの結婚問題の為に長い間宗教的不満に対して沈黙を強いられていたが、それが無効となった今アルマダ艦隊との戦いやガイ・フォークス事件の記憶と共に、カトリックとイエズス会への嫌悪が噴き出した。チャールズ王子の未来のフランス人花嫁もカトリックであったが、スペインとイエズス会の固い結び付きはこの両者への強烈な反感を生み、反カトリック、反スペイン、反イエズス会をテーマとする詩や小冊子が無数に出版され、教皇をキリ

ストの敵 (Antichrist)、スペインを彼の手先、イエズス会を悪魔の偽善者として誇張し、ドイツ・プロテスタント支持を鮮明にした。イングランド国民にとってカトリック、スペイン、イエズス修道会は恐怖と共に嫌悪の対象であった。

　Jesuit とその派生語の意味を O.E.D. で見ると次のようである

Jesuit (sb.) は「この会派の隠れた力と詭弁的信条ゆえに英語、仏語その他の言語で憎むべきものの意味を持つに至る」とあり、「1. イエズス会士」の次に「2. 真意を隠す人；曖昧なことを言う人」があり、初出は 1640 年。

Jesuited (a.) は「イエズス会士にされた、または、イエズス会士に成る；イエズス会士に影響された、または、イエズス会士により堕落させられた」、初出は 1601 年。

Jesuitical (a.) は「2. イエズス会士に帰せられる性格を持った；人を騙す、真意を隠す；言い紛らし、曖昧なことを言う、または、真実を意中保留する」、初出 1613 年。

Jesuitically (adv.) は「イエズス会士のやり方で；言い紛らしや意中保留で；人を欺くずるいやり方で」、初出 1624 年。

　そして通例、単語は書物に書かれる数年前から話し言葉で流通しているものである。

　ミドルトンの A Game at Chess は 1624 年 6 月に認可を受け、8 月に初演された。白と黒のチェスの駒が勝負をし白が勝利するというものだが、ここには 16 世紀から 17 世紀にかけてのイングランドの道徳、宗教、政治が光と影となって交錯している。特に中世の道徳劇に見られる善と悪、悪への誘惑と良心の呵責という永遠の問題は、必然的に宗教と関係を持つ。「チェス」というゲームは、コマの白と黒が善と悪を意味する点で道徳的かつ寓意的な意味を持ち、またこれは王侯貴族の遊びでかつコマが王、王妃、司祭、騎士、城と各々の歩である為政治的解釈も可能になる。この作品をそのテーマごとに追い、この時代の社会的状況が反映されている様子を考察する。

　Prologue（注2）は例によって観客への挨拶で「徳の敵に対し checkmate ［王手］が掛けられるがこのゲームの上演が皆様の check ［叱責］を避けられれば幸

いである」という10行の後、78行にわたるInductionがあり、イグナティウス・ロヨラが登場しその足元には「過ち (Error)」が眠っている。ロヨラはイングランドに自分の意図と教団を拡大すべき弟子達が見当たらないことを嘆く。イングランドにおける最初のイエズス会伝道は、この作品の初演より80年以上前の1542年であり、初演の1624年にロンドンに居るイエズス会士の数は255名のみだった。彼の嘆きは続き「ここでは大いなる光を発する真実と善はまだdeflowered [徳を犯さ：処女を奪わ] れておらず」、かつ「イエズス会士がここに居ないなら彼等の君主体制はまだ未完成なのだ」は、スペインとイエズス会が抱く世界制覇の野望と司祭の邪淫を現す。次に彼は「過ち (Error)」にFather of Supererogationと呼び掛ける。Supererogationは「神の命令以上に行われた善行は、他の人々の過失を償う為に使うことが出来る」というカトリックの教理であるが、カトリックと「過ち・正道からの逸脱」との結び付きは当時万人の周知するところであった。

やがて、Black HouseとWhite Houseの全コマが板上に並ぶ。その中のBlack Queen's Pawn（以後BQPと表記）とBlack Bishop's Pawn（以後BBP）はイエズス会士であるが、ロヨラはPawnのような卑しい者は自分の弟子に値しないと不平を言う。更に「私がBlack Bishop（以後BB）なら女王に恋を囁いて彼女の胸を踊らせてやるのに」（Bishopの位置はQueenの隣）は性欲が黒コマの動きの原動力であり、それはカトリック教、教皇、司祭やイエズス会と直結していた。また彼は「rule [支配する] のであって、[規則] には従わない」し、「世界を一人で支配するのは素晴らしいことだ」と独裁の野望を示す。そしてこのゲームでは、「城 (rook)」は「公爵 (duke)」と変更され各々の王の寵愛を受けている。

スペインとイエズス会が抱く世界制覇と絶対君主制の確立、カトリック司祭やイエズス会士の邪淫と正道からの逸脱等、以上のような事々はイエズス会派の言い抜けと誤魔化し、偏在性、無慈悲な執念深さ等と共に当時の人々の中に広く流布しており、なんら説明の必要もない事柄であった。

作品の中で最も重要なプロットの一つは、BBPがWhite Queen's Pawn（以後WQP）に抱く邪淫である。BQPは彼の願望が成就する方向へとWQPを誘導していくが、その援助は彼の為と見せ掛けて実はBQP自身の欲望の為である。こ

のプロットでは イエズス会士の誓い「清貧」、「貞潔」、「忠順」が悪用される。イエズス会士のBQPはWQPをアングリカン信者という異教徒として憐れみ、そのような信仰は力と魂を奪う敵だと断じ、自己の信仰を誓うWQPに、登場してきたBBPを称えて言う

       so will he cherish
  All his young tractable sweet obedient daughters
  E'en in his bosom, in his own dear bosom.   (I i 38-40)

「若い従順な娘を胸の中で慈しむ」には宗教的意味と同時に猥雑な意味も当然含まれており、BBPは「あの聖域に近付く前に」彼女の目、唇、頬など肉体の美しさを傍白で褒めそやす。彼はその誘惑の中で、カトリックの司祭に対する「秘密告白 (auricular confession)」は絶対に外部に漏れることは無いと断言する。これはカトリックが開拓地での「反逆」と「性欲度」を探り出す時の手段であり、「性欲度」は絶対君主制確立の為の特別重要な道具で、一旦それが判ればそれを彼等の計画の為に徹底的に利用出来る重要な情報であった。プロテスタントの拡大を阻止しようとする反宗教改革の先頭に立って戦うイエズス会士が、「宗教」という仮面の下に抱く世界制覇の野望達成の為の腐敗した手段であり、「イエズス会の色事師 (Jesuitical gamester) (II ii) とも呼ばれている。かつここではその仮面の下に隠れた個人的な欲望を満たす道具としてイエズス会司祭の悪魔的偽善の象徴となる。

 しかしこの手段はWQPの完璧に純粋な信仰心の前に失敗し、BBPは次の手段として精神的父に導かれるべきとする「教会での女性の義務 (daughter's duty)」(I i)を教える為に彼女に「忠順」に関する冊子を渡す。そこに書かれた「無限の忠順 (Boundless obedience)」を宗教的にのみ解釈するWQPに、彼は俗界も含めた絶対的服従として「愛のキス」を求め、拒否されると「不服従」として諫め、更に暴力に及ぼうとした時(II i)、奥の物音に怯む。それを機にWQPはこの悪事を暴露すると誓って去る

  I will discover thee, arch-hypocrite,
   To all the kindreds of earth.   (II i 147-8)

この好色の罪を犯す者は黒陣営の中で彼一人ではないにしろ皆上手く対処しているのであり、彼のように愚かな行動によってその悪事を暴露されることはイ

エズス会の、そして黒一族の絶対君主制 (absolute monarchy) 確立への脅威であり、彼の主人Black Bishop（以後BP）は、十日早い日付けの手紙を残してBBPを旅発たせるという欺瞞を行う。

両陣営が居並ぶ中で (II ii)、WQPはBBPの汚れた情欲を暴露し、黒陣営の反論を「狡猾と言い紛らし (Craft and equivocation)」と非難する。Equivocationはイエズス会主義（その教義、慣行）の一つであり、カトリックの「意中保留 (mental reservation)」の一種で、「曖昧表現の使用」のこと。「意中保留」とは「第四戒（偽証してはならない）と正しい守秘義務の間に対立が起こる場合、そのジレンマから当人を救う為の理論：あるいは黙秘が肯定と受け取られる場合、曖昧な言葉を用いること」。このequivocationは、ガイ・フォークス事件に共謀したとの告発に対しイエズス会神父ヘンリー・ガーネットが弁護の為に使ったものとして、イングランド国民にはよく知られていた。

しかし白陣営は、偽手紙を正しい証拠と見なしてWQPを黒陣営に渡すが、White KnightとWhite Dukeによって手紙は偽物だと証明され、WQPは放免される。しかし、結婚への期待も捨て切れないWQPに、BQPは豪華な衣装を纏う紳士に変装したBBPを魔法の鏡に映して見せ、彼は地位、人格共に比類ない完璧な紳士で貴女は彼と結婚する運命にあると予言する (III iii)。WQPは彼との結婚に同意するが、性急に結婚の喜びを要求する紳士を非難して、結婚証明書が必要だと主張する。「結婚」に怯むBBPをBQPが説得するその論理は、イエズス会の「貞潔」の誓いは結婚生活を無効とする力を持つゆえに彼は結婚は出来ない、しかし「婚約」なら会派への誓いを破る汚点も付かずなんら問題は無い、しかも彼女を手に入れられるのだ。そして「婚約」はequivocationが許される例である。BQPはこのように苦労するのも自分の欲望の為だと傍白し、WQPの身替り花嫁となってBBPとWQP両方を欺く (IV iii)。この裏切りを知らずにWQPは、あの立派な紳士は自分の愛を試した慎み深い人だと解釈して未だ処女であることを喜ぶ一方、司祭の服に戻ったBBPは、自分こそ昨夜共寝をした相手だと主張する。当惑する二人にBQPは事実を暴露し、そして悪人二人はWhite QueenとWhite Bishop's Pawnに捕われ、WQPは「独身生活 (single life)」を守ると誓うが (V ii)、これはアングリカンの精神を象徴しているとされた。WQPを中心とするプロットは、宗教の教理を悪用して女性を凌辱する司祭が天使を装

って悪魔の所業を行う様を示している。

　道徳と宗教が絡む他のプロットは、Black Knight's Pawn（以後BKP）の件である。彼はかつてWhite Bishop's Pawn（以後WBP）を去勢してしまい、今その蛮行を深く後悔し(I i)、罪の許しを求めている。その懺悔を聞いたBBPは負担記録表(tax-register)に従い金銭で得られる許しの制度を教える(IV i)。Taxa Poenitentiaria (book of general pardons of all prices) 即ち悔罪負担金表には様々な罪の許しを得る為の負担金額が記録され、「謀殺は3ポンド4シリング6ペンス」、「密通は5ペンス」等でその罪は許される。しかし「去勢」の前例は皆無でその価格も記録に無く、絶望したBKPはWBPを殺害することで罪の許しを買い取ることにし(IV ii)、WBPを襲った瞬間WQPに捕われる(V ii)。

　WQPの宗教と道徳に関するプロットと並ぶ重要なプロットは政治に関わるBlack Knight (BK) の世界制覇計画で、彼は登場するや(I i)「世界的君主政体(universal monarchy)」確立の計画がキリスト教の諸王国から集めている多大な情報により順調に進んでいることを喜び自分の貢献度を誇る、その手段は「愛想の良い狡猾さ(pleasant subtlety)」、「魔術を掛ける丁重さ(bewitching courtship)」でこれ等を駆使して悪事を楽しみながら実行する。彼はBBPが女を前にすると政治的支配権も更に神聖な至高の権利である教会支配権も忘れてしまうと嘆き、BBPの婦女暴行が世間に暴露されたら世界制覇の仕事が逆戻りしてしまうとBBPを叱責する(II i)。

　次に彼は、黒側から白陣営に変節し黒側を罵っているFat Bishop (FB)を再び黒側に寝返らせる為、「蛇の如き狡猾の傑作 (masterpiece of serpent subtlety)」(II ii)を考え出す。即ち白側での病院長という地位に不満で更なる昇進を切望するFBに、ある枢機卿からの「空席を与える」という偽手紙を渡す。FBはこの「愛想の良い狡猾さ」に嬉々として騙され、全コマが板上に並ぶ中で黒陣営への転向を公表する(III i)。しかしBKはこれに満足せず、当面は彼に諂うがやがては彼を危険な仕事につけて破滅させる計画で、それはWhite Queenに欲望を抱くBlack Kingの為にWQを捕えるようFBを唆し、再び彼の計画に乗ったFBはWQを襲うがWhite Bishopに捕われ、BKの計画は成功する(IV v)。

　同様に、BKによる高職の誘惑に負けて変節するのがWhite King's Pawn (WKP)

で、彼は自ら「衣は白いが心は黒い」と認め、BKの計画援助の為白側の情報を流し、自己の権力を使って黒に不利な計画を阻止している (I i)。ここでもBKは表面上彼を高く評価して枢機卿のstaff [杖] と赤い帽子を約束しつつ「杖」とは背徳を罰する [棍棒] だと傍白し、両陣営の並ぶ中で彼の白い上着を剥ぎ取って内側は黒であることを暴露する (III i)。BKは常に致命的な毒を相手が喜んで飲むように仕組み、それを見て大笑いする。

FBとWKP二人の身内の変節に対し、White Knightは「危険な偽善者 (dangerous hypocrite)」、「用意周到な偽善者 (prepared hypocrite)」と叱責し、White Kingは臣下の変節を「例の無い背徳の腐敗者 (rottenness Of thy alone corruption)」と非難し (III i)、FBを「偽善の毒 (poison of hypocrisy) で太った忘恩の塊」(IV v) として二人を見放す。

BKは「世界の所有」という大事業達成の為に賄賂で役人達を押え、信仰の自由を求める者や虚しい昇進を願う者達から金品を巻き上げ (III i)、宮廷の夫人達を猥談で誘惑し、貴族との結婚を願う女達から金を受け取り、教会の聖油、数珠、聖人の絵や贖宥状さえ売る (IV ii) 等、あらゆる悪事を楽しむ。彼は、人を去勢した罪に悩み許しを切望する部下のBKPを「つまらぬ生茹での悪事」に良心を痛める「吐き気を催す奴」と軽蔑する。

BKの最大の傑作はWhite Knight (WK) とWhite Duke (WD) を罠に掛け擬餌で黒陣営へ誘い入れる計画で、二人に諂い、二人を喜ばせて愛と讃辞を得る為ならどんな道化役もやってきたし将来もやると甘言を述べ(IV iv)、二人はある計画の下に、黒陣営の娯楽、国家、威厳をぜひ見たいと応じる (IV v)。黒陣営は二人を大歓迎し、BKは黒側の節制、自制、粗食を誇るがそれでも黒側に提供出来ない物は無いと誇る一方で、白側の美食の飽食による肥満を皮肉る (V iii)。WKは黒陣営の正体を暴く計略の下に、美食以外の自己の欠点「野心」、「貪欲」、「性欲」を挙げる。BKは「野心」に関しては、世界制覇という黒の野心と比べれば白王国など単にサラダ菜を摘む庭にすぎずヨーロッパ各国を支配する計画を述べ、また信仰、祈り、瀕死の者への慰めなどから得られる無限の財宝によりどんな「貪欲」も満足させられるし、「性欲」など無邪気なつまらぬ悪であり尼僧院の廃墟の池から6,000もの赤子の頭蓋骨が出てきてその母親である処女の尼僧達を当惑させたという驚くべき話をする。

最後にWKが自分の最も内奥の毒「偽善 (dissemblance)」を挙げると、BKは「偽善」こそ「地上唯一の国家の徳 (only prime state-value upon earth)」、「貴重な宝石 (jewel of that precious value)」、「王達の心を開かせ我々の心に錠を下ろす道具」であり、黒王国が実行してきたことは常に「偽善」なのだと言う。この実体の暴露 (discovery) によりWKはBlack Kingを王手詰めにして捕え、そしてWhite Kingは既に捕われて袋に入っているFBやBBPに加えて黒陣営を次々に袋に入れる。

　この作品の上演を観た観客は様々な政治的、社会的状況を透かし見ることが出来た。Inductionで既にスペイン人でありイエズス会の創立者イグナティウス・ロヨラの登場とその台詞で、スペインの世界制覇の野望、カトリックと諸悪の結びつき、司祭やイエズス会士達の好色等が言及されており、White Houseはイングランド、Black Houseはスペインを意味していることは明白だった。
　人物の体現では、大活躍するBlack Knightが1613年8月から1622年6月までスペインの駐英大使だったゴンドマー伯爵 (Conde de Gondomar 1567-1626) であることは自明のことで、この作品は「ゴンドマーの芝居」とも呼ばれていた。まず、ゴンドマー公が痔ろうを病んでいたことは、「液体の漏れる尻 (leaking bottom)」(II i)、「ヨーロッパの化膿した潰瘍 (fistula of Europe)」(II ii)、「悪臭を放つ穴 (foul flaw)」(IV ii)、「彼専用の座部のない椅子」(V i 冒頭ト書き)、「病んで臭い肛門」(V iii) 等身体的な描写の反復がある。
　またゴンドマー伯が、王子チャールズとバッキンガム公をマドリッドに招き、チャールズとスペイン王女の結婚によりイングランドにカトリックとスペイン勢力の拡大を図る策略は、BKが繰り返すuniversal monarchy、hierarchy、divine principality (I i)、great monarchal business (II i)、possession of the world (III i) 等に明白である。彼はイングランド滞在中に、害虫バッタ（イエズス会士）を撒き散らして人々を改宗させようとし、スペインの政策に口出しする者を投獄し、カトリックの説教を許す一方その反対者を弾圧する等、軍事力より知力と策略を駆使した人物であった。彼は作品の中で、「ヨーロッパの潰瘍 (fistula of Europe) (II ii)、「ギラギラ輝く蛇 (glitteringest serpent)」(IV iv)、「最も力のあるマキャベリアンの策士 (mightiest Machiavel-politician)」(V iii) と呼ばれるが、「蛇」は悪魔

とスペインを現すイメージとしてイングランド人に嫌悪されており、ゴンドマー伯は1620年代のロンドンではゴシップの種であった。

　黒から白へ、そして再び黒へと変節するサヴォイ病院長 Fat Bishop はスペインのスパラト大司教マーク・アントニオ・デ・ドミニ (Marc Antonio de Dominis 1566-1624) と考えられ、彼の担当するベッドの long acre［長い列；Long Acre］の地口で、Long Acre はセント・マーティンズ・レーンからドルーリー・レーン迄の街路の名前で、近くのコヴェント・ガーデンと共に悪評高い場所であった。また彼はサヴォイ近くのテームズ川へ出る watergate［水門：vulva］で売春の斡旋をしていたとされる (II ii)。サヴォイ病院は、サヴォイ城が「洗礼者ヨハネ病院」として寄贈されたもので、その構内は法律の及ばない聖域であった為いかがわしい者達が出入りし、そのチャペルは不法結婚に使われていた。最後に FB は捕われて袋に入れられるが、その肥満の為「楽に横たわる room」(V iii) を要求する。Room［余地：Rome］の地口は、ドミニが背教者としてローマで宗教裁判にかけられサンタンジェロ城に投獄されたことへの言及である。

　登場は少ないが Black Duke はスペインのフィリップ四世の愛人オリヴァレ公爵 (Conde-Duque de Olivares 1587-1645) で、「オリーブ色をしたガニミード (olive-coloured Ganymede)」(V iii) と韻を踏んで暗示されている。

　白服の下に黒服を着て BK（ゴンドマー伯）の野望を助けイングランドを裏切った White King's Pawn はミドルセックス伯ライオネル・クランフォードで、彼はジェイムズ一世の大蔵卿であったが、バッキンガム公がスペインとの戦争を主張した時その巨額な戦費ゆえに反対した為、スペイン支持者の裏切り者として告発された。

　White Bishop はカンタベリー大司教ジョージ・アボットで、彼はピューリタン賛同者であり、カトリックに、そしてイングランドとスペインの結婚に強力に反対していた。BB は部下の BBP の悪事を指摘した WB を「酒も飲まない誠実さ (Sober sincerity)」の「偽善者 (hypocrisy)」(II ii) と罵り、ピューリタンとしてアボットを嘲っている。

　BBP の悪計に落ちた WQP を助ける White Knight と White Duke は各々王子チャールズとバッキンガム公で、二人はゴンドマー伯の招きでスペインへ行くが結局スペイン王女との結婚は放棄する。作品では、二人にとって正義の為とは

いえ一度でも偽ることは苦痛であるのだが(IV vi)、BKの誘いに応じたかの如く偽ってスペインの正体を暴露して勝利する。

　White Kingはジェイムス一世で、イエズス会士(BBP)の偽善を「天使の姿をした悪魔」と鋭く非難し、スペインを支持する大蔵卿ミドルセックス(WKP)の背信を前例のない背徳の腐敗と言い、「いかに恩寵を与えていたにしろ欺瞞を見つけたらすぐに切り捨てる」と断罪する(III i)。それを称えるカンタベリー大司教アボット(WB)の「地上における神の代理人 (heaven's substitute)」は、ジェイムス一世の信奉した「王権神授説」を現している。

　その他作品で言及されている人名・地名に関して、「負担記録」(IV ii) に記載されている「異教徒の王（アンリ四世）を毒剣で殺す心付けとして5,000ダカット」受け取ったのはフランソワ・ラヴェラックであり、1610年のこの暗殺はイエズス会士によって吹き込まれたと考えられていた。また「白王国の処女王毒殺に対して20,000 ダカット受け取る約束をした」ロペズ医師はエリザベス一世の主治医であったポルトガル人で、1594年に処刑された。後にこの金額が同じく世界制覇を目論むポルトガルのリスボンの女子修道院に寄贈されたが、これはエリザベス一世に対するロペズの計画とカトリックを結びつける。またこの女子修道院との関連で「アントワープ」の修道院への言及があり、アントワープはイエズス会のイングランド派遣伝道者達が養成、訓練されていたカトリックの都市であった。

　BK が集めた情報の中にある「ホワイトフライアーズ」は、フリート通りとテームズ川の間の地区で1697年迄亡命者、負債者、娼婦等の聖域であり、17世紀にはこの地がカトリック、尼僧院、売春との関連で言及されていた。

　WK（チャールズ王子）とWD（バッキンガム公）が黒陣営に到着した時(V i)、黒王国は二人を大歓迎する。ラテン語による歓迎は黒王国全体のみならず、「イエズス会の修道院と神聖な育成の場 (colleges and sanctimonious seed-plots)」即ちイエズス会派全体の意向である。その歓迎の歌にある「祭壇から炎が高く立ち上り、ろうそくの火をともす」、「真鍮の像は不思議な力によって生命を得て動き出す」は、キリストの敵またはその祭司達は天から火を降ってこさせたり獣の像に生命を吹き込むとプロテスタントに信じられていたことを示し、「火が立ち上る」はイエズス会創設者イグナティウス自身も言うように (Induction)、

「イグナ」がラテン語で「火」を意味することとも関連して、イエズス会の扇動、教唆への言及とも解釈された。「像が動き踊る」のようなショーはカトリックが無学な軽信者達をカトリックに改宗させる為にとった偶像崇拝的手段だと、プロテスタントは考えていた。

　教皇パウロ五世は1609年にイエズス会創始者ロヨラを福者（beatus：天福を受けた者の列に加えられる）と宣告し、グレゴリー十五世は1622年に彼を更に聖人（saint）に列する教書を出したが、その二年後1624年にミドルトンのこの作品が上演されている。イエズス会修道僧を中心とするカトリック勢力の拡大と強大な力を持っていたスペインとの政治的諸問題の中で、作者ミドルトンは教皇をキリストの敵（Antichrist）、スペインをその手先、イエズス会を悪魔の偽善者と明確に推測出来るこの作品を上演するにあたり、大きな危険に巻き込まれる恐れがあった。

　例えば、この芝居は8月6日から上演されたが、スペイン大使館員ドン・カルロス・コロマは8月17日にジェームス一世宛に手紙を書き、「国王一座がひどく恥ずべき、不敬虔かつ野蛮で、我が国王に対し攻撃的な喜劇を上演した廉で作者と役者を罰するよう」求め、また8月20日付けで、作品中のBlack Duke即ちolive-coloured Ganymedeと揶揄されてフィリペ四世の愛人と暗示されたオリヴァレ公その人に長い手紙を書き、幕ごとのプロットを記した上、「劇場から出てきた観客達はスペインへの反感で燃え上がり、こっそりその芝居を観に行ったカトリックの人々は私に、通りに出るのは危険であり家をしっかり警護するようにと忠告した」、「我々の最善の策は今こそ勇気と決断力を示すことである」と書いている。

　ミドルトンは1624年上演のこの作品のInductionで、ロヨラの1622年の聖列について、「あれからまだ五年も経っていない」とロヨラに言わせて聖列の年をずらせることで、時事問題となることの回避を試み、更にこれから行われるチェスのゲームは「単なる夢（dream）、幻想（vision）」にすぎないと「過ち（Error）」に言わせて、同時代の描写として解釈されるよりむしろこの芝居を思弁的なものにすることによって、責任を逃れ検閲から自己を守ることを計っている。しかしInductionで既にロヨラの台詞から、スペインの世界制覇の願望、イエズ

会士の邪念、そしてRookをDukeに変更したこと等、宗教的政治的現実がはっきりと透けて見える。そしてこの作品で最も重要な語はWKがBKに黒陣営の実体を暴露させる時のdiscoverであり、神聖と思われている「宗教」に包み込まれ覆われ (cover) ていたものがそのカバーを剥ぎ取って (discover) みると、壮大無比の野望と腐敗が現れるのであり、この作品はその「偽善」への弾劾である。

注

1 高橋裕史：『イエズス会の世界戦略』、第二章〜第四章。講談社、2006。
2 T. H. Howard-Hill ed.: *A Game at Chess*. Revels Plays. Manchester U.P., 1993. 引用はこの版による。またイングランドの時代状況に関してはこの版のIntroduction、Notes、Appendixを参考にした。

第 十 一 章

『裂けた心』　　J・フォード
── 心を裂く沈黙の悲嘆

　　John Ford (1586-1640?) はデボンシャーの裕福な紳士階級の家柄に生まれ、1601年オックスフォード大学入学、1602年ミドルテンプル法学院に入会を認められた。作品出版は金銭に困って文学活動へと駆られた時代に始まっており、1606年デボンシャー伯の死を悼む哀歌 *Fame's Memorial*、1613年禁欲的道徳を説く冊子 *The Golden Mean* 等がある。戯曲に手を染めたのは35歳頃からで、T・デッカー、W・ロウリー、T・ミドルトン等との共作時代を経て、単独で書いた現存の七作品は1628年から39年に出版されている。著名な作は *The Broken Heart* (1633)、*'Tis Pity She's a Whore* (1633)、*Perkin Warbeck* (1634)、*The Lady's Trial* (1639) であるが、各々の明確な創作年代は死亡年と同様不明である。これ等代表作が書かれたと推定される時代はジャコビアン（ジェイムズ一世在位1603-25）よりキャロライン（チャールズ一世在位1625-49）に入るが、その作風と雰囲気はシェイクスピアやウェブスターの属するジャコビアンのそれを代表するものとされている（注1）。また *The Broken Heart* が彼の最高傑作であるか否かは評者によって異なっている（注2）。

　「裂けた心」の broken heart は単に「失恋」の意味ではなく、「深い悲嘆に打ちひしがれた人」の意で、この作品では「悲しみ」に sorrow ¦語源 to worry（くよくよ悩む）、to be sick（気分が悪い）¦も使われているが、圧倒的に多いのは grief ¦語源 to weigh down（重さで圧迫する）¦で、その範疇は死別、苦痛、後悔、絶望、恋、失恋、嫉妬、恨み、憎悪、激怒等による深い悲嘆と苦悩を含み、grief の対極として comfort（慰め、安らぎ）がある。『裂けた心』の中心テーマは女王カランサの台詞

　　　Be such mere women, who with shrieks and outcries

>   Can vow a present end to all their sorrows,
>   Yet live to vow new pleasures and outlive them.
>   They are the silent griefs which cut the heart-strings.　　　(V iii 72-5)

に示され、悲鳴と喚き (shrieks and outcries) で悲しみ (sorrows) を乗り越える者と沈黙の悲嘆 (silent griefs) で心の琴線を切断する者の対比、cry と silence の強力な対比である。当論文では griefs を生む様々な激情 (passions) に対峙する方法としての cry と silence に焦点を当てて考察する。

　スパルタの将軍イソクレズは敵を征圧し王達から大歓迎を受ける。かつて彼は妹ペンセーアを相愛の婚約者オルジルスから引き離し身分財力でより優れた老人バサネズと結婚させる罪を犯したが、今慙愧の念でそれを後悔している。幕開きで既にイソクレズは後悔の念で、ペンセーアは婚約者と別れ嫉妬深い年取った夫との結婚の為に、オルジルスは恋する婚約者を失って、三人共に心が裂けた状態に居る。更に将軍イソクレズは王女カランサへの恋を自ら王座への野心と見なして思いを胸に秘めるが、王女も彼を愛して二人は婚約する。他方ペンセーアは不幸の余り狂って自己を餓死へと追い込み、婚約者オルジルスは将軍イソクレズを殺して復讐しその罰として自らを処刑する。王の死後女王となったカランサは恋人イソクレズの死を知り、国家体制を整えた後、胸が裂けて死ぬ。この四人の中心人物の間で、嫉妬深く罵る老人バサネズは忍耐と沈黙を体得する。

　この作品に悪は存在しない。イソクレズは過去の罪を自ら「極刑に価する罪」と呼び、今は後悔しているがその「今」は今では遅すぎることも認識している。人間が自己の本質を発見し、人生の責任を認めて引き受け、その真理の発見を死で贖うという悲劇の本質がこの作品でどのように体現されているのかを、cry と silence のテーマに焦点を当てて考察する。

　凱旋将軍イソクレズを王は大歓迎し、彼の名を持つ寺院の建立を計画して彼を抱擁する

>   Return into these arms, thy home, thy sanctuary,
>   Delight of Sparta, treasure of my bosom,

> Mine own, own Ithocles!　　　　　　　(I ii 51-3)

　これに対しイソクレズは思慮分別を失わず、愚人なら自らを神にも譬えてしまうだろうこの成功を慎みと落着いた精神、大きな度量、箍を外さない感謝と喜びをもって味わい、国家の為の戦いは単なる義務であり、「勝利の称讃は総て指揮官に向けられるが、勇敢な兵士達の血こそ貴重なのだ」と論じる。

　次に彼は妹と婚約者オルジルスへのかつての暴虐をオルジルスの父に謝罪し、それは不安定な若い熱気、目眩を起した頭脳、青臭い無分別、偉大な者への諂い、未熟な判断、片意地な愚かさが犯した罪として悔い、償いとして自分の生命、力、心、剣を差し出す。オルジルスには彼の尊敬に値する友人になることを切望し、その徳ゆえに彼を王に推挙し、アルゴス王子にも知り合うに価する紳士として彼を紹介し、彼を最も誠実な友、高貴で正直な二心の無い紳士として全幅の信頼を置いている。

　他方プロフィルスは親友イソクレズに帰国後ある変容、かつての機敏さと比べある種の弛み、衰えを察知し、娯楽にも悲しみ (sadness) の影を見るが、その理由を問いただしても相手は心を閉ざし沈黙している

> 　　　　　　　　　he hoards
> In such a willing silence　　　　　　　(II iii 7-8)

その理由は王女への恋であるがイソクレズはこの恋を野心、高く飛翔して雲まで達するがその分より恐ろしい破滅へと転落する野心と見なし、道徳に従って自制を試みるが困難であり

> It physics not the sickness of a mind
> Broken with griefs.　　　　　　　(II ii 12-3)

即効力のある確かな処方箋を希求する。彼は自らの恋によって妹とオルジルスへの暴虐の真の意味を知ると同時に、この恋の処方箋を妹に求めて二人だけの秘密の会話を願う。

　その会談 (III ii) で彼は妹への精神的暴行ゆえに自分の心は今破滅した状態であり、妹のいかなる非難も厳しすぎることは無いと懺悔し、胆汁の如き苦い呪いを吐き続ける妹に「人間の情を忘れた獣の様な非道な行為」を詫びる。この改悛の情は心からのものだが、妹との会談は恋の処方箋を求める為であり、妹への遅過ぎる後悔の言葉「悲嘆 (griefs)」、「心が裂けそうだ (mine's now a-breaking)」、「つらい思いで消耗する (consume In languishing affections)」、「この束縛された混沌状態 (this chaos of my bondage)」等は同時に彼自身の恋の苦悩の表現でもあり、更に「もしお前が兄の苦悩に同情してそれを癒す為に少し手を貸してくれたら…」の言葉からペンセーアは明敏にも兄の心情を察して兄の恋人の名を問うが彼は答える勇気が無い

> as a secret, sister,
> I dare not murmur to myself. (III ii 95-6)

> Her name—'tis—'tis—I dare not. (98)

それなら後悔は偽物だと妹に責められてついにカランサの名を打ち明けるが、この恋は禁断の実であり、王にこの反逆を話して自分が行った暴虐の復讐をするよう妹に教示するが、それはまた自己を断罪することでもある。二人きりの兄妹としてペンセーアが和解と助力を申し出た時、彼は妹に心の安らぎ (comfort) の願いを託する。

　王女カランサはアルゴス王子の求める指輪をつまらぬ玩具としてイソクレズに投げ与える (IV i)。生命を活気付ける心の安らぎを抱けずによろめいていたイソクレズにとって、指輪は本物の、目に見える、実体のある幸福であり、彼は妹が強力に王女に取り成してくれたことに無限の感謝をする一方、「悲しみで打ちひしがれた心 (mind Broken with griefs)」から今や雲の上へ飛翔する彼はかつての中庸の態度や一兵卒への思い遣りを忘れて饒舌かつ尊大になり、王子を弱小国の君主、王子の臣下を追従者と嘲り、王子の言葉など「奴隷を宙に吹き飛ばせても私の頭髪一本も動かせはしない」と大言壮語する。彼はかつて嫉妬に狂う妹の夫バサネズに「激情に圧倒されずに男らしく知恵で判断を導け」と忠告したのだが、今や歓喜に酔う彼は叔父に「その激情を自制する (Contain yourself)」ように忠告され、また自分自身の機密相談役に成れない者は信頼に値しない」と沈黙 (silence) を求められる。しかし彼は再び王子との口論で、派手に飾ったcolts［子馬：馬鹿］が轡をはめられたライオンを侮ることもあると王子をロバに、自分を皇族の前で言葉を慎まねばならぬライオンに譬え、指輪が欲しければ私の胸を刺してから取れと喚く。叔父は再び彼の言葉を諌め、哲学者に「この無益な激怒 (ill-spent fury) という膿んだ傷に忍耐の香油を注ぐように」

頼み、イソクレズの激情を狂乱 (fury) と称する。王子はカランサの心がイソクレズに傾いていると知るや恋の争いから身を引き、かつイソクレズを秘かに支援するのだが、彼をぶっきら棒で粗野な話し方をする男、長年無作法な兵士達の中に居て戦時の習慣が取れない男と称している。

　狂った妹の姿は (IV ii) イソクレズにとって心の痛む光景だが、妹が彼の王女への恋をほのめかすと「狂気で根も葉もないことを言っている」と言い紛らす。王子との再会で王子に「雷、威嚇、魔よけの呪文で追い払ってやる」と言う侮蔑は、王子がカランサの使いで彼を呼びに来たと知るや、王子を稱讃する態度へと急変し、情緒の不安定を示す。

　王がカランサとイソクレズの結婚を許可した時 (IV iii)、「野心」として自ら諫めていた恋が指輪を投げ与えられた暗示から具体的に成就したその喜びで、彼は更に中庸と慎みと弱者への配慮を忘れ、オルジルスが述べるペンセーアとの恋の苦悩の話を完全に無視する一方で、親友ゆえに王女との結婚を喜んでくれと有頂天である

> 　　　　　　　Then the sweetness
> 　　Of so imparadised a comfort, Orgilus!
> 　　It is to banquet with the gods.　　　　　(IV iii 127-9)

彼が過去の犯した過ちとその結果である二人の苦しみも妹の狂気と死の願いも今や彼の配慮の外で、歓喜の余り大声で笑い神との宴会に等しいという叫びは、戦いの勝利凱旋の後で愚者なら自分を神にも譬えようが彼は慎みと謙虚を忘れないという讃辞(I ii)との比較でアイロニーと成る。

　しかし喜びは長く続かず、オルジルスの計略に掛って仕掛け椅子に捕われた時(IV iv)、彼は将軍としての威厳を取り戻し、憐れみや助命を乞わず逆にオルジルスを「しっかり私を刺せ」と勇気付け、その機敏さゆえに殺害者オルジルスを許し、餓死したペンセーアの死体に「これはお前を無理に結婚させた悪事の報い (earnest) だ」と語りかけ、野心的な恋、神々との甘美な宴会総ては最後の息と共に消滅し、その最後の息を彼は「長い間求めていた妹との和解という神聖な祭壇」に捧げて死ぬのであり、彼は死に直面してカランサとの恋と結婚より妹への罪が許され和解出来たことの方に魂の平穏を見、罪の責任を引き受けて死ぬ。

オルジルスはかつての婚約者ペンセーアが嫉妬深い夫の下で類の無い残酷な奴隷状態にあることへの同情、未だに彼女に抱く激しい恋心、夫バサネズへの怒り、至高の愛を引き裂いたイソクレズへの恨みで「悲嘆は余りに強烈である (My griefs are violent)」(I i) ゆえにアテネへの自発的追放を父に申し出て許可を得るが、悲しみに沈む者は転地もその悲嘆を癒せないことを知っている。彼はアテネには行かず、学徒に変装して哲学者に入門し、奇跡の講和で沈黙の悲嘆 (silent griefs) を和らげて欲しいと求める (I iii)。しかし父をも哲学者をも欺いた彼の真の目的はペンセーアの様子を探ることであり、美しい人に捧げた胸を焼き尽くす炎の秘密、その傷を治す方法が未だ見出せない恋の神秘についての独白は、イソクレズを若さと権力を誇る傲慢な兄と呼びバサネズを嫉妬深い老い耄れと誇るものの、彼の関心が遥かに強く恋人の方に傾き、この時点で復讐の意図や具体策などは抱いていないことを示している。彼は自分の妹とプロフィルスの逢引と愛の誓いを目撃した時「女など信用出来ない」と激怒した後

　　　　Passion, O, be contained! My very heart-strings
　　　　Are on the tenters.　　　　　　　　(I iii 91-2)

イソクレズが叔父に「自制するよう (Contain yourself)」諌められたのと同じ語で自己の激情を押えはするが内心は張り裂ける寸前である。

　彼の抑圧された恋はペンセーアとの出会い (II iii) で爆発する。彼女は学徒の本性を知らず、秘かな考え事があるので立ち去るよう頼むと、彼は彼女に天空の音楽である言葉を続けるよう訴える「二人の魂はその音楽に合わせて踊る、神々と宴を共にするように」。彼にとっても恋人との遭遇は神々との宴であり、更に純愛、ヴェスタの祭壇に捧げた甘い誓い、神聖な香料の彼女の涙、真実で結ばれた愛等に言及して変装を投げ捨て、自己の感情を強烈に主張する「私はひどく不当な扱いを受けた、相愛の上での婚約ゆえに

　　　　　　　　　　　　My interest
　　　　Confirms me thou art mine still　　　　(II iii 63-4)

　　　　I would possess my wife. The equity
　　　　Of very reason bids me.　　　　　　　(71-2)

> Penthea is the wife to Orgilus,
> And ever shall be.　　　　　(96-7)

> Come, sweet, th'art mine.　　(109)

　彼は結婚という社会法則を完全に無視して魂の結び付き、愛情のみを至高のものとする。この激情の爆発をペンセーアは狂気 (frantic)、激情の女神が彼の舌に掛けた魔術と見なして「お喋り男 (Thing of talk)」と叱責する。更なる彼の声高な主張に「無礼者、控えよ (Uncivil sir, forbear)」と命じ、価値の無い男として彼を立ち去らせる。この拒否に彼は「言葉でなく行動で」意思を示す決意を固める。彼は silent griefs から激しく恋を主張する outcry へ、そして言葉の空しさを経て復讐の行動へと移行する。

　学徒の変装を捨てたオルジルスに哲学者は不法な陰謀の危険を察知して名誉を説き、父も息子がアテネから心の病を持ち帰ったのではないかと心配するが、彼は二人の不安を誠実の誓いと妹の結婚の承認で曖昧に宥めている (III iv)。またイソクレズからの友情の申し出を彼は内心では「傲慢と悪意の高みからの卑しすぎるへりくだりで諂いに近い」と見なすが、外観では自分を「貴方の下部、価値の無い虫けら」と自己卑下しまた相手を「穏やかで優しく完璧さの手本、比類なきイソクレズ」と称讃し、王子への無礼ゆえにイソクレズが非難されると「名誉が問題になる時分別も節度を忘れ」、「悲嘆は捌け口を見つけようとする」等一般論で弁護するが、裏には彼自身が受けた名誉毀損や悲嘆への第二の意味も含むアイロニーと成っている。しかし未だ彼は明確な復讐計画を抱いておらず、ペンセーアへの思いは断ち難く会いに行く (IV i)、「話す気力を失ったら (faint to speak) 黙っていよう (be silent)」。一時彼は行動を決意したが再び speech へ、silence へと逆行する。彼の心は様々に揺れ動いている。

　彼がペンセーアの夫バサネズと出会った時 (IV ii) 怒りを爆発させ、恐怖の支援者、老い耄れ、嫉妬そのもの、不毛の石などと罵り、夫の嫉妬ゆえに prey to words [噂の的：言葉の餌食] となっているペンセーアを見て「未だ私が生きているとは奇跡だ」と大言壮語する。狂った恋人の姿を見て彼は更にバサネズを責め立て、先に彼女から受けたのと同じ「自制 (forbear)」の忠告をイソクレズ

から受ける。ペンセーアが彼の手を取ってかつての愛に言及して「私達は幸せになれたのに」の可能性の消滅、そしてイソクレズを指して「彼ですよ (that's he)」の三回の繰り返しで、オルジルスは彼女の狂気の言動を神託と解釈して復讐の決意を固める。

イソクレズと王女の結婚を王が認める (IV iii) 様子を見たオルジルスは「あの男は前途有望だがつまずくこともあり得る」の傍白の後、イソクレズに「この上なく善良で正しい方、最も偉大な方、思慮ある君主らしい方、王者に相応しい人」と大仰に呼び掛け、幸せの絶頂に居る彼の立場とかつて幸せの絶頂から奈落の底へ突き落とされた自分の立場とを対比させ、小声で彼の罪を思い出させようとするが、神々と宴を張り有頂天で我を忘れているイソクレズを前に祝福の言葉を述べる以外にない。そこで即座に行動し (IV iv)、ペンセーアが餓死した部屋に仕掛け椅子を準備して妹の死を嘆くイソクレズを座らせて叫ぶ「貴男は捕まったのだ、これが戴冠式の玉座だ、王位を求めた愚か者よ」。更に彼はイソクレズを責め立てる「野心を抱き王国の支配や王女との甘い抱擁、臣下への気紛れな好悪を夢見る一方、ペンセーアの嘆きと苦悩、懊悩、不幸には一顧も払わず私の受けた被害にも全く哀れみを示さなかった」。イソクレズは将軍の威厳を取り戻して二人の身分の違いを述べ、「将軍から命乞いをされるそんな名誉をお前には与えない」し、「決闘などは殺人を企てる卑しい男にとって立派過ぎる名誉だ」と応じ、逆に「しっかり私を刺せ」とオルジルスを勇気付ける。オルジルスはこの威厳に敬意を抱き、その立派な言葉ゆえに王女には美々しく報告すること、すぐに彼の霊の後を追うことを約束してイソクレズを刺す。

彼は約束通り王女に、イソクレズが勇気をもって死の恐怖を圧倒し死に勝利した様を告げ (V ii)、自分の犯行であると自白する「私の手によって、この武器が復讐の道具だった、その理由は正当で周知のこと」。しかしあの過ちさえ犯さなければ彼ほど王国を導く長所と希望と力を持つ紳士は居なかったことを認める。罪の告白はオルジルス自身に死刑の判決を下している。王女は、血で汚れた忌わしいこの語り手に名誉ある言葉でイソクレズの死の報告をしたゆえに望み通りの処刑を許し、また「卑しい男に刑の執行をされたくない」との嘆願を聞き入れる。イソクレズとオルジルスは共に名誉ある言葉で報われる。彼の望む処刑法とは出血死（一種の自殺法）であり、卑しくない執行人とは彼自身で

ある。そして言葉で時間を無駄にせずに行動へ移り、生命はきらめく血と共に泡立ち流れ出て、人々の「絶望的勇気」、「名誉ある不名誉」の称讃の中、仕掛け椅子を使った理由について将軍を罠に掛ける意図ではなく一騎打ちをして正当な復讐を気紛れな運命の手に委ねない為の手段だったと説明して絶命する。

　愛ゆえに嫉妬に駆られる年寄りの夫の下でペンセーアの反応は微妙である。望みは総て叶えてやると言う夫の言葉は小間使いにとっては聾唖者に向けた音楽であり、服装は内なる心と一致させて美服を慎み質素を名誉とする道徳的意味の下に婚約者を放棄し愛の無い結婚をした精神的汚点という二次的意味を込める (II i)。外観と内心の差から生じるアイロニーは、凱旋した兄から気分を問われて「私の健康と喜びは誰から得られるか兄さんが良くご存知でしょう」(II ii) に引き継がれる。

　恋人との再会の場 (II iii) で彼女は学徒に変装したオルジルスの正体が判らぬまま彼の言葉に敏感に反応し何も知らない筈の彼の言葉は「あらゆる忍従を超える苦悩を蘇えらせる」。彼が変装を捨てその思いを吐き出す時彼女は「告白しますが (I profess)」、「お話しましょう (I'll tell thee)」等の前置きをしてから本心を吐露する。まず彼女は、残酷な行為が自分の肉体と魂を離婚させて以来不実の思いさえ抱いたことは無いと明言し、彼の昔の要求は忘れるよう求める

<blockquote>
　　　　　　　　　　　　forget it.
'Tis buried in an everlasting silence,
　　And shall be, shall be ever.　　　　　　(II iii 68-70)
</blockquote>

しかし彼の声高な主張に対し、神を証人に断言する「私は貴男のものだが私の誠実な愛は凌辱 (rape) された、私の結婚は破滅 (ruin) と堕落 (fallen) であるが貴男は幸せな結婚をし、その時私を侮蔑ではなく慈悲をもって考えて欲しい」。これこそ彼女の真情である。が彼の妻になる意思は無い、その理由を問われて一言だけ答える (In a word I'll tell thee)、「処女の持参金は強奪され (ravished) てしまい、私の真の愛は貴男が二番目の夫と考えることさえ嫌悪するから」。I profess、I'll tell等の前置きは単なる付加物ではなく、彼女が愛や怒り恨みの激情に駆られて叫んでいるのではなく、自己の発言を冷静に認識していることの表明である。彼の執拗な主張に怒る時この前置きは無くなり、彼を無礼な価値の無い男

と呼んで、今後言葉や伝言で女の弱みに付け入るようなことをしたら「以前の貴男の愛の告白を情欲と見なし、貴男の愛を信じた自分の判断を呪います」と断言し、立派な愛をかつて胸に抱いていたならあえて返事をせずに立去るよう求めて彼に反論の余地を与えない。彼女のオルジルスへの愛は今も変らず、兄の強制した結婚はrape、ruin、fallen、ravishedであるが、いかに心を伴わないにしろ肉体の結婚を誓った以上その誓いは破らない。彼女はオルジルスとは逆に個人の感情より社会の規律を重視する。独白で「結婚の名誉」を守る為の「恋との戦い」に言及し恋と名誉の相克に苦悩する彼女は、一方的に自己主張するオルジルスより遥かに錯雑たる内的苦しみに耐えている。外観は強い態度を維持するもののこの出会いは彼女に大きな影響を与え、人生の空しさと死への思いが次第に彼女の心を大きく占めていく。

　兄との対談で(III ii)彼女は感情を抑制する必要は無く、オルジルスとの出会いの影響もあって大声で叫ぶのではないが恨みを兄にぶつける。後悔で胸が裂けそうだという兄の言葉に彼女は残酷に祈る

>　　　　　　　　　　　Not yet, heaven,
>　　I do beseech thee. First let some wild fires
>　　Scorch, not consume it. May the heat be cherished
>　　With desires infinite, but hopes impossible.　　(III ii 46-9)

兄の心が恋に燃え欲望がいかに増大しようと叶えられず、恋の苦悩を知った後で裂けるようにと自己と同じ悲嘆を兄に願い、更に彼の求める罪滅ぼしの苦行として「私を殺し嫉妬深い夫から自由にする」ことを課す。兄は既に彼女の心を殺しており今や肉体も殺すことが罪滅ぼしとなる。彼女は自己を「貞節を犯した者 (faith-breaker)」であり、オルジルスの妻であった筈なのにバサネズと世間周知の不倫を行う「汚れた娼婦 (spotted whore)」であると自虐的に定義し、自らに死刑を宣告しつつ再び兄の残酷な罪を責める。兄の恋を察知した彼女は執拗に問うて相手の名を聞き出すと「王が彼女をアルゴス王子に与えたら貴男の心さえ裂けてしまうだろう」と自己の立場を兄に追体験させた後、二人きりの兄妹なのだからと和解と助力を申し出て、安らぎを得られるだろうと安心させる。そこへ兄妹の間さえ疑ってバサニズが乱入すると、彼女は再び自らに轡をはめ、話す許可を得てから、夫の激怒に価する事は何もしていないと誓うが、

一方で悪事を考えたこともないのに許しを乞う必要は無いと夫の家を出て兄の下に身を寄せる。

　王女との場(III v)でも彼女の発話には轡がはめられる。彼女は確実な死の予想と兄への援助計画を抱いて王女に面会を求めている為、激情に身を委ねることはしない。まず人生の空しさ、「栄光も美も」頼りにならない友人でこの苦しい人生に倦み疲れ治療法は「死」以外に無いと前置きし、慎ましい嘆願を申し出て許可を得てから、王女に遺言の執行人となるよう願う。王女の目が涙で濡れるのを見ての傍白「これなら大胆になれる」も彼女の意識的計画性を示している。遺言の中の三つの遺品として自分の「若さ」を貞節な妻達に、「名誉」を「時」の娘「真実」に遺贈し、最後の宝石は最高の分別を持って扱うよう求めてから、偉大なカランサ、スパルタの継承者にただ一人の兄を贈り「兄の控えめで完璧な愛を野心と取り違えないでほしい、彼の心は王女の侮蔑を受ければ燃え尽きて灰となってしまう、言葉では奉仕以外何も言えないが」と兄を弁護するが、「彼に死か満足かどちらかを与えて下さい」から、「もし兄を殺したければ怒りの眼差し、厳しい言葉一つで貴女の力がいかに強力に彼に作用するかすぐ判る」と拒絶を強調する方向へもっていく。結婚は父が決めると言う王女に、自分の結婚を決めた兄を説明し

> 　　　　though to me this brother
> Hath been, you know, unkind; O most unkind.　　(III v 105-6)

兄のunkindを強調して彼女の嘆願は終わる。

　彼女の行動過程を凝縮してみるとある意図がうかがえる。彼女の死の願いは恋人と引き裂かれ嫉妬深い夫との「この世の地獄」という人生の空しさから、自己を誠実を汚した娼婦と断罪して兄に死刑執行を求める方向へ進む。次に兄の罪を非難して兄の恋も実らないよう神に願った後、兄の王女への恋を知って急に和解と支援を申し出、王女への嘆願では死への希求で王女の涙を誘って「大胆になれる」と傍白した時、死への願望は人生の空しさと自己の穢れだけが原因ではない。兄の愛を王女に告げて野心ではないと否定しつつ野心であることを暗示し、王女の拒否によって兄が悲嘆の内に胸が裂けるようにと願い、兄を支援すると見せて実は復讐して兄殺しを図る、その罰としての死も含まれてくる。彼女は王女に、兄が自分にいかに非情だったかを最後に繰り返し強調し、

神への願望としての「兄の心が恋の炎で燃えても希望が叶えられないように」の祈りが現実となりその結果兄の心が裂けることを望む。嘆願の後半では兄の幸福より死を願っており、最後の傍白「私の人生の決算 (My reckonings) は貸借が無くなった」は、王女から明確な返事は受けていないが兄への復讐として出来る手段は取った、という意味での貸借帳消しである。この収支の釣合いはイソクレズが自己の死を妹に結婚を強いた罪の支払い (earnest) と見なす時点(IV iv)でイメージとして完結する。

しかしこの復讐は失敗し兄は王女の愛を得る。恋人や衆目の前で彼女は貞節な妻の役を演じてきたが、今や狂人となって(IV ii)人々の前で道徳と義務感から開放され自由に本心を吐露する。愛の誓いを破った女は死に価すると言った後、実現し損なった幸せな母と子のイメージ「最初の結婚をしていたら可愛い子供達の母になり共に笑い泣いたろうに」、「私の子供は私生児にならなかったのに」、そしてオルジルスの手にキスしつつ「かつて貴男を愛していた」と叫び「本当に！私達は幸せだった…、でも彼ですよ」と兄を指し、更に二度「彼ですよ」と繰り返してオルジルスに復讐の的を指し示す。兄を支援するかに見せて兄の死を図った王女への嘆願は失敗した為、今度はオルジルスを復讐へと方向付ける。オルジルスの退場後、彼女は残酷な兄と嫉妬深い老い耄れの夫二人による名誉毀損を非難し、「不法な結婚で強姦され (ravished) 本当の夫を失った妻が生きる場は無い、ペンセーアの名は売春婦となった (strumpeted)」、それゆえ穢れた自分の血に今後一切栄養物を与えずに餓死を決意し、「栄光」や「美」等の裏切り者に反し「悲嘆 (Griefs)」は誠実で leprous soul ［ライ病の人：堕落した人］に一切慰めをもたらさない、その「悲嘆」と共に死ぬことを願い、次に死体となって登場する (IV iv)。侍女が伝える彼女の最後の言葉は「ああ残酷なイソクレズ、そして傷付けられたオルジルス (O cruel Ithocles, and injured Orgilus!)」であり、死に直面して彼女は最後迄兄の残酷さを許さず、引き裂かれた恋人に思いを馳せていた。

王女カランサは徹底的に理性を優先させ、王女としてまた王の死後女王として任務や社会規律を第一とし、私情を冷静にコントロールする。その特徴は彼女が話すのではなく相手に語らせる (tell me) ことと過剰 (too much) を否とする

ことに見られる。

　戦いに勝利した将軍イソクレズの様子をプロフィルスに話すよう求め、彼が将軍を神にも譬えて称讚し更に「イソクレズは....」と続けるのを遮って「貴方の友人ですね」とその熱を冷ます一方、王と共に彼を称えて王女自ら造った花輪を与えるが、それは「功績に価する (Deserved) 贈り物」としてである (I ii)。プロフィルスとユフラニアの結婚も「余りに遅らせては (too long demur)」いけないと支援し (II ii)、求婚するアルゴス王子の型にはまった堅苦しい求愛の言葉に「貴男は愛の告白の仕方を良くご存知なので聞き手にその例に倣おうと思わせる、私はその筆頭になるよう努めます」(III iii) と礼儀は保ちつつ王子を冷静かつ皮肉に評価して、退場の時は「余りに儀礼的な (too courtly)」王子ではなくイソクレズの腕を借りて内心を示唆する。

　ペンセーアの遺言でも (III v) 躊躇する相手に話すよう促して聞き手に徹し、死を予告する悲観的なペンセーアを見て目を潤ませることは「女々しすぎる (too much woman)」と自覚しつつ「貴方は憂鬱を余りに煽り立て (feed too much)」、「その治療に過度な不信感を抱いている」と評する。「若さ」と「名誉」の遺品には「単なる想像物を害の無い遊びでなんと上手く弄ぶことか！」と水を差し、「最後の遺品」として兄を遺贈すると聴いて傍白「ここで本心を伝えようか、無作法すぎるが (too grossly) 聴くだけにしようか」と自問して慎重にも後者を選び、兄を非情と言う非難は「胸にしまっておく (in my silence)」と彼女を去らせる。カランサは他者の too much を批判し中庸を求める一方で自己の too much は明確に認識しており、この認識は感情に圧倒されていないことを示している。

　指輪の件でも (IV i)「これを拾って恋人に与えれば感謝されるでしょう」とイソクレズに向かって投げ、取り上げようとする王子と王女に返却しようとするイソクレズの争いを前に「私が恋人のようね、彼が拾ったのだから彼のもので、彼はそれに価する (He's worth on't)」と暗々裏に思いを示す。ペンセーアの狂気の場 (IV ii) に彼女は登場せず狂気とは無関係の立場が示される一方、この場の最後でイソクレズは王女から呼び出され、この会談の場は無いが二人の愛が確認される。

　病身の王がプロフィルスの結婚の挙式と祝宴の責任者に王女を命じ、イソクレズには「まだ充分報いてない」と言った時 (IV iii)、彼女は「今こそその時だ」

とイソクレズを要求し「彼をその価値に相応しく (According to his merit) 扱う」と彼の価値以上でも以下でもない中庸適正な扱いを約束して王の許しを得る。二人の短い傍白に彼等の満足が示されている。

　結婚の宴を主宰するカランサは(V ii)共に踊り、臣下が王の死を、バサニズがペンセーアの死を、オルジルスがイソクレズの死を次々に報告するのを無視して踊り続け、法に従った楽しみを個人の不快な意見で邪魔するのは無礼だと見なす。踊り終ってから彼女は順に問うていき、臣下が王の死を彼女に耳打ちしたことを「空ろな声が伝えた (delivered)」と称し、「平和が王の灰を飾りますように、それでは私が女王ですね」と宣する。ペンセーアの死を叫び伝えたバサニズには「貴男は何と囁いた (whispered) のか」と皮肉を込めて問い、「長く苦痛な人生を終わった彼女は幸せだ」と結論する。オルジルスの「イソクレズが残酷にも殺された」と叫ぶ報告に「三番目の呟き (murmur) は私の耳を引き裂いた」と表現する。こうした皮肉を込めた 実際とは反する delivered、whispered、murmur の使い分けと各々の死への短い評に彼女の冷静さ、冷徹さが浮び上がる。

　彼女の最初の統治は、イソクレズ殺害犯であるオルジルスへの first act of justice [正義の最初の判定：裁きの第一幕]で始まり、オルジルスの父と妹が裁きに立ち会うことを免除して退室させるが、兄が極刑を免れ得ない悲しみに妹の台詞

Could my tears speak,

　　　　　My griefs were slight.　　　　　　　　（V ii 73-4）

これは作品のテーマ griefs に対する speech と silence の対比に言及している。女王は、イソクレズの死を讃えたゆえにオルジルスの希望する処刑法とその執行人の許可を与え、手早い執行を命じ、戴冠式の準備を急ぐ。父の死を始めとする悲報に平然と踊り続け、殺人犯を即座に裁き、次の行事へと進む彼女の姿に臣下達は驚き「男のような精神」と称する。これは彼女が王座獲得を急いでいるかの如く映る。

　イソクレズの葬儀の後(V iii)、彼女は臣下達に意見を求め(tell me)、「女性の支配者に従うのは不本意ではないか」と問うが、女王の一貫性は証明済みだとの返事を得て次々に事態を取り決めていく―アルゴス王子をスパルタ王に、イソクレズの叔父をアルゴス太守に、バサニズをスパルタ元帥に任じる。「多くの

重要事項の為個人的悲しみは沈黙せねばならない (set a peace to private griefs)」のでバサニズの隠退は認めない。イソクレズの官位総てはプロフィルスに与え、最後に今迄無視してきたイソクレズの死体に結婚指輪を嵌めて彼の妻だと宣告してから、初めて私情を告白する「次々と入る死の報告に道化のグロテスクな演技(antic gesture)で皆の目を欺いたが、それらの知らせはまともに、瞬時に私の胸を打ち砕いた (struck home, and here, and in an instant)」。悲しみの余り死んでしまうと泣き叫びつつも新しい喜びを見付けて生き永らえる人も居るが、心の琴線を切断するのは「沈黙の悲嘆 (silent griefs)」であり、彼女は「微笑みながらの死 (die smiling)」を望んで、準備しておいた歌を合唱させる。それはペンセーアと同様に人生の虚しさ、王冠や美や若さの盛衰を唄い、最後の一節

>*Sorrows mingled with contents prepare*
>　　　　　*Rest for care.*
>　*Love only reigns in death; though art*
>*Can find no comfort for a broken heart.*　　(V iii 91-4)

ここで彼女の心は裂け、この歌で broken heart のイメージは完結する。彼女は死んだ夫の妻となり、悲しみと満足で調合された休息という妙薬を得、微笑で死を迎える。彼女の冷徹で王座への執着と見えた姿は個人より国家を第一とすべき女王の antic gesture であり、実体は silent griefs ゆえに彼女の心は即座に裂けていた。

　バサネズは生れは貴族だが喜劇的かつ嫉妬深い老人の陳腐な典型で（注3）、妻ペンセーアを見て男達が姦通の工夫を凝らさぬように窓を板で塞ぎ、男達からの取次を召使に禁じる。女には無限の不信感を抱き、「卸値」で快楽を売る町人の女房、妻の姦通で昇進する宮廷人、顔を赤らめつつ罪を犯す田舎女達を蔑み、妻の言行総てに本心と慎みを探り、疑心暗鬼で侍女に見張らせる (II i)。ここでは彼の発する叫びと罵りが溢れ、町中でくだらぬ話題に夢中になるお喋り達を道化、阿呆、愚か者と軽蔑と怒りで罵る。けたたましく喋る侍女は呪わしい雌狐、腐った蛆虫で、串刺しにして叩き切ると叫び、「お喋りを止めろ」と繰り返し、一方侍女は耳が悪い振りをして「もっと大声で言って」とやり返し騒々しい叫びで充満している。例によって彼は召使達の笑い種で horn of plenty ［豊

穣の角：間抜け亭主の沢山の角] を嘲笑される。

　しかし彼は純粋に妻を愛して彼女を清純な天空と呼び、彼女の悲しみに沈んだ姿は彼にとって悲しみ (griefs)、無限の苦悩 (infinite agonies) であって、妻の心を晴らそうと懸命に気を使い、比類ない宝石や娯楽等何であれ彼女が最高と思う喜びの女王になるよう乞う。彼はペンセーアとの結婚を王女に説明して、この世の天国、人生の楽園、魂の平穏、調和の主柱、地上での不死、不朽の喜びと言う (II ii)。この 10 行ほど前にペンセーアは兄に「私の喜びは誰から生れるかご存知でしょう」の二重の意味を込めた台詞がある為、彼の結婚の至福は苦いアイロニーとなり、かつ彼の嫉妬の苦悩との対比で滑稽なアイロニーともなるが、彼の妻への愛情の純粋さを示している。かつ彼は自己矛盾も強く意識して言う「これは類の無い幸福か、ぞっとする呪いのどちらかだ」、「私は彼女を所有して富んでいるが、彼女ゆえに完全に満足しつつ破産している」。愛と嫉妬の両激情に彼の理性は翻弄され、大声で喚きたてて人々の嘲笑の的、道化になっているが、この認識が彼の理性を助けることになる。人生の虚しさを歎く妻に同意し (II iii)「それゆえ決算の時は貸借 (our reckonings) がなくなるように生きよう」と兄への復讐を思うペンセーアと同じ語を使い、この時点では貞節を守れという妻への警告であるが、結果的には彼の嫉妬の克服で貸借無しとなっている。

　妻と兄の会談前、兄妹の仲さえ疑うバサネズは侍女と秘かに部屋の様子を探る

　　　　All silent, calm, secure. — Grausis, no creaking?
　　　　No noise? Dost hear nothing?　　　　　　（III ii 17-8）

微風も無いこの静けさは逆に彼の心を不安で掻き乱し、「微かな音楽さえ姦通に諂い欲望の燃えさしを炎へと燃え上がらせるのだ」と叫んで侍女に低い声で話すよう叱責される。兄妹の長い対談に忍耐の尾を切らした彼は剣をかざして部屋に飛び込み「お前の若々しい名声も私の額に角を生やさせる程立派ではない」と喚く。この時彼が受ける非難もかまびすしく「狂っている (He's distracted)」、「称讃すべき狂気だ (most admirable lunacy)」、「彼のむら気、質の悪さ、鬱病だ (his megrims, firks, and melancholies)」。イソクレズの非難と彼の返事

> *Itho.*　'A talks 'a knows not what.
> *Bass.*　　　　　　　　Yes, and 'a knows
> 　　To whom 'a talks;　　　　　　　(III ii 148-9)

その話している相手は「豚小屋で獣の様に姦通の欲望を貪っている、そのお前の穢れた行為は口に出すのも恥かしいが大声で叫んでやる (I will hallow 't)」。この騒然たる中で貞節を誓うペンセーアの天空の音楽の如き言葉に彼は落ち着きを取戻す。イソクレズは妹に「彼の怒りを和らげてやる必要は無い (Purge not his griefs)」と言い、狂気 (fury) のバサネズに妹を託してはおけず自分の下に引き取ることにする。バサネズにとってこの別居は肉体の切断以上に耐え難い拷問だが、この拷問を嫉妬という重病の荒治療と受け止める「もしこんな事を続けていれば、世間は私を軽蔑すべき男だと噂するだろう」。それゆえ嫉妬を克服するという前代未聞の方法を考案せねばならない。オルジルスは恋人との別離の悲嘆を復讐で報いるのに対し、バサニズは妻と別れる原因となった嫉妬を克服する決意をする。

　次の登場で (IV ii) 彼はまさに前代未聞の変化、変身を遂げており、召使には休養 (quietness) を与えて過去の許しを乞い、独白で「天地の宝を認知する理性を持ちながらその栄光ある創造者に愚痴をこぼし不平を言う者は獣以下で、その人非人の最悪なのが私だ」と貞節な妻に嫉妬した自己の醜悪な姿を認識し、謙虚と忍耐で今後いかなる激情の嵐にも心の平静を失わない決意である。オルジルスの「耄碌爺、不毛の岩、妻への破滅的愛」の罵りさえ懺悔の苦行と見なして耐える。妻には prey to words ［噂の的：言葉の餌食］にしたあの残酷な狂気を詫びるが、それは今の彼には自分から休息の眠りを騙し取った妖術のように思える。しかし彼女の狂った姿を見て余りのショックで冷静さを失い、「永遠の闇が太陽を包み」、「エトナ山の炎がこの身を焼き、硫黄の熱い汗がこの毛穴で煮えたぎるように！山と積んだ災いもこれ程の拷問ではない」と叫び狂うがすぐに理性を取戻す

> 　　　　　　What a fool am I
> To bandy passion! Ere I'll speak a word
> I will look on and burst.　　　　　(IV ii 106-8)

また、かつてオルジルスが「激情よ、静まれ (Passion, be contained)」(I iii) と怒

りを自制したのと同じ表現で傍白し

        Keep in, vexation,
  And break not into clamour.   (IV ii 123-4)

大声で喚くのを自制する。妻は彼に安らぎ (comfort) を約束し、［祈りの慣用結語］die a good old man を［立派な老人として死ぬ］というその言葉の文字通りの意味を地口によって蘇生させ、彼女の狂気の台詞はオルジルスにとってと同様彼にとっても予言となる。

 オルジルスとの和解の場(Ⅴ i)は彼の忍耐の大きさを示す。妻の恋人だったオルジルスとの関係は絶え間ない怒りと憎しみの連続であり、彼はオルジルスを避けようとする「鳴きわめく烏や梟もお前程の不幸の預言者ではない」。他方オルジルスはイソクレズを殺して復讐を果たしその後始末にバサネズの力を借りる予定でおり、今後バサネズを絶対に罵ったりしないと誓い、その証拠にもしバサネズが普遍の忍耐を約束すれば「貴男の悲しみを終わらせる秘密」を教えると提案する。それが出来るのは神のみであるのだが、バサネズは相手の話に真剣さを察知して不動の忍耐を約束し、騒々しい空ろな罵りから言葉に真剣さと重みを認知出来るに至っており、また彼の忍耐とは「記録にも歴史にも無く、先例も無く、驚異、手本、先頭、次の者への指標となる忍耐」である。更に彼はジョーヴの胸に施錠された神秘的な謎に等しい沈黙 (silence) を約束し、この決意にオルジルスは勇気をもって付いて来るよう求め、バサニズは「何処だろうと恐れない」とかつて男達の目を恐れて窓を塞いだあの小心を克服して確固たる分別を身につけている。オルジルスは彼をイソクレズとパンセーアの死体がある部屋へ案内する。

 彼は妻の死を女王に告げる時短く叫ぶものの、殺人罪を告白するオルジルスには信頼に足る証人となり、死んだ兄妹の叔父には男らしさを失わぬよう元気付けて妻を失った自分を見習うよう求める。先に彼は妻との地上の別離というショックを基に激しい嫉妬を克服したのだが、永遠の死別にも涙を見せずに耐える。殺人犯の刑を即決し戴冠式を急ぐ女王の姿に、歎かずに雄雄しくするよう皆を先導するのはアルゴス王子ではなく彼であり、オルジルスの処刑を手助けしてその勇敢な死を称讃し、葬儀を引き受け、戴冠式への出席を皆に促して事態を収拾し進行させる人物となっており、最初イソクレズの凱旋の場に登場

せず私事に没頭していた嫉妬深い老人から国事に関与する人物へと昇格している。

　女王は夫の選択に関して皆の意見を聴いた後、ことさらバサニズにも問い(Ⅴiii)、彼は「無限の悲しみで理性は曇り、望むのはこの世の片隅で悲しみに心痛する人々と歎きの唄を歌うことのみ」だと様々な嘆きを描いた後

What can you look for

　　　　From an old foolish peevish doting man,
　　　　But craziness of age?　　　　　　　　　（Ⅴ iii 35-7）

自己の理性の曇りや愚かさの自己認識を述べるが、女王は彼をスパルタの元帥に任じる。女王の死をコメントするのも彼で、その勇気ある死を讃え、その死に涙を流す

Her heart is broke indeed.

　　　　O royal maid, would thou hadst missed this part.
　　　　Yet 'twas a brave one. I must weep to see
　　　　Her smile in death.　　　　　　　　　（Ⅴ iii 95-8）

　オルジルスは将軍イソクレズに恨みを抱いているが、彼の関心は恋人への変らぬ愛である。彼の学徒への変装やアテネへの出発と帰国等に懸念を抱く哲学者と父を嘘と言い紛らしで欺くが、それは復讐の下工作ではない。また彼は恨みや復讐の為に人間としての道や情の正常な感覚を失って殺人鬼に堕することは無い。しかしペンセーアへの思いが余りに強いので一般的な社会規律や慣習を無視して沈黙から激怒へと転じて自己の愛を大声で彼女にぶつけ、拒否されて初めて復讐へ向かうが、それでも彼の心はそこに凝縮し復讐の鬼となって即座に決行する決断力は無い。イソクレズの友情に尊敬と自己卑下の二重の意味を込めアイロニーを出しつつも、恋人との愛で裂けた心が取り繕える可能性を探っていたが、狂った彼女が兄を指し「彼ですよ」と三回繰り返しての教示に、復讐の遅延を悔い行動に移る。

　イソクレズは罪を後悔し、その後悔が遅過ぎることも充分知って妹の胆汁の如き呪いに耐え、オルジルスには無限の友情と援助を申し出て自己の行為の責

任を引き受けており、かつ王と王女から絶大な愛と信頼と価値を与えられる。その為オルジルスの復讐は未来の王を殺すという、より次元の高いものとなる。即ち捕われたイソクレズのストイックな勇気とそれを讃えるオルジルスの二人の姿は復讐の枠を超えて、オルジルスとペンセーアの至高の愛に捧げる神聖な儀式の様相を帯びる。また復讐の実行後オルジルスは死を覚悟しており一層神聖なものへと昇華している。目的を達した後彼は罪を自白し自らに死刑判決を下し、その処刑法とは流血死という自殺法で、その執行人は彼自らである。彼も自己の行為の責任を引き受けて勇敢に死ぬ。

激情は耐えるべきである。イソクレズとオルジルスは沈黙で耐えようとするが失敗する。オルジルスは他人の妻に強烈な愛の告白をしその夫を罵り、イソクレズは恋の成就に歓喜し恋敵を罵る。この二人の姿は圧倒的な軽蔑と嘲笑を受けるバサネズの嫉妬の叫びとその感情的不安定性の点で同等と言える。ペンセーアはオルジルスの激しい主張を、叔父はイソクレズの王子への罵りを、イソクレズはバサニズの嫉妬を共に「狂気 (fury)」と表現しており、三人の激情は同質である。

ペンセーアは恋人に「逆上しないように (Be not frantic)」と警告し、叔父はイソクレズに忠告する

> Quiet
> These vain unruly passions, which will render ye
> Into a madness. (Ⅳ i 114-6)

そしてバサネズは人々から 頭がおかしい (distracted)、狂っている (lunacy) と嘲られ、忍耐を得て変身したバサネズ自身過去の行為を「逆上した残酷さ (cruelty of frenzy)」と言う。激情を沈黙によって抑制出来ずそこに身を委ねて叫び、怒鳴り、呻くことはfury、madnessである。

ペンセーアはオルジルスへの愛を至高なものとしつつその愛を「永遠の沈黙 (everlasting silence)」の中に埋葬し、愛していない夫に「無言の義務 (silent duty)」を果して貞節な妻の演技をし、私情と社会規律の狭間で苦悩する。彼女は真情を率直に恋人に伝える機会があったし、兄には謦を嵌めずに恨み攻める言葉を吐露したが、その心痛は言葉の範疇を超え被害は取り返しのつかないものであり、悲しみは狂気へと通じて正気の時に抑圧していた激情が捌け口を見出した

時、自分は残酷な兄と嫉妬深い老いた夫に誠実さを凌辱された娼婦、売春婦だという自虐的思考から、兄への復讐を王女と恋人を通して間接的に企てた後穢れた娼婦ゆえに自らを餓死の刑に処して苦悩の人生の責任を引き受けて死ぬ。

カランサは激情を言葉で爆発させる狂乱 (frenzy) も狂気 (madness) になることも叶わず、魂の秘密を常に沈黙の悲嘆 (silent griefs) の中で耐える。王女としてまた女王として彼女はイソクレズへの愛を常に彼の腕を借りたり指輪を投げ与える間接的行為で示すのみで一度も言葉に出さず、夫の死とその後の悲しみと慰めの混合した休息への思いさえ歌い手達の口を借りて表現し、その完全なる silent griefs は彼女の心を裂く。

ペンセーアは意に反した結婚であれ結婚という行為の責任を自認し我が身に引き受け、狂いつつも名誉を穢すことなく罪を死で清算し、カランサも女王としての責任を放棄することなく果した後で死ぬが、この二人の griefs は男性達のそれよりも遥かに錯雑たるものである。

注

1　T. J. B. Spencer ed. : *The Broken Heart*, Introduction. Revels Plays. Manchester U. P., 1980.　引用はこの版による。
　　D. Roper ed. : *'Tis Pity She's a Whore*, Introduction. Methuen, 1975.
2　ibid. 同意者 C. Lamb、D. Cecil、A. Swinburne、U. Ellis-Fermor、K. Muir、A. Leggat 等。反対者 H. Coleridge、W. Hazlitt、R. Burbridge、T. B. Tomlinson 等。
3　C. O. McDonald、E. Waith 等。特に前者はバサネズの後半の平静と沈黙の主張を馬鹿げていると解し、主人公達の行動を支配する倫理の戯画に過ぎない、と論じている。

おわりに

　当書の出版により、一冊目出版時の約束を果すことが出来た。その満足感はあるものの、内容に関しては多くの不満や疑問が残っている。人間にとって完璧は期し難いのだが、それでも各論文には更なる考察をする必要性を痛感している。

　この出版にあたり、朝日出版社の清水一浩氏に多大なご尽力を賜った。特に校正刷りに関して、どのような初校が出てくるのかかなり不安を抱いていたが、初校からほぼ完全な刷りでその心配は杞憂に終り、充分な時間的余裕をもって安心して校正が出来たことは非常に有難かった。また表紙のデザインや色等に関しても貴重な助言を頂き、深く感謝申し上げると共に、お口添えくださった当出版社の日比野忠氏にも心から御礼申し上げるしだいである。

初出論文掲載誌

『スペインの悲劇』	実践女子大学文学部『紀要』	第33集	1991
『エドワード二世』	実践女子大学実践英文学会『実践英文学』	第41号	1992
『ヴォルポーネ、または狐』	同	第61号	2009
『ブッシー・ダンボア』	実践女子大学文学部『紀要』	第36集	1994
『白い悪魔』	同	第39集	1997
『マルフィ公夫人』	同	第35集	1993
『復讐者の悲劇』	実践女子大学実践英文学会『実践英文学』	第44号	1994
『女よ女に用心せよ』	実践女子大学文学部『紀要』	第37集	1995
『チェインジリング』	同	第40集	1998
『チェスの勝負』	実践女子大学実践英文学会『実践英文学』	第60号	2008
『裂けた心』	実践女子大学文学部『紀要』	第38集	1996

参 考 文 献

Allison, Alexander W. : "Ethical Themes in *The Duchess of Malfi*". *Studies in English Literature* Vol. IV, 1964.

Anderson, Donald K. : "The Heart and the Banquet: Imagery in Ford's *'Tis Pity* and *The Broken Heart*". *Studies in English Literature* Vol. II, 1962.

Ardolino, Frank R. : "Corrida of Blood in *The Spanish Tragedy*". *Medieval and Renaissance Drama in England* I. AMS, 1984.

Arthur, L. and Kistner, M. K. : "The Dramatic Function of Love in the Tragedies of John Ford". *Studies in Philology* Vol. 70, 1973.

Barber, Cesar L. : *Creating Elizabethan Tragedy*. Univ. of Chicago Press, 1988.

Bawcutt, N. W. ed. : *The Changeling*. Revels Plays. Manchester U. P., 1958.

Bement, Peter : "The Stoicism of Chapman's Clermont D'Ambios". *Studies in English Literature* Vol. XII, 1972.

Bentley, Eric. : *The Life of the Drama*. Atheneum, 1975.

Bloom, Clive : *Jacobean Poetry and Prose*. Macmillan, 1988.

Bluestone, M. and Rabkin, N. ed. : *Shakespeare's Contemporaries*. Prentice-Hall, 1970.

Boas, Frederick : *Christopher Marlowe: A Biographical and Critical Study*. Clarendon, 1964.

―――― ed. : *The Works of Thomas Kyd*. Clarendon, 1962.

Bowers, Fredson T. : *Elizabethan Revenge Tragedy 1587-1642*. Peter Smith, 1959.

―――― ed. : *The Complete Works of Christopher Marlowe*. Cambridge U. P., 1981.

Bradbrook, M. C. : *Themes and Conventions of Elizabethan Tragedy*. Cambridge U. P., 1964.

―――― : *English Dramatic Form*. Chatto & Windus, 1970.

Brooke, Nicholas ed. : *Bussy D'Ambois*. Revels Plays. Manchester U. P., 1979.

Broude, Ronald : "Time, Truth, and Right in *The Spanish Tragedy*". *Studies in Philology*

Vol. 68, 1971.

―――― : "George Chapman's Stoic-Christian Revenger". *Studies in Philology* Vol. 70, 1973.

Brown, John Russell ed. : *The White Devil*. Revels Plays. Methuen, 1968.

―――― ed. : *The Duchess of Malfi*. Revels Plays. Methuen, 1969.

Bueler, Lois E. : "Role-Splitting and Reintegration: The Tested Woman Plot in Ford". *Studies in English Literature* Vol. XX, 1980.

Burbridge, Roger T. : "The Moral Vision of Ford's *The Broken Heart*". *Studies in English Literature* Vol. X, 1970.

Calderwood, James L. : "*The Duchess of Malfi: Style of Ceremony*". *Essay in Criticism* Vol. 12, 1962.

Champion, Larry S. : "Tourneur's *The Revenger's Tragedy* and the Jacobean Tragic Perspective". *Studies in Philology* Vol. 72, 1975.

―――― : "Tragic Vision in Middleton's *Women Beware Women*". *English Studies* Vol. 57, 1976.

Colman, Adrian : *The Dramatic Use of Bawdy in Shakespeare*. Longman, 1974.

Culler, Jonathan ed. : *On Puns*. Basil Blackwell, 1988.

Davidson, C., Stroup, J. and Gianekaris, C.J. ed. : *Drama in the Renaissance*. AMS, 1986.

Dollimore, Jonathan : *Radical Tragedy*. Harvester, 1984.

Doran, Madeleine : *Endeavors of Art*. Univ. of Wisconsin Press, 1964.

Ekeblad, Igna-Stina : "The 'Impure Art' of John Webster". *Review of English Studies* Vol. 9, 1958.

Eliot, T. S. : *Elizabethan Dramatists*. Faber & Faber, 1962.

Ellis-Fermor, Una : *The Jacobean Drama*. Methuen, 1969.

Emslie, McD. : "*Motives in Malfi*". *Essays in Criticism* Vol. 9, 1959.

Farnham, Willard : *Medieval Heritage of Elizabethan Tragedy*. Basil Blackwell, 1970.

Fetrow, Fred M. : "Chapman's Stoic Hero in *The Revenge of Bussy D'Ambois*". *Studies in English Literature,* Vol. XIX, 1979.

Fieler, Frank B. : "The Eight Madmen in *The Duchess of Malfi*". *Studies in English Literature* Vol. VII, 1967.

Foakes, R. A. ed. : *The Revenger's Tragedy*. Revels Plays. Manchester U. P., 1990.

Forker, Charles R. : *Skull beneath the Skin*. Southern Illinois U. P., 1986.

Fricker, Robert : "The Dramatic Structure of *Edward II*". *English Studies* Vol. 36, 1953.

Greenfield, Thelma N. : "The Language of Process in Ford's *The Broken Heart*". *PMLA* Vol. 87, 1972.

Hallett, Charles and Hallett, Elaine : *The Revenger's Madness*. Univ. of Nebraska Press, 1980.

Hallet, Charles : "The Psychological Drama of *Women Beware Women*". *Studies in English Literature* Vol. XII, 1972.

Hogan, A. P. : " *'Tis Pity She's a Whore:* The Overall Design". *Studies in English Literature* Vol. XVII, 1977.

Holdsworth, R. V. ed. : *Three Jacobean Revenge Tragedies*. Macmillan, 1990.

Homan, Sidney R. : "Shakespeare and Dekker as Keys to Ford's *'Tis Pity She's a Whore*". *Studies in English Literature* Vol. VII, 1967.

Hopkins, Lisa : *John Ford's political theatre*. Manchester U. P., 1994.

Howard-Hill, T. H. : "The Unique Eye-Witness Report of Middleton's *A Game at Chess*". *Review of English Studies* Vol. 42, 1991.

—— ed. : *A Game at Chess*. Revels Plays. Manchester U. P., 1993.

Ide, Richard S. : *Possessed with Greatness*. Univ. of North Caroline Press, 1980.

Jenkins, Harold : "The Tragedy of Revenge in Shakespeare and Webster". *Shakespeare Survey* 14, 1961.

Jones, Robert C. : *Engagement with Knavery*. Duke U. P., 1986.

Jonson, Ben : "Volpone : Or The Fox". *Ben Jonson The Complete Plays*. Everyman's Library. Dent, 1964.

Joseph, S. Miriam : *Shakespeare's Use of Arts of Language*. Hafner, 1966.

Kaufmann, R. J. : "Theodicy, Tragedy and the Psalmist". *Drama in the Renaissance*. AMS, 1986.

Kohler, Richard C. : "Kyd's Ordered Spectacle". *Medieval and Renaissance Drama in England* III. AMS, 1986.

Leech, Clifford : *Christopher Marlowe, a Poet for the Stage*. AMS, 1986.

レーダー、K. B.、西村克彦訳:『死刑物語』。原書房、1989。

Leggatt, Alexander : *English Drama: Shakespeare to the Restoration 1590-1660*. London, 1988.

Lomax, Marion : *Stage images and traditions: Shakespeare to Ford*. Cambridge U. P., 1987.

Lord, Joan M. : '*The Duchess of Malfi:* "the Spirit of Greatness" and "of Woman"'. *Studies in English Literature* Vol. XVI, 1976.

Lucas, F. L. ed. : *The Duchess of Malfi*. Chatto & Windus, 1958.

Luecke, Jane M. : "*The Duchess of Malfi:* Comic and Satiric Confusion in a Tragedy". *Studies in English Literature* Vol. IV, 1964.

Magill, F. : *Critical Survey of Drama*. Salem Press, 1985.

McAlindon, T. : *English Renaissance Tragedy*. Macmillan, 1988.

McDonald, Charles O. : *The Rhetoric of Tragedy*. Univ. of Massachusetts Press, 1966.

McElroy, John F. : "*The White Devil, Women Beware Women*, and the Limitation of Rationalist Criticism". *Studies in English Literature* Vol. XIX, 1979.

Mehl, Dieter : "Corruption, retribution and justice in *Measure for Measure* and *The Revenger's Tragedy*". *Shakespeare and his contemporaries*. Manchester U. P., 1986.

Moore, John R. : "The Contemporary Significance of Middleton's *A Game at Chess*". *PMLA* Vol. 50, 1935.

Muir, Kenneth : "The Case of John Ford". *Sewanee Review* Vol. LXXXIV, No. 4, 1976.

Mulryne, J. R. ed. : *Women Beware Women*. Revels Plays. Manchester U. P., 1988.

Murray, James A. H. et al. ed. : *The Oxford English Dictionary (O.E.D.)* 13 vols. Clarendon, 1961.

メノカル、M. R.、足立孝訳:『寛容の文化:ムスリム、ユダヤ人、キリスト教徒の中世スペイン』。名古屋大学出版、2005。

Neill, Michael : "Ford's Unbroken Art: the Moral Design of *The Broken Heart*". *Modern Language Review* No. 75, 1980.

Ornstein, Robert : *The Moral Vision of Jacobean Tragedy*. Univ. of Wisconsin Press, 1965.

Partridge, Eric : *Shakespeare's Bawdy*. Routledge & Kegan Paul, 1968.

Perkinson, Richard H. : "Nature and the Tragic Hero in Chapman's Bussy Plays". *Modern Language Quarterly* Vol. III, 1942.

Price, Hereward T. : "The Function of Imagery in Webster". *PMLA* Vol. 70, 1955.

Prior, Moody E. : *The Language of Tragedy*. Indiana U. P., 1966.

Ricks, Christopher : "The Moral and Poetic Structure of *The Changeling*". *Essays in Criticism* Vol. 10, 1960.

Roper, Derek ed. : *'Tis Pity She's a Whore*. Revels Plays. Methuen, 1975.

Rosen, C. C. : "The Language of Cruelty in Ford's *'Tis Pity She's a Whore*". *Drama in the Renaissance*. AMS, 1986.

Salinger, Leo : *Dramatic Form in Shakespeare and the Jacobeans*. Cambridge U. P., 1986.

Sargent, Roussel : "Theme and Structure on Middleton's *A Game at Chess*". *Modern Language Review* Vol. 66, 1971.

Schoenbaum, Samuel : *Middleton's Tragedies*. Gordian, 1970.

Sherman, Jane : "The Pawn's Allegory in Middleton's *A Game at Chess*". *Review of English Studies* Vol. 29, 1978.

Siemon, James R. : "Dialogical Formalism: Word, Object, and Action in *The Spanish Tragedy*". *Medieval and Renaissance Drama in England* V. AMS, 1991.

Smith, James : "The Tragedy of Blood". *Scrutiny* Vol. VIII, 1939-40.

―――― : "George Chapman 1, 2" . *Scrutiny* Vol. III, No. 4 (March 1935), Vol. IV, No. 1 (June 1935).

Spencer, T. J. B. ed. : *The Broken Heart*. Revels Plays. Manchester U. P., 1980.

Steane, J. B. : *Marlowe, a Critical Study*. Cambridge U. P., 1970.

Stroup, Thomas B. : "Ritual in Marlowe's Plays". *Drama in the Renaissance*. AMS, 1986.

Sutherland, Sarah : *Masques in Jacobean Tragedy*. AMS, 1983.

高橋裕史：『イエズス会の世界戦略』。講談社、2006。

Thayer, C. G. : "The Ambiguity of Bosola". *Studies in Philology* Vol. 56, 1957.

Tilley Morris P. ed. : *A Dictionary of the Proverbs in England in the Sixteenth and

Seventeenth Century. Ann Arbor, 1966.

Tomlinson, T. B. : "The Morality of Revenge: *Tourneur's Critics*". *Essays in Criticism* Vol. 10, 1960.

──── : *A Study of Elizabethan and Jacobean Tragedy.* Cambridge U. P., 1964.

Turner, O. and Wilson, E. M. : "The Spanish Protest against *A Game at Chess*". *Modern Language Review* Vol. 44, 1949.

Ure, Peter : "Marriage and the Domestic Drama in Heywood and Ford". *English Studies* Vol. 32, 1951.

Waith, Eugene M. : *Patterns and Perspectives in English Renaissance Drama.* Univ. of Delaware Press, 1988.

Wiggins, Martin : *Journeymen in Murder.* Clarendon, 1991.

Wymer, Rowland : *Suicide and Despair in the Jacobean Drama.* Harvester, 1986.

著者略歴

日　浅　和　枝

1938年	東京生まれ
1962年	実践女子大学文家政学部英文学科卒業
1968年	明治学院大学大学院文学研究科英文学専攻修士課程修了
1971年	同　博士課程単位取得満期退学
1987年	実践女子大学文学部専任講師
2009年	同　教授として定年退職
現　在	実践女子大学名誉教授
翻　訳	シェイクスピア論シリーズ１『初期の批評と伝記』（荒竹出版）
研究書	『シェイクスピア考察―人と言葉の興宴』（英潮社）

英国復讐悲劇
――キッド、ウェブスター、ミドルトン他

2010年9月30日　初版発行

著　者　　日浅　和枝
発行者　　原　　雅久
発行所　　株式会社 朝日出版社
　　　　　〒101-0065　東京都千代田区西神田 3-3-5
　　　　　TEL (03)3263-3321（代表）　FAX (03)5226-9599
　　　　　ホームページ http://www.asahipress.com

印刷・製本　錦明印刷株式会社

乱丁、落丁本はお取り替えいたします
Kazue Hiasa 2010. Printed in Japan　　ISBN978-4-255-00549-2　C0098